10
18

12, AVENUE D'ITALIE. PARIS XIIIe

Sur l'auteur

Laetitia Bourgeois est née en 1970. Elle est docteur en histoire médiévale. Elle a effectué des recherches sur le Velay médiéval, la justice, l'histoire économique et sociale ainsi que sur les plantes aromatiques et médicinales. *Un seigneur en otage* est le troisième tome des aventures du sergent Barhélemy.

LAETITIA BOURGEOIS

UN SEIGNEUR EN OTAGE

10/18

Grands détectives

créé par Jean-Claude Zylberstein

ÉDITIONS PRIVAT

Du même auteur
aux Éditions 10/18

LES DENIERS DU GÉVAUDAN, n° 4249
LE PARCHEMIN DISPARU DE MAÎTRE RICHARD, n° 4278
► UN SEIGNEUR EN OTAGE, n° 4308
LA CHASSE SAUVAGE, n° 4422

ISBN 978-2-264-04973-5

HOMMAGE

On avait disposé une planche et deux tréteaux sur la plus vieille tombe du cimetière, là où jouaient les musiciens les jours de fête. Derrière la table, le notaire, droit, le visage très rouge, évaluait la foule des chapeaux et bonnets colorés qui se pressait sous le soleil écrasant. Son grand registre relié était ouvert à la page « Marcouls-en-Margeride », car les manants de Marcouls devaient, c'était l'ordre du seigneur, prêter hommage les premiers.

C'était un vrai grand jour. En petits groupes animés, une foule nombreuse d'hommes et de quelques femmes attendaient l'arrivée de l'équipage du seigneur. Les regards allaient de la table du notaire à la rue par laquelle Randon arriverait suffisamment en retard pour asseoir son importance. Il était coutumier de ces marques de pouvoir, fût-ce avec les simples manants de ses domaines.

Le brouhaha s'amplifia. Un petit groupe de cousins entonnèrent une chanson pour tromper leur attente et marquer le plaisir de se retrouver. Des plaisanteries fusaient, nourriture et vin sortaient des besaces.

L'air devenait lourd d'humidité. Un léger vent faisait voler les cheveux des hommes sous leurs chapeaux.

— Si c'est pas malheureux, il fait jamais chaud, et quand il fait chaud, y en a trop, répéta, pour la centième fois, un petit homme en faisant le geste, large et explicite, de s'éponger le front.

Les autres approuvèrent, tout en guettant le son de sabots. Une bourrique éveilla l'attention.

— Il a changé de monture, le seigneur, on dirait ! lança un vieil homme, provoquant une salve de rires et de sifflets.

Enfin, les pas de sabots ferrés résonnèrent sur les cailloux du chemin. Les conversations se turent, tout le monde prêta l'oreille et rectifia sa position. Le seigneur arrivait enfin, large et carré, monté sur son plus beau palefroi, une immense bête grise, qui le portait sans peine avec tout son équipement de guerrier. Trois pas derrière lui venaient plusieurs hommes, que les chuchotements identifiaient : le châtelain* de Châteauneuf, un clerc, un juge mage* de la seigneurie*, un notaire royal que l'on voyait souvent dans l'entourage de l'évêque de Mende. Du beau monde. Barthélemy, en cotte du dimanche et chapeau de feutre bleu foncé, poussa un imperceptible soupir. Les derniers murmures s'évanouirent quand le seigneur mit pied à terre. Une haie se forma autour de lui. Il jeta un regard circulaire et jaugea la foule du regard. Peu d'absents. C'était bon signe. Signe que son autorité tenait vaillamment. Certains visages étaient respectueux, d'autres fidèles, beaucoup étaient impressionnés. Mais pas tous. C'était une des rares occasions où peu de personnes parvenaient à cacher leurs sentiments envers leur seigneur. Et même si la plupart des hommes et des femmes rassemblés là, à l'ombre de l'église, relevaient d'au moins deux ou trois seigneurs différents, lui, Randon, gardait sa position prééminente. Et lui, Randon, observait, rayonnant, visiblement heureux d'être là, s'amusant de la

* Les mots suivis d'un astérisque figurent dans le glossaire, p. 313.

haine et de la crainte qu'il suscitait souvent. Cette femme aux yeux sombres, dont les biens avaient été saisis moins d'un mois auparavant. Quelle figure ferait-elle au moment de s'agenouiller devant lui ? Il en était curieux et la jugerait à l'aune de la raideur de son cou quand elle s'approcherait. Allait-elle le regarder dans les yeux ? Sa voix tremblerait-elle ? Était-elle déjà résignée ? Chaque confrontation mettait à l'épreuve son autorité de seigneur et de noble, sa fonction et sa légitimité dans la hiérarchie sociale. Voilà qui rendait la cérémonie particulièrement excitante.

Une haute chaise fut apportée par deux serviteurs et déposée sur une vieille pierre tombale large et stable. Le notaire royal portait un majestueux volume relié de cuir rouge : les Évangiles. Randon, avec un sens inné de la scénographie, s'avança dès que tous se furent immobilisés. En quelques larges enjambées, il fut à la cathèdre. Il se retourna, pour faire face au peuple, et s'assit. De sa place, il considéra l'assemblée d'un regard circulaire puis, un sourire bienveillant aux lèvres, il fit signe au notaire de commencer.

— Jehan Trenchier, appela le notaire.

L'homme s'avança, un peu gauche, un sourire lui barrant le visage. Le notaire poursuivit :

— Reconnais-tu être lige, taillable, justiciable aux cinq cas du seigneur de Randon ici présent ?

— Je le reconnais !

— Avance-toi et jure.

Jehan Trenchier trébucha, se rattrapa d'un coup de reins, s'agenouilla dans un beau geste et, avec juste ce qu'il faut de lenteur, baissa la tête vers les mains jointes de son seigneur et lui déposa un baiser sur les pouces. La cérémonie commençait magnifiquement.

Devant le trône du seigneur se dressait maintenant un petit homme tout voûté et tout desséché, observé avec intérêt par la foule. Comment allait-il parvenir à se mettre à genoux, lui qui en était dispensé même à l'église ? Les observateurs ne furent pas déçus : le vieil homme mit un temps infini à poser un premier genou par terre, puis tangua dangereusement.

— Allons l'homme, intervint Randon, tu es déjà courbé devant Dieu, je te dispense de te courber devant sa créature !

Mais le vieil homme s'obstina. On entendit pouffer dans l'assistance. La remontée fut pleine de périls, mais deux bras osèrent s'approcher, ceux de sa fille, qui lui chuchota :

— Sacré homme lige* que tu fais là, papa.

— Mais j'ai des fils qui valent trois hommes chacun !

— Alors, ils auraient dû jurer à ta place.

— Pas question. Je suis le chef de famille, oui ou non ?

— Barthélemy Mazeirac, sergent de la Cour, appela alors le notaire.

Barthélemy s'avança. Le notaire continua sa lecture, un léger tremblotement d'émotion dans la voix.

— Reconnais-tu, comme il est écrit dans le registre, être homme lige, justiciable, corvéable et taillable à volonté du sire de Randon ci-présent ?

Barthélemy releva la tête, surpris. Il considéra un instant son seigneur, qui souriait toujours d'un œil excessivement bienveillant, et ne fut pas dupe.

— Je reconnais être homme lige, justiciable, taillable à volonté du sire de Randon ci-présent.

— Ce n'est pas ce qui est écrit ici. Il est écrit…

Barthélemy posa un regard dur sur lui et ne le lâcha pas tant que l'autre poursuivait sa lecture.

— Il est écrit « corvéable », acheva le notaire.

— Je refuse de jurer.

— Tu ne peux pas… c'est écrit.

— C'est écrit.

Argument imparable. Accuser le notaire de tromperie lui vaudrait des poursuites et une lourde condamnation. Mais se résoudre à voir ses droits bafoués sans protester ? L'ambiance s'était subitement tendue à l'extrême. Sur tout le cimetière planait un silence pesant.

— On entendrait un pet de mort, marmonna une voix à son voisin scandalisé.

— Allons, allons, il y a erreur ! intervint le sire de Randon, patelin.

Il se pencha sur le registre à son tour.

— Oui, je pense qu'il est écrit « homme lige, justiciable, corvéable et taillable aux cinq cas ». Barthélemy, ne veux-tu pas jurer ?

Barthélemy observa le silence le temps d'un soupir, puis il se détourna lentement du notaire, qui gardait les yeux obstinément fixés sur le registre et tout spécialement sur l'endroit de son registre où le papier avait été gratté puis habilement réinscrit, et planta ses yeux dans ceux de son seigneur. Un instant, un instant seulement, la jubilation de Randon fut visible. Puis il reprit son visage aimable et paternel.

— Corvéable ? reprit Barthélemy. Soit ! Je jure d'être homme lige, justiciable, corvéable et taillable aux cinq cas du sire de Randon ci-présent.

Il avait prononcé la formule debout. Puis il s'agenouilla, les mains jointes. Le seigneur lui prit les mains dans les siennes et lui répondit :

— Je reçois ta parole et je saurai récompenser la fidélité par l'honneur, la désobéissance par le châtiment.

L'homme lige se courba alors et, l'œil flamboyant de colère, déposa un bref baiser sur les pouces de son seigneur. Puis il se releva, posa sa main droite sur le volume des Évangiles que lui tendait le clerc.

— Je jure, prononça-t-il, d'une voix claire.

Il haïssait cette cérémonie.

La tension se relâcha comme le sergent regagnait les rangs des paysans. Le défilé se poursuivit. La jeune veuve dont les biens avaient été saisis évita le regard de son seigneur et lui bava sur les doigts. Randon ne s'était pas attendu à ça. La colère l'embrasa, puis il réprima un petit rire. Trois jeunes orphelins se présentèrent assistés de leur tuteur, un vieil homme très courbé à l'esprit alerte. Barthélemy, qui s'était écarté pour ruminer son irritation, sentit plus qu'il ne vit s'approcher un homme, Raoul d'Etignies, le curé de son village.

— Mauvais tour qu'on te joue, Barthélemy !

— Hum.

— Allons, tu n'as pas perdu grand-chose. C'est un malin, ce seigneur, mais il ne t'a qu'à moitié roulé. Tu étais taillable à volonté, et maintenant, tu ne l'es qu'aux cinq cas. Et comme les cinq cas se présentent rarement, autant dire que tu es dorénavant exempté de taille. Un peu de liberté contre moins d'impôts, tu aurais pu tomber pire.

— Un peu de liberté ! Je n'en avais déjà pas beaucoup !

Le curé eut un petit rire.

— Qu'est-ce que tu crois, Barthélemy ? Tu es déjà son homme lige. Tu es en plus son sergent. Tu seras libre quand tu seras là-dessous !

Il frappa la terre, sous ses pieds, pour donner plus de poids à sa remarque.

— C'est ce qu'on dit.

— Alors, tu devrais te faire une raison. Tout de même, j'aimerais savoir ce que tu as fait pour lui déplaire à ce point !

Barthélemy ne répondit pas. Il se demandait quel genre de « corvée » le sire de Randon attendait de lui.

Il n'y eut pas de proclamation à la fin de la cérémonie. Un grand bonhomme affichait un air heureux mais modeste. Depuis deux générations maintenant, les représentants de sa famille avaient « omis » de déclarer les deux corvées de labour dues, et à chaque hommage il craignait qu'un ancien parchemin ne le rappelle à ses devoirs. Mais jusqu'ici, tout allait bien. Encore une génération et le registre actuel ferait foi. Le seigneur se retira dans son château et la foule se dispersa. Tous ou presque participeraient à l'office de vêpres avant de regagner leurs villages respectifs. Barthélemy rôda autour du cimetière, considérant mélancoliquement les tombes. Quelques os vieux et moins vieux affleuraient à la surface, et il eut un « tut tut tut » à l'adresse du fossoyeur qui avait la paresse de creuser profond. Le soleil tapait dur sur son chapeau ; il se réfugia à l'intérieur de l'église, fraîche grâce à l'épaisseur de ses murs, bondée pour la même raison. Il s'arrêta devant un autel latéral où trônait une statue de bois de très mauvaise facture, aux couleurs vives et écaillées. Un petit garçon en tenue de page lui tapota le dos.

— Le sire vous demande au château.

— Je te suis.

Randon attendait, carré dans la même cathèdre qui avait été transportée sur le cimetière. Barthélemy s'approcha et se courba à nouveau. Derrière lui, le page se retira en bâclant les portes. Ils étaient seuls.

— Alors, Barthélemy, on enrage ?

— On ne peut rien vous cacher !

— Cet air furieux te sied admirablement. Dommage que tu ne sois pas capable de le produire sur commande. Tu n'es pas assez menteur et dissimulateur pour me servir correctement. Mais j'ai bon espoir que tu puisses corriger ce défaut.

Il fixa Barthélemy pour apprécier sa réaction.

— Vous avez besoin de mes services, constata Barthélemy.

— Je n'ai jamais besoin de personne. Je prends ce qui est à moi, un point c'est tout.

— Bien.

Randon inspira profondément et pressa son grand corps massif contre le dossier de sa chaise. Son expression passa du commandement au souci, ses traits semblèrent fondre et il parut fatigué. Il poursuivit :

— Tu m'en veux, et je ne peux pas te le reprocher. Mais je te demande de mettre ta colère de côté le temps de m'écouter.

Il s'arrêta, sembla réfléchir un instant, regarda Barthélemy, droit et attentif devant lui, puis reprit :

— J'ai une tâche à te confier, qui sera sans doute bien plus difficile que tout ce que tu as fait pour moi jusqu'ici. Je ne pourrais engager n'importe qui dans cette affaire. Puis-je compter sur toi ?

— Oui. Mais vous auriez pu me le demander sans me contraindre à cette « cérémonie ».

— Je le sais. Mais ton nom revient souvent dans la bouche des gens d'ici, tant ceux de la campagne que du château. Les enquêtes que tu as menées pour moi ont déjà fait trois fois le tour de la ville. J'ai besoin de doucher un peu cet intérêt tout neuf. De plus, je voudrais que l'on te croie en disgrâce. (Il eut un petit rire.) Et tous ceux qui auront vu ton visage tantôt ne pourront douter de ce que tu es vraiment en disgrâce. Il te faudra apprendre à masquer aussi tes sentiments !

— Et afficher un sourire réjoui quand vous vous attaquez sans vergogne à mes droits ?

— Exactement. Assez sur ce sujet, et écoute-moi. Je quitte le royaume.

— Vous quittez... ?

Barthélemy leva un regard surpris vers son seigneur.

— On dirait que ça t'attriste ? Je ne fais que mon devoir de fidèle vassal. Tu dois savoir que notre bon roi, mon suzerain, s'est fait capturer par les Anglais, qui nous demandent, pour le libérer, une rançon d'un montant inouï.

— Des tailles* en perspective…

— Tu l'as dit. On peut s'attendre à de magistrales crues de taille, et ce que tu ne me dois plus, le roi te le prendra un jour ou l'autre. Tu vois, tu n'aurais pas dû accepter mon marché. Enfin… on ne peut pas décemment laisser notre roi prisonnier de l'autre côté de la mer… En attendant de pouvoir réunir la somme, ce qui risque de prendre du temps, une délégation des plus grands noms du pays s'est offerte de prendre la place du suzerain. Je suis du voyage.

— Et pas de bon gré.

— Que dis-tu là ? Je suis un loyal serviteur de la couronne ! (Il rit.) Je soupçonne ce malastruc d'évêque du Puy d'avoir intrigué pour suggérer mon nom aux pairs chargés de constituer le peloton de nobles.

— Pourquoi ?

Le seigneur prit une grande inspiration et leva les yeux au plafond.

— Eh bien, finit-il par dire, entre l'évêque du Puy et la famille de Polignac, c'est une longue rivalité. À l'époque de mon père, la vicomté de Polignac a été réunie à la baronnie de Randon. Ces deux puissances alliées, c'était une menace pour l'évêché, qui a fait appel au roi. Ils ont signé un acte de pariage fort embarrassant pour nous, les barons. Depuis, l'Église marque des points en Velay. Le Gévaudan n'est pas un problème. Les gens d'ici ont l'air de savoir que j'aime ce pays et ses habitants. Mais ces Vellaves… Or, tel que tu me vois, Barthélemy, et bien que cela n'apparaisse pas clairement, je suis dans une très mauvaise passe. Il soupira et une ombre de douleur passa sur son visage. Ma seconde épouse ne m'a donné qu'un seul fils. Et le voilà mort, il y a juste un mois de ça.

— Quel malheur ! s'écria Barthélemy, ému.

— C'était un bel enfant... que je regretterais même si j'en avais douze autres. Affrontons la situation : je suis sans héritier, Barthélemy, et je risque de le rester.

— Mais vous pouvez avoir des enfants... Votre seconde épouse peut-elle encore porter ?

— Je le crois, oui... mais il faut vingt ans pour faire d'un enfant un homme, Barthélemy. Et en vingt ans, je peux mourir trente fois. La seigneurie est fragile. C'est une chance inespérée pour mes ennemis. Si je meurs outre-mer, ou si des troubles se déclenchent en mon absence, tous ceux à qui je ne plais pas vont se réveiller. Et ils sont nombreux !

Barthélemy était médusé par cette explication. Le sire de Randon, cet homme puissant, le plus puissant des seigneurs du Velay et du Gévaudan. Se pouvait-il que cette force repose sur des bases aussi fragiles ?

— Et refuser de partir ?

— Trop dangereux. Ce serait ouvrir une crise avec la royauté, et je ne peux pas me le permettre. Surtout maintenant... Non, j'irai en Angleterre.

— Quand ?

— Dans une semaine.

— Déjà ?

Randon sourit, goguenard :

— Quoi, je pensais que cela te ferait plaisir de me voir débarrasser le plancher. Plus personne pour te donner des ordres ou te harceler de corvées...

— Qu'attendez-vous de moi ? grogna Barthélemy. Que je parte avec vous en Angleterre comme garde du corps ?

— Tu ferais ça ? Tu délaisserais ton foyer pour voguer avec moi ? Tu m'étonnes… Mais non. Je saurai me protéger tout seul. D'ailleurs, j'emmène une brillante escorte de valets et écuyers qui impressionneront beaucoup les maréchaux du roi et le roi en personne. J'ai un autre genre de « corvée » à te confier. Je voudrais que tu t'occupes de mes ennemis qui resteront derrière.

— En Velay ?

— Parfaitement !

— Qui sont-ils ?

— Si je le savais, Barthélemy, je m'en serais déjà occupé, crois-moi.

— Comment surveiller des gens que je ne connais pas, dans un pays que je ne connais pas, sans savoir s'il se trame quelque chose ou pas ? Je comprends que vous ayez eu besoin de me faire jurer fidélité !

Randon agita la main avec impatience.

— S'il est vrai que l'espace entre tes oreilles est occupé par un cerveau, c'est le moment de t'en servir !

Barthélemy battit prudemment en retraite :

— Je ferai ce que je pourrai.

— Je vais te donner toutes les informations dont je dispose. Tu verras que c'est bien insuffisant, mais je n'ai appris mon départ qu'il y a trois jours. J'ai reçu plusieurs courriers, faisant état de litiges autour d'un moulin que je fais construire sur la Loire, à la hauteur du village de Volte. Cela ne m'empêcherait pas de dormir si, parmi les rumeurs et les murmures, ne revenait de façon insistante la mention de ce qu'un « vrai Polignac » n'aurait pas osé détourner l'eau de la Loire à son seul profit.

— Vous pensez que ces gens n'ont pas fait le raisonnement tout seuls ?

— Je le crois. Qui sème le trouble, mon fils unique à peine enterré ? Je veux le savoir.

— Cette affaire, seule, ne devrait pas vous inquiéter outre mesure. Qu'y a-t-il d'autre ?

— Mon départ… Comme seigneur récemment frappé de deuil, je n'aurais pas dû participer à cette expédition. Si j'en suis, c'est que quelqu'un d'assez haut placé a intrigué pour que mon nom soit retenu. Et ce quelqu'un n'est pas l'évêque. Enfin, pas seul. Et même la mort de mon enfant… Il semble que quelqu'un ou quelques-uns soient décidés à m'abattre. En temps normal, je partirais chevaucher dans toutes mes terres et tous mes châteaux du Velay. Je donnerais des réceptions, recevrais les hommages et testerais les fidélités. Et rien ne se passerait en définitive… mais je ne peux pas. Alors je t'envoie.

— Sire…

— Pourquoi cette mine ? Qu'est-ce qui te trouble ?

— Vous ne pouvez pas confier le maintien de votre vicomté à un… corvéable à merci !

Randon éclata de rire.

— On peut dire que tu as de la suite dans les idées… mais je ne t'envoie pas dans la gueule du loup sans te munir de quelques griffes.

Il leva le regard sur Barthélemy et le sergent partagea l'inquiétude de son seigneur. Les yeux pétillants étaient sombres, enfoncés. De profondes marques de chagrin, de tristesse et de fatigue se lisaient sur son visage. Son énergie, qui masquait habituellement tous les autres sentiments, semblait lui faire défaut.

— Je n'aimerais pas te perdre, toi aussi. Si j'avais pu trouver un autre à envoyer, crois-moi, je l'aurais fait. Mais vois : Dieu me punit sans doute par là où j'ai péché. À force de commander et manipuler les hommes, il m'en reste peu en qui je peux avoir confiance. Et ceux-là sont tous placés là où ils seront utiles. Ne me reste que toi. Je te nomme bayle* pour le val d'Amblavès. Mais attention ! Je veux que cette nomination apparaisse comme un éloignement. Je veux qu'on ne se méfie pas de toi, du moins au début.

— Alors bayle est une trop haute fonction pour moi. Nul ne croira à une disgrâce. Laissez-moi aller en val d'Amblavès comme sergent ou, mieux, comme un simple manant.

— Un manant n'aura pas le pouvoir d'agir quand il le faudra.

— Établissez le parchemin d'investiture, je ne m'en servirai qu'en cas de besoin.

— Tu as raison. Je vais nommer cet imbécile de Guionet bayle à titre provisoire. Tu devras te choisir une bonne couverture toi-même. Installe-toi au village de Volte. J'y possède un hospicio* que tu pourras utiliser quand tu le jugeras bon. Me serviras-tu loyalement ?

— S'il le faut.

— La noblesse est une grande chose. À genoux, que je t'investisse de cette fonction !

Barthélemy s'agenouilla, et le sire lui tendit un petit rouleau de parchemin.

— Par ce parchemin, Barthélemy Mazeirac, je te fais bayle des mandements* du val d'Amblavès jusqu'à ce que la mort te prenne ou que je décide de mettre fin à tes fonctions. Tu peux te relever.

Barthélemy obéit et prit le rouleau, qu'il serra dans son aumônière. Il s'inclina pour prendre congé, mais le seigneur le retint :

— Ce n'est pas tout. Je voudrais qu'Ysabellis t'accompagne en Velay, qu'elle prenne ses quartiers auprès de mon épouse, dans mon château de Polignac.

— Ysabellis au château ? Qu'attendez-vous d'elle ?

— Qu'elle prenne soin de ma femme. Mascaronne est constamment malade depuis la mort de notre enfant, je ne sais comment la sortir de ce deuil qui lui empoisonne l'âme et le corps.

— N'a-t-elle pas un médecin, des dames de compagnie ?

— Elle a tout ça. Le médecin n'est pas un incompétent, à ma connaissance.

— Alors pourquoi vouloir envoyer Ysabellis ?

— Ne discute pas, ce n'est pas le moment.

— Ysabellis n'est pas votre lige…

— Mais tu l'es. Tu lui ordonneras pour moi.

— Elle désobéira.

— Alors tu la battras !

— Certainement pas. Que lui voulez-vous ?

— Je ne pensais pas que tu ferais autant de difficultés pour un simple séjour au château. Elle y mangera à sa faim, n'y travaillera pas trop dur… Bien des femmes vendraient père et mère pour ça !

— Il s'agit d'Ysabellis. Elle ne partira pas sans une bonne raison.

Randon le regarda, un peu pensif.

— Bien. Puisqu'il faut y mettre les formes, dis-lui que je la prie d'accepter mon invitation. Barthélemy, on s'en est déjà pris à elle pour t'atteindre toi. Je préfère la savoir à l'abri si les choses tournent mal. Que personne ne sache qu'elle est ta femme. Et tu auras à la fois une alliée au château et l'esprit tranquille, car elle sera en sûreté.

— Soit, je vais le lui demander.

— Fais en sorte qu'elle accepte. Envoie-la-moi dans les jours qui viennent, je lui donnerai ses instructions, ainsi que sa lettre de présentation.

Barthélemy s'inclina profondément et prononça un dernier « Adieu ! » avant de partir.

LE VAL D'AMBLAVÈS

En sautant de pierre en pierre, Barthélemy atteignit enfin un petit promontoire ensoleillé. Il assura sa prise sur un rocher glissant et écarquilla les yeux. Le val d'Amblavès s'étalait devant lui, champ après champ de blé vert, que le vent faisait onduler. La lumière se reflétait sur les pierres dorées des petits groupes de maisons, sur les vignes, sur le fleuve. Peu d'herbe et de troupeaux, mais que de blé ! Une richesse inexprimable, qui attendrait quelques semaines encore d'être moissonnée. Son regard se porta un peu plus loin. Sur chaque monticule se dressaient des tours et des remparts.

— Évidemment, cette richesse n'est pas perdue pour tout le monde.

La Loire étincelait au soleil, ruban scintillant qui se perdait dans le lointain, survolée de nuées d'oiseaux, canards, hérons, milans. Sur la rive droite, juste à ses pieds, une petite église au clocher carré veillait sur quelques bâtiments, un cimetière, un cloître. Un modeste prieuré. Une petite agglomération de maisons, disposées dans l'espace libre entre la Loire et la montagne, formait ce qui devait être le village de Volte. Un pont en dos d'âne d'une seule arche reliait les deux rives du fleuve. Quelques barques à fond plat avaient été tirées au sec sur les galets.

Il suivit la Loire des yeux jusqu'au débouché des montagnes. Elle dessinait un méandre au centre duquel émergeait un donjon. Le château de Volte, sans aucun doute. Il remonta dans la forêt, cherchant un meilleur point de vue sur le château. La pente était couverte de feuilles, et aucun chemin ne l'entaillait. En amont du village, le fleuve se frayait un chemin entre des gorges abruptes, laissant peu d'espace pour un sentier hasardeux. Barthélemy se dirigea à grand-peine vers un promontoire rocheux où les arbres s'écartaient et où passaient la lumière et le regard. Il se trouvait juste au-dessus de la boucle de la Loire, là où l'étau des montagnes se desserrait un peu. Le donjon était bâti au centre du méandre, entouré de murailles approximativement carrées, bien plus vaste que ce qu'il avait cru voir. Les murailles n'abritaient pas de maisons. Le château était purement militaire, purement seigneurial. À en juger par son emplacement, sa fonction essentielle était de barrer le passage aux oiseaux migrateurs et aux saumons de la Loire. Barthélemy s'assit sur le sol, couvert à cet endroit de feuilles, de mousse et de pommes de pin toutes sèches. De son nid d'aigle, il entendait distinctement caqueter les oies dans la cour du château. La montagne résonnait de leur cri. Un mince filet de fumée s'échappait d'une baraque située à l'intérieur de l'enceinte. Un faucon planait très haut.

Il remonta jusqu'au plateau, où Fauve, son cheval, l'attendait, attaché à un baliveau. Derrière lui, le faucon piqua sur sa proie à une vitesse phénoménale.

Le soleil passait de l'autre côté des montagnes quand il attacha son cheval à un anneau de fer scellé sur l'église. Devant le portail, face à la Loire, une petite place résonnait de cris et de rires d'enfants. Il vit une petite fille en tunique fendue se pencher vers une camarade :

— Moi, je n'aime pas les râteaux. Et tu sais pourquoi ?

Et devant le geste de déni de sa camarade, elle se pencha pour lui exposer ses raisons à l'oreille. Barthélemy ne put se retenir d'éprouver une intense curiosité à l'égard de ce secret d'enfant. Une petite taverne était à cette heure presque vide de monde. La tenancière, une belle femme aux formes juste assez pleines, préparait ce qui ressemblait à de l'eau d'avoine. Elle salua Barthélemy avec un sourire amène et lui servit un vin tout à fait passable.

— C'est une belle saison. Comment s'annoncent les récoltes ?

— Médiocres ! Il a fait bien trop sec. Vous cherchez de l'embauche ?

— Plutôt un logis. J'étais marchand du côté de la Margeride, mais avec ces routiers, ça devient impossible.

— On n'est pas à l'abri des routiers, ici non plus…

— Vous me décevez. Mais il faut bien gagner sa vie !

— Adressez-vous à la veuve Quintina alors. Tout ce qui se négocie dans les parages passe par ses mains. Jusqu'à la semaine dernière, elle logeait un Rouergat qui vient de rentrer chez lui. Elle acceptera peut-être de vous prendre à la place.

— Ah ? Et où puis-je la trouver ?

L'aubergiste désigna un ouvroir au volet descendu, à quelques pas.

— Juste là.

— Merci !

Guithona Quintina était par chance dans sa boutique, penchée sur une table tachée d'encre, encombrée de papiers et de barbes de plumes. Elle leva vers son visiteur un visage minimaliste, yeux profonds, lèvres minces, pommettes saillantes, serré dans une guimpe blanche. Elle pouvait avoir la quarantaine. Barthélemy ôta son chapeau et se composa l'expression un peu embarrassée du quémandeur :

— Mes respects, maîtresse Quintina. Je suis Barthélemy Mazeirac, et l'on m'a dit que vous pouviez sans doute me venir en aide.

— Tout dépend de la nature de cette aide. Que voulez-vous ? Acheter ? Vendre ?

— Je ne cherche que le gîte. On m'a dit que vous aviez un logis à louer.

— Je n'appellerais pas ça un logis. Enfin, pas pour quelqu'un comme vous. Son regard pointa la veste rouge à nombreux boutons, signe manifeste d'aisance. Je m'étonne que le coucher dans ma grange soit le seul motif de votre visite.

Barthélemy sourit :

— J'aimerais vous proposer mieux, mais j'ai subi récemment quelques revers de fortune et j'arrive les mains vides. Pour le moment.

— Vous êtes ruiné ?

— Pas exactement. Disons que j'ai liquidé toutes mes affaires, et me voilà forcé de reprendre beaucoup de choses depuis le début…

Ce qui, dans une certaine mesure, était vrai. Elle eut un petit rire :

— Oh, je vois. Vous cherchez fortune en val d'Amblavès. Vous n'êtes pas le premier. Je vous logerai, si vous n'êtes pas trop difficile. J'ai une grange, de l'autre côté du fleuve, qui me sert d'entrepôt. Vous pouvez y emménager une couche. En échange, vous vous engagez à y rester du coucher au lever du soleil. Vous m'avez l'air d'être de taille à affronter quelques malfaiteurs en cas de besoin. Je ne vous demanderai rien d'autre en échange. Est-ce que cet arrangement vous convient ?

— Parfaitement.

— Pour le reste, nous pourrons en parler… Elle s'arrêta et l'observa un moment, de ses yeux très clairs, cernés d'une ombre bleutée. D'où venez-vous ?

— De Margeride. Du côté de Châteauneuf.

— Dans quelle branche étiez-vous ?

— Les troupeaux, le bois, la draperie… J'espère mieux par ici.

La veuve acquiesça. Une tête hirsute passa par l'ouverture du volet :

— Hé patronne ! Le sire Huguenin vient de passer… Et vous savez quoi ? Le vicomte part en Angleterre ! Comme otage !

— C'était donc vrai…

Barthélemy se tint aussi immobile que possible, mais la veuve tourna vers lui son visage décidé :

— En voilà un que cela n'étonne pas. Dans le commerce, l'information est la clé du succès. J'habite au-dessus de cette échoppe. Soyez-y ce soir, à complies. Nous partagerons le pain… et sans doute quelques nouvelles. Bonne journée !

Barthélemy s'inclina légèrement et sortit dans le soleil. Devant la table de la tavernière, hommes et femmes se pressaient, échangeant la nouvelle à voix excitée.

— Otage ?

— Il peut aussi bien ne jamais revenir !

— Mais qui administrera le mandement en son absence ? Les châtelains ?

— Pas sa femme, quand même, pauvre créature !

— Il paraît que Guionet de Beaulieu a été nommé bayle.

— Lui ? dit une voix dans un reniflement de mépris.

— Otage ! Pourvu qu'ils lui fassent sentir le fer ! lança un jeune homme au regard vif, des cheveux de paille dépassant en tous sens de son bonnet blanc.

— Pff… Tout ce qu'il va sentir, c'est le parfum du faisan au vin et des entremets. Otage pour le roi, ce n'est pas comme otage des routiers.

— Tout de même, cela peut changer des choses, ici, oui…

Il y eut des coups de coude, des regards vers « l'étranger », et les voix se turent. Barthélemy prit le temps de rouler les manches de sa chemise pour leur laisser le temps de réfléchir aux questions qu'ils lui poseraient.

Le jeune blond s'approcha de lui, souriant de toutes ses dents, dont deux manquaient sur la mâchoire inférieure.

— Bonjour l'ami, on voyage ?

— Barthélemy Mazeirac. C'est un beau pays que le vôtre. J'aimerais y rester plutôt que simplement y passer. Je suis marchand. Mais tel que vous me voyez, je n'ai rien à vendre.

Il présenta ses mains vides en appui à ses dires, sourit et commanda à la tavernière un pot de vin à partager. Le jeune homme porta la main à son bonnet :

— Ytier Taramentrant. On me dit souvent que le « Taramentrant » est trop compliqué pour moi, donc c'est Ytier tout court. Lui, c'est Gerenton. Il exploite avec son frère les terres qui sont du côté des bois noirs.

Gerenton, un homme à la carrure massive, dégela un quart de son visage dans une tentative de sourire.

— Elle, c'est Guillelma. La moitié des enfants qui jouent sur la place sont à elle, et à Jehan Chapade. Ne demandez pas comment une aussi jolie femme a pu prendre pour époux un homme pareil, personne n'a encore eu la réponse à ce mystère !

La petite troupe rit de bon cœur, y compris ledit Chapade, un petit homme très rouge qui portait une racine autour du cou. Une grande femme aux mains déformées par les travaux se présenta :

— Anthonia Gravil. Je fabrique des lacets de toutes les couleurs qui ne craquent pas. Mon échoppe est juste derrière vous.

— Rien à vendre ? Alors que faites-vous dans les parages ? insista Gerenton.

— Je cherche à me réinstaller. Je viens de Margeride, et j'ai eu… des soucis. Alors j'ai vendu tout ce que j'avais, et je venais voir par ici. C'est beau, ici. C'est riche. Il y a du grain, des épices, pas comme là-haut.

— Donc vous êtes là pour rester.

— Si je peux. Si je trouve…

— Oh, si c'est pour rabattre le caquet à la vieille veuve Quintina, nous, on est d'accord ! dit Chapade en riant.

— Elle m'a l'air redoutable, répondit-il. Je verrai. Peut-être n'y a-t-il pas de place pour deux. Il est difficile de gagner son pain honnêtement quand il y a tant de malandrins sur les routes !

— C'est bien vrai, de nos jours, ce n'est plus comme avant ! renchérit Anthonia. On dirait que les seigneurs ne se rendent pas compte à quel point la vie est devenue difficile !

De graves hochements de tête accueillirent l'exclamation. Les gobelets se levèrent et s'entrechoquèrent.

L'assistant de la veuve Quintina, un homme jovial, au nez fortement couperosé, conduisit Barthélemy jusqu'à son nouveau logement, sur l'autre rive de la Loire. La grange était vaste, emplie jusqu'au toit d'un foin dégageant une odeur forte de maturation. L'air, rare, était saturé d'une poussière brûlante. L'année avait été sèche, et cette quantité de foin, vendue en hiver, représenterait une fortune, pourvu qu'elle puisse trouver suffisamment d'acheteurs. Pendant les premières semaines, le foin en vrac se tasserait, et quelques malhonnêtes en profiteraient sans doute pour accentuer le phénomène en délestant la grange de quelques brouettes. Le rôle de Barthélemy était d'empêcher que la part des pauvres ne soit ainsi prélevée nuit après nuit. Tout près de la porte se voyait encore la couche où le précédent occupant avait dormi et que Barthélemy décida instantanément d'adopter. C'était le seul endroit où parvenait un filet d'air frais.

— Cela vous convient-il, maître Mazeirac ?

— Très bien, Gonet. Qui était ce Rouergat qui m'a précédé ?

— Lui ? Oh… un mineur, je crois.

— Mineur ?

— Un de ces hommes qui creusent dans le sol pour trouver du fer ou de l'or.

— Il y a de l'or, en val d'Amblavès ?

Gonet s'esclaffa, découvrant ses gencives :

— Pas à ma connaissance ! La seule chose que l'on trouve dans le sol, c'est la terre de poterie, celle qui est verte. L'or… il faut le faire pousser.

— Le froment.

— Oui. Vous devriez être tranquille. Le Rouergat n'a pas reporté de problèmes. La saison n'a pas été très bonne, mais les gens n'en sont pas au point de risquer leur vie pour une charge de foin. Pas encore. D'où venez-vous ?

— De Margeride.

— Et les foins, chez vous ?

— Il y en a. Plus que de blé, en tout cas.

Gonet rit à nouveau :

— Vous apprécierez le changement ! On ne se gèle pas, ici !

Fidèle à sa parole, Barthélemy fut devant la maison de la maîtresse Quintina au son de la cloche annonçant complies, lavé et rasé. Le soleil était passé derrière les montagnes après avoir envoyé un dernier et magnifique rayon à la surface de la Loire. Un escalier extérieur permettait d'accéder aux appartements de la marchande, situés juste au-dessus de son ouvroir. Elle l'attendait, assise sur un banc de pierre, dans l'encadrement de la fenêtre. Les murs blanchis à la chaux, la table garnie d'une nappe immaculée, les coffres sculptés et pourvus de serrures ouvragées, tout cela contribuait à donner à la petite pièce une impression d'élégance qu'il n'avait encore rencontrée nulle part.

— Alors ? Vous êtes surpris de ce que vous voyez, dirait-on. Je n'ai ni chevaux ni robes chatoyantes, et je ne donne certainement pas de banquets. Mais j'aime avoir une maison agréable pour me reposer des peines du commerce. Êtes-vous satisfait de votre logement ?

— Parfaitement !

— Bien. Et avez-vous eu le temps de vous faire une idée du genre de négoce qui se pratique ici ?

— Pas très claire, encore. Je viens seulement d'arriver.

— Prenez votre temps. Mais vous avez sans doute un avis, ou même juste des impressions ?

— Les épices ?

— Ah ! Les épices. On en sent l'odeur jusqu'ici. Il est des nuits où cela me tourmentait, mais je crois maintenant que je dois ma si belle santé à ce parfum dans lequel je baigne. Mais vous vous trompez. Les épices ! (Elle renifla sans grâce.) Ces marchands vénitiens verrouillent l'accès aux épices, et ils ne m'en vendent qu'à des prix exorbitants. Je ne gagne pour ainsi dire rien dessus. Pourtant, je prends toujours soin d'en avoir, non pas des meilleures, mais de bonnes et suffisantes. Cela me permet d'entrer dans toutes les cours seigneuriales. D'abord pour les livrer, ensuite pour réclamer deux, trois, quatre, douze fois mon dû ! Les épices sont la clé de tout le reste, c'est assez bien vu.

— Le froment ?

— Mmh ! Le froment se voit dans le paysage parce qu'il est beau et blond. Quand le soleil se reflète dessus, les chaudes journées d'été, sa beauté est sans égale. Mais le gros du froment est cultivé pour les redevances. Les seuls qui en auraient assez pour en faire commerce, ce sont les seigneurs, mais ils préfèrent généralement le garder pour la consommation de leur maison.

— Il y a beaucoup de moulins…

— C'est d'ailleurs un problème.

— Pour qui ?

— Pour les meuniers, et pour ceux qui les emploient. Dès que le nouveau moulin que bâtit le vicomte sera en service, les autres vont péricliter.

— Le vicomte l'a prévu ?

— Oui, je crois. Il fait ça en mesure de rétorsion contre le prieur, d'ailleurs.

— Pourquoi ?

— Vieille rivalité. Le prieuré de Volte dépend de l'église de Tournus. Le vicomte n'a aucun droit sur la nomination du prieur, et le prieur en profite pour grignoter sur les droits de justice, ce genre de choses.

— Le prieur verrait sans doute d'un bon œil que le vicomte ne revienne pas d'Angleterre.

Guithona se figea.

— Ce sont des choses qui ne se disent pas, même si certains les pensent.

— Bien sûr. Même sans souhaiter qu'un malheur arrive au vicomte, certains peuvent espérer que la dame, ou qui que ce soit d'autre, administrera les lieux avec moins de rigueur.

— Peu importe, répondit froidement la veuve. Nous qui ne sommes ni nobles ni ecclésiastiques, nous devons supporter les seigneurs, qu'ils soient bons ou durs, sans nous plaindre. Puisque nous n'y pouvons rien... Assez sur ce sujet. Mangez plutôt, ou je vais croire que le dîner n'est pas à votre convenance.

La nuit tombait rapidement et la fraîcheur s'installait. La servante de Guithona apporta des chandelles de vraie cire, qui sentaient bon le miel. L'odeur se mélangeait à celle des épices montant de l'ouvroir, donnant au lieu une atmosphère de conte. Guithona parlait, et Barthélemy l'écoutait. Il en apprit plus sur le commerce en une heure de discussion que dans toute sa vie passée. La servante allait et venait, apportant et desservant les plats. Guithona dévoilait en mangeant de petites dents bien plantées, coupait elle-même sa viande, buvait le vin à pleines chopes. Elle montrait une grande vitalité et l'habitude de diriger. Barthélemy veilla à ne pas laisser libre cours à sa curiosité, à se dévoiler aussi peu que possible, chose difficile sous le regard acéré de la marchande. Il commençait à comprendre qu'il avait en face de lui une des femmes les plus influentes du val d'Amblavès, et se demandait ce qu'elle attendait de lui. Elle n'aborda le chapitre qu'à la toute fin du repas :

— Je crois que votre expérience du commerce est encore balbutiante.

Barthélemy sourit sans répondre. Il avait vite compris qu'il ne tromperait pas la veuve sur ce point.

— L'expérience est une chose qui s'acquiert. Faites vos preuves. Certains projets que j'ai nécessiteront une main-d'œuvre de toute confiance.

— Des projets ?

— Disons, des idées. On ne peut vivre longtemps sur un seul négoce, nous changeons d'époque, et ce qui fit les fortunes autrefois les défait aujourd'hui. Il faut vivre sur les richesses de notre temps.

— Notre temps n'est riche que de guerres. Voulez-vous faire commerce d'armes ?

— Ce serait une idée…

Qu'elle ne développa pas. Elle le détailla sans détour, de sa large main aux tendons saillants, reposant sur la table, à ses yeux changeants aux longs cils noirs. Le même filet d'air qui faisait vaciller les chandelles dérangeait une mèche de cheveux sombres, projetant des ombres sur son visage, rendant son expression difficile à décrypter. Conscient de son observation, il sourit avec une courtoisie teintée d'un soupçon d'ironie. La veuve répondit par un regard intrigué. Ils vidèrent leurs verres et se séparèrent.

Le matin apporta un peu de brume, vite dissipée par un chaud soleil. L'herbe étincelait de rosée, plongeant Barthélemy dans des pensées agréables. Ysabellis aimait marcher, au petit matin, dans l'herbe fraîche et humide de la nuit. Était-elle déjà arrivée au château de Polignac ? Quel accueil lui avait-on fait ? Ses pieds risquaient de fouler la poussière de la cour plus souvent que la rosée. Sa conscience n'était pas totalement en paix, mais au moins il était heureux de la savoir si proche. Il traversa le pont, un ouvrage curieux qui enjambait le fleuve entre deux rochers saillants. Il n'y avait pas de péage, mais deux anneaux scellés dans la pierre, de chaque côté du parapet, témoignaient de ce que l'on pouvait, en cas de nécessité, barrer l'accès par des chaînes. La veille, il n'avait pas remarqué de boulangerie parmi les ouvroirs de la place. Mais il espérait que le parfum de croûte fraîche qui lui parvenait provenait d'un commerce et non du four banal. Il se dirigea dans une ruelle et trouva la boulangerie, mais, à son grand dépit, la boule que lui vendit le boulanger était d'un triste gris, sans trace de beau froment. Il paya, quand un homme carré l'accosta.

— Bonjour. Vous êtes le nouveau locataire de la veuve Quintina, n'est-ce pas ?

— Les nouvelles vont vite, en val d'Amblavès.

— C'est normal. Je suis le sergent du lieu. Esteve Blacheyre.

— Barthélemy Mazeirac.

Il le salua en payant le boulanger de trois petites pièces toutes noires.

— Sergent dans ce beau pays, continua-t-il, vous ne devez pas avoir beaucoup de besogne.

— Et qu'est-ce qui vous fait dire ça ?

— Toutes ces belles terres, toutes ces richesses sur pied... on se dit que rien ne peut aller mal parmi tant de prospérité.

— Vous avez mal écouté les prêches, si vous pensez encore que la richesse fait le bonheur ! Certaines personnes sont un peu échauffées, et il suffit parfois d'une étincelle pour qu'il y ait des émeutes.

— Des émeutes ? Je ne peux y croire !

— Prenez garde tout de même. Si vous ne venez pas dans le but de semer le trouble, vous pouvez aussi en être victime, comme étranger. Il y a une barre à la porte de votre grange. Assujettissez-la soigneusement chaque soir, et pas de paroles inconsidérées la journée. Vous m'avez l'air d'un honnête homme, je n'aimerais pas vous voir prendre racine ici... définitivement.

— D'accord, je serai circonspect. Mais comme vous le voyez, je n'ai pas emporté de fourche !

Le sergent éclata de rire.

— Et qu'est-ce qui vous amène dans le pays, si ce n'est pas l'envie de causer des troubles ?

— Rien qui puisse attrister votre sire, le vicomte.

Le sergent sourit, d'un air entendu.

— Pardonnez mes questions, mais par les temps qui courent, j'aime mieux savoir qui est qui et qui fait quoi.

— Ne vous excusez pas. Je viens du Gévaudan et là-bas, le sergent était bien pire que vous. Je suis marchand, je prospecte le pays à la recherche d'un ouvroir pour mon négoce.

— Dans quelle branche ?

— Le papier me tenterait assez.

— Alors bienvenue en val d'Amblavès. Ici comme ailleurs, on s'accommode facilement de braves gens !

Il porta la main à son chapeau et s'en fut, laissant Barthélemy pensif. La situation était-elle si tendue, que le sergent en parle ouvertement à l'étranger qu'il était ? La ruelle résonnait d'un chant enfantin. Aujourd'hui, les faneurs reprendraient le travail sur les prés exposés au nord. Le mois de juin avait été beau. Juste un peu trop sec. Mais dès que le foin serait rentré, et avant que les moissons ne commencent, il y aurait quelques semaines de répit dans le travail agricole. S'il devait se passer quelque chose, ce serait à ce moment-là. Et bayle ou pas, que pouvait-il y faire ? Le sire de Randon l'avait envoyé bien tard…

LA DAME DE POLIGNAC

Ysabellis se présenta à la porte de Châteauneuf trois jours après le départ de Barthélemy, seule, une besace pour tout bagage. La ville était aussi remuante qu'un jour de foire. La nouvelle du départ du seigneur s'était répandue, et, outre les marchands qui venaient proposer les denrées nécessaires au trajet du sire, un grand nombre de manants étaient venus dans l'espoir de poser les yeux sur l'otage du roi, sur le voyageur en terre ennemie. Reviendrait-il ? Si oui, ils l'acclameraient comme s'il revenait victorieux de croisade. Dans le cas contraire, ils voulaient emporter un souvenir personnel de lui, un coup d'œil, une parole. Ils étaient prêts à oublier le poids des redevances, sa justice souvent approximative et toutes les exactions qu'il faisait peser sur eux puisqu'il partait en leur nom à tous.

À leur grand plaisir, le seigneur se montrait souvent en ville. Il chevauchait avec ou sans raison, imprégnant les rues, les campagnes, de sa présence. Et quand il passait, les témoignages de fidélité se multipliaient.

— Notre sire ! criaient les enfants. Ne laissez pas les Anglais s'en prendre à vous !

Il souriait, saluait une enfant comme une damoiselle, et repartait le cœur heureux. Le vieux renard savait le caractère éphémère de ces bonnes dispositions. S'ils l'acclamaient aujourd'hui, c'était par un curieux mélange entre le besoin de vénérer un seigneur qu'ils n'avaient pas d'autre choix que de supporter, et celle de resserrer leurs liens, comme sujets d'un même homme, de communier ensemble et de transcender ensemble la dure nécessité de vivre côte à côte. Mais une part de leur ferveur était tout de même due à sa séduction naturelle, à cette relation particulière qu'il savait établir avec les gens de ses domaines parce que, lui aussi les aimait. Ces pensées contradictoires en tête, il aperçut de loin la mince silhouette d'Ysabellis, gracieuse et d'apparence fragile. Elle portait une cotte verte, couleur de la jeunesse, qui dégageait son cou, et une coiffe d'où s'échappaient plusieurs mèches rebelles. Elle avançait en boitant légèrement, séquelle d'une mauvaise chute faite au printemps dernier, se souvint-il. Un petit garçon, moqueur, imita le bruit de la cloche à son passage, ce qui fit sourire la jeune femme. Randon ne se souvenait pas de l'avoir jamais vue sourire, et il arrêta son cheval pour l'observer. Elle avait toujours évoqué pour lui le tranchant de l'épée bien plus que la délicate fleur des champs. Mais en la voyant sourire à cet enfant, il se demanda s'il faisait bien de l'envoyer si jeune, si totalement ignorante des choses de la chevalerie, à la cour de son épouse. Il piqua sur elle et l'apostropha du haut de sa monture :

— Ysabellis Pastressa !

La jeune femme, légèrement surprise, s'inclina très vite en reconnaissant le seigneur.

— Présente-toi au château dans une heure. Je t'y recevrai dès que j'en aurai fini avec les collecteurs.

— Bien, sire, dit-elle, tout sourire évanoui.

Ysabellis laissa passer un peu plus de la moitié du temps imparti en visites à des amis, en flânerie dans les rues. Puis elle marcha d'un pas lourd vers le château. Le garde à la porte la fit entrer dans la cour, où elle attendit, raide, sur une tache de soleil que le seigneur ait fini de consulter les collecteurs d'impôts. Elle arrangea sa jupe qu'elle portait, comme il est de coutume chez les paysannes en été, relevée sur le jupon de la chemise. Les portes du château étaient grandes ouvertes, laissant passer un défilé continuel de visiteurs qui parlaient, criaient, chantaient même. Au bout d'un temps infini, un jeune page vint la chercher pour la conduire devant le seigneur. Elle traversa la grande salle, où des serviteurs s'affairaient déjà à dresser les tables pour le repas du soir, et franchit plusieurs portes pour déboucher dans une petite pièce où régnait l'odeur forte des hommes assemblés et du cheval. Le seigneur était debout à la fenêtre, échangeant quelques propos avec un serviteur en bonnet et large tablier blanc. Il renvoya son homme à l'entrée du page et d'Ysabellis, et s'assit sur la chaise de cérémonie.

— Alors ? commença-t-il. Barthélemy est-il en chemin ?

— Oui, sire.

— Et pourquoi n'es-tu pas avec lui ?

— Il pense qu'il vaut mieux que nul ne sache que nous nous connaissons.

— Hum. Il a raison. Mais je me demande combien de temps le secret peut tenir. Enfin, même si peu, ce sera toujours ça de gagné. Je suppose que tu dénoueras tes cheveux en quittant le Gévaudan ?

— Oui, sire.

— Bien. Tu te présenteras au château de Polignac. Un courrier est parti, annonçant ta venue. Tu y vas en qualité de guérisseuse, attachée à la dame de Polignac. Je ne pense pas que ta présence à ses côtés lui plaise tellement, mais elle est constamment malade depuis la mort de notre enfant et elle a besoin que l'on veille sur elle.

Il fit une pause, attendant un commentaire, mais Ysabellis ne disait rien, et il reprit :

— Comme tu le sais, c'est une requête et non pas un ordre. Mais si tu acceptes d'y aller, restes-y jusqu'à mon retour.

Ysabellis hocha la tête, la gorge serrée.

— Prends garde à toi. Ne bavarde pas. S'il arrivait que tu rencontres quelque fait troublant, ne t'en ouvre à personne, sinon à moi, à mon retour.

— Quand cela sera ?

— Je l'ignore. Dans quelques mois sans doute.

— Votre épouse ne va pas se demander pour quelle raison vous lui envoyez une guérisseuse de la campagne plutôt qu'un médecin de Montpellier ?

— Certainement.

Il fit une pause, posa les yeux sur ses mains jointes, puis sur son front dégagé par le lin blanc. Il se demanda quel genre d'existence avait pu dessiner, sur une femme si jeune, un regard d'une telle intensité, mais continua d'une voix égale :

— En cinq ans de mariage, elle ne m'a donné qu'un seul fils, et je serais étonné si cela ne la tracassait pas. Si tu gagnes sa confiance, comme je l'espère, il se peut qu'elle s'ouvre à toi comme autrefois elle s'ouvrait à sa marraine, morte l'an dernier.

— Mais je n'ai pas de... ce ne sont pas des choses que je sais soigner...

— Qu'importe. Donne-lui des yeux de crapaud confits à la graisse de muscardin ou des têtes de salamandre, pourvu qu'elle y croie ! Il s'arrêta, ne sachant si la guérisseuse allait se dresser sur ses ergots et protester ou prendre un air finaud. Elle ne fit ni l'un ni l'autre, mais dit d'une voix très basse :

— Vous me demandez de la tromper ?

— Que de grands mots ! Laisse-lui croire que tu as des pouvoirs inconnus d'elle, et ce sera gagné. Elle n'a besoin de rien d'autre que de retrouver un peu de confiance.

— Pas de cette façon.

Il pencha légèrement la tête sur le côté, d'un air vaguement moqueur, se demandant ce qu'elle ferait s'il insistait. Refuserait-elle de partir ? Et dans ce cas, que ferait-il ?

Barthélemy lui avait rappelé qu'elle ne lui devait pas obéissance. Il avait peu de moyens de contrainte sur elle. Il fut tenté de pousser le débat jusqu'à la rupture, juste pour voir. Mais c'était idiot. Il n'avait pas le temps de penser à une solution de rechange. Qu'elle fasse à sa guise... Après tout, il ne serait pas là pour surveiller et punir.

— Tu m'agaces. Pars sans délai. Tu n'as pas de chaussures ?

— Juste une paire, pour l'hiver.

— Tu y seras peut-être encore en hiver.

— Alors, j'aviserai.

Il soupira.

— Eh bien ! Vas-y. Et veille sur toi.

Ysabellis s'inclina, froide et sombre. Randon la suivit du regard quand elle traversa la cour encore baignée de soleil. Les cheveux dénoués et les pieds nus, avec cette légère claudication qui la rendait vulnérable, elle aurait, songea-t-il, l'allure parfaite de la sorcière aux pouvoirs mystérieux. Du moins aux yeux crédules de son épouse. Il sourit d'amusement à cette idée, et regretta de ne pas pouvoir être présent à Polignac quand elle entrerait au château.

Il se renfrogna soudain. Il pouvait être sans conséquence de laisser planer le doute sur l'orthodoxie des méthodes de la jeune femme tant qu'il était là pour veiller à ce que les choses n'aillent pas trop loin. Mais il n'y avait pas qu'une jeune dame un peu craintive, dans son château. Il y avait aussi quantité de gens, hommes et femmes, clercs et laïcs, qui le redoutaient, lui, et ne manqueraient pas une occasion de lui nuire. Pouvaient-ils s'en prendre à la jeune guérisseuse qu'il leur envoyait dans l'espoir de l'affaiblir ? Il n'avait pas pensé à cette éventualité auparavant et se mordit les lèvres. Il avait raisonné comme si elle était une noble dame, protégée par une parentèle et une réputation, ou un solide homme d'armes. Il regarda à nouveau par la fenêtre, mais elle avait disparu. Était-elle déjà en route ?

Il pouvait encore réparer son erreur. Il appela son page et lui enjoignit de rattraper la jeune femme. Le page sortit en courant, pendant que le seigneur réfléchissait à quelque sauf-conduit, et surtout à quelques conseils. « Montre-toi pieuse. Fréquente la chapelle quotidiennement. Pends un rosaire à ta ceinture. Chacun sait que le démon n'aime pas les lieux saints et la récitation des prières. » D'un pas lourd, il descendit inspecter les chevaux. L'un d'entre eux, Tonnerre, s'était blessé le matin même. Il devait décider si Gérald le monterait malgré tout. Et puis il y aurait le repas.

Le page ne reparut qu'après les entremets. Il n'avait pas réussi à retrouver Ysabellis et tremblait de crainte. Mais le seigneur l'envoya manger sans réprimande.

— Soit, murmura-t-il pour lui-même. Je pars à des centaines de lieues en tapissant leur route de ronces. S'il leur arrive quoi que ce soit, à l'un ou à l'autre, il faudra des semaines avant que la nouvelle ne me parvienne. Et pour ce qui est de leur venir en aide… Joli travail, baron de Randon, vicomte de Polignac, seigneur de Luc et autres lieux, joli travail. Que Dieu les aide !

Sur son rocher dominant la campagne, le château de Polignac avait des airs de forteresse imprenable.

Mais depuis les récentes guerres des routiers, Ysabellis savait que les châteaux n'étaient puissants que garnis de nombreux hommes déterminés, armés et entraînés. Or, à en juger d'après les cris aigus qui se déversaient depuis le haut du rocher, l'orgueilleuse citadelle était surtout pleine d'enfants.

Personne ne l'arrêta quand elle voulut franchir la porte d'enceinte, et elle pénétra sans difficulté dans la basse-cour. Une quinzaine d'enfants et d'adolescents encourageaient deux jeunes d'allure solide qui disputaient une partie de jeu de paume. Elle se mêla aux spectateurs, évitant les plus petits qui couraient autour du terrain. Soudain, une balle lancée avec trop de force jaillit dans la foule. Une petite fille, qui devait avoir dans les six ans, poussa un cri strident et tomba en se tenant le visage. Les joueurs posèrent leurs battoirs. L'enfant pleurait et criait, mais aucune mère ne se précipitait pour la relever, la consoler, la soigner. Seuls les enfants étaient là, demandant :

— Ça va, Aybeline ? Aybeline, qu'est-ce que tu as ?

Ysabellis s'agenouilla auprès d'elle en lui chuchotant des mots de réconfort. La petite se mit à crier moins fort. Avec des gestes doux, elle lui écarta les mains du visage. Tout autour d'eux, les joueurs de paume s'étaient attroupés ; le silence était tombé sur le stade improvisé.

— Tu t'appelles Aybeline ? Il faut soigner cet œil, ça ne te fera pas mal, j'ai un onguent tout doux.

Ysabellis fouilla dans sa besace, en tira une petite boîte de bois. L'enfant redoubla de pleurs quand la guérisseuse voulut lui oindre l'œil blessé, mais elle ne se débattit pas.

Les rangs des enfants et des jeunes s'écartèrent alors. Une femme entre deux âges approchait d'un pas autoritaire. Le visage enserré dans une guimpe sévère qui soulignait la forte ossature de sa mâchoire, elle jeta un regard circulaire sur les jeunes, sur Ysabellis et la petite fille, et s'adressa aux joueurs de paume :

— Vous aviez la permission de jouer ici par autorisation du sire, mais à condition de ne causer aucun trouble. En conséquence, la permission est levée.

Comme les jeunes baissaient la tête silencieusement, elle se tourna vers Ysabellis :

— Qui es-tu ?

— La guérisseuse Aelis.

— Et que fais-tu ici ?

— Le seigneur m'envoie auprès de la dame.

— De la dame ? Alors que faites-vous par terre ?

— Vous le voyez. Je soigne cette petite fille. Elle a pris un méchant coup et risque de perdre un œil.

La femme haussa les épaules, indifférente :

— De toute façon, ses parents n'arriveront jamais à lui rassembler une dot. Une fille borgne, voilà qui leur procurera une bonne excuse pour ne pas la marier. Suivez-moi, guérisseuse Aelis. Je suis Guigone de Mézères, la demoiselle de compagnie de la vicomtesse. Vous pouvez m'appeler Demoiselle, comme tout le monde, ici.

Ysabellis se releva lentement. Elle secoua la poussière de sa cotte et jeta un regard vers le cercle des adolescents, qui gardaient tous la tête baissée. Elle avisa une jeune fille à l'air dégourdi et lui fourra la boîte d'onguent entre les mains.

Aybeline reniflait convulsivement.

La demoiselle traversa la cour sans vérifier que la guérisseuse la suivait, dépassa les baraques de bois abritant les cuisines, d'où provenaient des odeurs de pain et de poisson, et s'arrêta au pied d'un haut donjon dont la porte était traditionnellement située au premier étage. Dignement, elle escalada l'échelle de bois. Sa robe se soulevait au vent qui, haut sur le rocher, soufflait en brise continue. Le tissu chatoyait. Se pouvait-il que ce fût de la soie ? Ysabellis fronça les sourcils en pensant aux enfants de Marcouls qui marchaient pieds nus en plein hiver.

La première pièce du donjon était basse, sombre, encombrée de sacs et de paniers. Deux hommes assis sur des tabourets bas jouaient aux osselets ; ils s'interrompirent au passage des femmes. Une échelle descendait au rez-de-chaussée, d'où parvenait une odeur de vin et de pommes, une autre grimpait vers les étages supérieurs. Les barreaux grimacèrent au passage de la demoiselle. Les niveaux supérieurs étaient entièrement dévolus au logement des nombreuses personnes résidant ou séjournant ici. Quelques lits et des paillasses encombraient le troisième étage. Deux servantes balayaient le plancher raboté en l'arrosant d'eau. Malgré cette précaution, la poussière soulevée formait un nuage qui avait peine à s'évacuer par l'unique fenêtre.

Un cercle de femmes silencieuses les accueillit dans la plus haute et de loin la plus douillette de toutes les chambres. Assises sur des archibancs* et sur des coffres disposés de façon à profiter de la lumière venant de la fenêtre du sud, elles dévisageaient Ysabellis sans cesser qui de coudre, qui de broder, qui de filer. Le sol était jonché d'herbes fraîches, joncs et menthe aquatique. Une tapisserie fleurie et très colorée était suspendue au mur. L'air doux entrait par une fenêtre et sortait par une autre, apportant la lumière, le chant des oiseaux et les bruits des travaux des champs, loin en contrebas. La demoiselle se dirigea vers l'embrasure de la fenêtre où, à son salut et à son attitude déférente, Ysabellis devina que se tenait la vicomtesse. Elle fit un pas en avant, laissant ses yeux s'habituer à la clarté, et retint un geste de surprise.

Elle s'était imaginée la vicomtesse âgée, cassante comme son mari, mais c'était une toute jeune femme d'aspect fragile qui se tenait devant elle. Deux gouttes d'or pendaient à ses oreilles. Elle piqua son aiguille dans son ouvrage pour entendre sa visiteuse :

— Je suis Aelis Pastressa. Notre seigneur m'envoie auprès de vous pour vous apporter soulagement dans vos souffrances.

— Bienvenue au château de Polignac, Aelis Pastressa. Je remercie mon seigneur de se soucier de moi et de m'envoyer un soutien en son absence. Que pouvez-vous faire pour moi ? J'ai déjà un médecin.

La jeune dame se tourna vers un homme au visage fin qu'Ysabellis n'avait pas encore remarqué, assis, un livre en main, sur un archibanc derrière le lit.

— Quel genre de maladies pouvez-vous guérir qu'il ne sache soigner ?

— Je l'ignore, jeune dame. Et je ne sais pas non plus de quoi vous souffrez, votre époux ayant été très évasif. Mais peut-être pourriez-vous me le dire ?

La dame la regarda un instant avec lassitude et défiance.

— Que vous a dit le seigneur ?

— Quasiment rien, ma dame. Simplement que vous aviez perdu votre petit enfant, il y a peu, et que depuis, vous étiez souvent malade. Est-ce vrai ?

La dame eut l'air surprise :

— Je n'ai été malade que deux fois. Maître Bourcesel m'a donné des potions qui m'ont guérie. Que pouvez-vous faire de plus ?

Ysabellis soupesa sa réponse. On ne l'appelait habituellement que pour des maladies ou blessures graves. Jamais encore elle n'avait eu à soigner quelqu'un contre sa volonté, ni à forcer sa porte. Et c'était précisément ce que le sire attendait d'elle. À l'heure où il partait pour de longs mois, que trouvait-il de mieux à faire pour son épouse en deuil ? Lui envoyer une paysanne de Margeride avec quelques bouquets d'herbes en main et une chemise effilochée… Pourtant, malgré le mépris qui affleurait sous la courtoisie de la vicomtesse, il lui apparut évident que sa souffrance était authentique. Ysabellis observa la silhouette gracile de la jeune dame, ses mains courtes posées sur les genoux, un ventre un peu rond, les poignets maigres, les taches blanches sur les ongles, les cernes profonds sous les yeux.

— Je ne prendrai pas soin de votre santé contre votre gré. Certaines douleurs sont inaccessibles à la pitié de la médecine. Mais je vois qu'il y a des souffrances en vous que l'on peut sans doute réduire par des moyens terrestres. Vous avez le teint pâle, la peau sèche. Ce ne sont que de petits maux en regard de la douleur que vous cause la disparition de votre fils. Mais sur ceux-là, on peut espérer un peu de soulagement.

— Tout ce que vous dites est vrai. Mon médecin me l'a déjà dit.

— Avez-vous perdu l'appétit ?

— Je ne mange plus. Ce n'est pas à proprement parler une douleur, mais tout le monde semble considérer ici que c'est une grave maladie. Maître Bourcesel m'a recommandé de l'onguent *Aureum*. Ainsi que des tostées trempées dans le vinaigre aux herbes, qui sont, je dois le dire, fort bonnes. Mais je ne mange pas davantage pour autant. Alors, qu'allez-vous me conseiller ? dit-elle d'un air de défi. Des punaises écrasées dans du vin suri ?

— Avez-vous mal au ventre, quand vous mangez ?

— J'ai mal si je mange. Ne rien manger ne me dérange pas.

— Et… je suppose que vos fleurs ne sont pas revenues ?

La dame leva les yeux, un peu étonnée :

— Non.

— C'est sans doute mieux ainsi. Votre âme n'est peut-être pas prête à guérir, et votre corps a besoin de repos. Il faut les écouter, et ne rien tenter qui risquerait de vous nuire.

— Plus rien ne peut me nuire, désormais.

— Tant qu'il reste la vie... Voudrez-vous essayer les conseils que je vous propose ?

— Et quels sont-ils ?

— Des salades d'herbes des prés pour vider le corps de son chagrin. Du pain aux remèdes que je vous ferai confectionner, pour vous fortifier. Et c'est tout.

— Ce ne sera pas trop contraignant. Avez-vous fait tout ce chemin pieds nus depuis la Margeride pour me faire manger une salade ?

— Les ordres du vicomte ne se discutent pas, ma dame.

Les lèvres de la dame s'étirèrent en un très mince sourire.

— Prenez place, Aelis. Soyez la bienvenue.

Ysabellis s'inclina et s'assit sur un siège vide, le cœur serré en songeant que cette pièce étroite, la compagnie de ces femmes, du chagrin et du deuil, allaient désormais être son cadre de vie. Le médecin était le seul homme dans la pièce, peuplée de femmes seules, jeunes filles ou veuves, qui toutes avaient à la main un ouvrage, quenouille pour les moins douées, aiguilles et lin fin pour les doigts agiles. Une femme toute ridée portant la guimpe blanche des veuves lui confia une quenouille avec un sourire.

— Prenez, guérisseuse Aelis. À moins que vous ne soyez habile à l'aiguille ?

— Ni avec une aiguille ni avec une quenouille.

— Ce sont pourtant des travaux qui conviennent à votre âge et à votre sexe. Vous ne trouverez pas d'époux si vous n'êtes pas bonne couturière ni bonne cuisinière.

Ysabellis, qui n'était ni l'une ni l'autre, se contenta d'un humble signe de la tête. Elle remarqua alors que la tapisserie pendue au mur derrière la veuve représentait des scènes insolites. Une femme assise sur le dos d'un homme à quatre pattes. Une jeune fille caressant une licorne. Une autre femme caressant la barbe d'un homme en habit long… Que signifiaient toutes ces scènes ? Le médecin l'observait d'un air goguenard.

Quand la cloche sonna pour appeler à la messe de none, elle se leva avec celles qui s'y rendaient, mais les laissa entrer dans l'église et monta sur les remparts. Elle embrassa toute la vallée du regard, les prés où l'on retournait le foin pour le sécher avant de le mettre en meules, les champs de blé mûrissant, les chemins, les ponts et même, à quelque distance, le péage sur la grande route. Le vent soufflait fort sur les murailles, ébouriffant ses cheveux, apportant le bruit des jeunes joueurs de paume qui s'en allaient vers un autre lieu, peut-être le château qu'elle apercevait à quelque distance ? Dans un creux, elle devinait plus qu'elle ne voyait la ville du Puy. Barthélemy était quelque part vers le nord. Aurait-elle la chance de l'apercevoir ? Elle descendit l'escalier et chercha Aybeline, qu'elle trouva dans un coin, seule et inconsolable. Elle s'assit à ses côtés et repoussa une mèche de son visage. Son œil prenait une teinte violacée très laide.

— Comment vas-tu, petite ?

— J'ai mal.

— Je vais te faire une décoction pour baigner ton œil, si je peux trouver la plante qu'il me faut.

— Non, ça va me faire mal !

— Pas du tout.

— C'est quoi cette plante ?

— Une petite fleur avec des yeux. Mais je ne sais pas si elle pousse par ici.

— J'aimerais bien voir ça, une fleur avec des yeux.

— Alors viens avec moi. On va en chercher...

La petite se leva et glissa sa main dans celle d'Ysabellis. Toutes deux franchirent les portes, descendirent le roc escarpé et remontèrent dans les prés et les champs.

— Est-ce que tu habites ici tout le temps ? interrogea Ysabellis.

— Oui. Depuis un an. Mes parents m'ont placée pour que la dame me donne une éducation.

— Et qu'as-tu appris ?

— À broder, un peu. Mes lettres. Je les sais toutes !

— Oh ! Et tu sais lire ?

— Non. Juste les lettres. Mais j'apprends. La dame a un psautier avec des images, et elle me laisse le regarder, parfois. Enfin, avant. Maintenant que son petit Armand est mort, elle est si triste qu'elle ne le lit même plus.

— Quel âge avait-il ?

— Deux ans. C'était un beau petit garçon, tu sais. Tout bouclé, comme le seigneur.

— Comment est-il mort ?

— Il a été malade. Il vomissait. Il était chaud, chaud ! Alors, on nous a interdit de venir le voir. De toute façon, quand il a été si malade, on l'a transporté dans le lit de la dame, et il y restait avec les rideaux fermés. Quand le curé est venu, on a pu le voir un peu, mais il a crié dès qu'ils ont ouvert les rideaux, crié ! Ils nous ont tous fait partir, et après je ne sais pas.

La petite serra plus fort la main d'Ysabellis et se tut un moment. Elles étaient arrivées dans les pâturages, en hauteur. De là, le rocher de Polignac était impressionnant, dominant le village et la campagne de sa masse brune soulignée de murailles, égayée par les toits rouges des bâtiments intérieurs. Le donjon où la dame se tenait semblait petit, vu d'en bas. La cloche du village se mit en branle, bientôt suivie de celle de la chapelle.

— Regarde ! C'est la plante que je cherchais ! Celle qui te fera du bien à l'œil ! Cueille-la toi-même, le remède sera plus efficace.

Aybeline porta la main sur la fleur et l'examina de son œil sain. L'autre était fermé par l'enflure.

— Je ne vois pas le petit œil !

— Là. Il est bleu et blanc.

— C'est beau. Comment elle s'appelle, cette fleur ?

— Eufrasia ou luminelle.

— Dis-moi, à quoi ça va me servir si je ne peux pas me marier ?

— Ne pense pas à ça. On ne sait jamais ce que la vie vous réserve.

— Oui. Peut-être que je vais mourir comme le petit Armand.

Ysabellis frissonna involontairement :

— Ou peut-être qu'un fils de baron tombera follement amoureux de toi et qu'il t'emmènera dans des pays où coulent des rivières de miel ou de lait…

— Ça existe ?

— On le dit.

— Où ça ?

— Si je le savais, j'y serais déjà, répondit Ysabellis en souriant. On dit que c'est loin par là-bas, acheva-t-elle en agitant la main vers le sud-est.

— Et tu crois que je pourrais y aller ?

— Pourquoi pas ?

Elle fit un clin d'œil à Aybeline et cueillit une autre fleur.

MOULIN ET REDEVANCES

Les derniers prés étaient fauchés, juin s'achevait et la chaleur s'installait dans le val d'Amblavès, que sillonnait Barthélemy. Il s'était vite rendu compte que le sire de Randon n'y était pas populaire. Même devant lui, l'étranger, on se permettait des critiques acerbes, des allusions qu'il apprit vite à comprendre. La mauvaise humeur s'étendait même (ou surtout ?) au personnel de la seigneurie, le châtelain de Volte, le nouveau bayle Guionet de Beaulieu, le vigier.

Ce dernier était l'homme chargé de collecter les redevances dans toute l'étendue de la seigneurie. C'était un grand dégingandé, originaire de Recours, le visage couvert de taches de rousseur. Ici, en val d'Amblavès, la collecte du quart ou du cinquième de foin (selon le contrat de chacun) n'était qu'une mise en bouche avant le véritable paiement des redevances : celles de blé et plus tard de vin. Le vicomte avait son vigier, l'hôtel-Dieu du Puy en avait un également, celui de Saint-Chaffre du Monastier se déplaçait parfois pour donner un coup de main au prieur de Chamalières. Les autres petits seigneurs se contentaient de leveurs, voire se rendaient sur place pour être sûrs qu'ils n'étaient pas grugés, ce qu'ils étaient de toute façon. Les fraudes étaient multiples. La meule destinée au seigneur était creuse, ou plus petite que les autres ;

une partie du foin était enlevée nuitamment et cachée chez un voisin, dans une grange ou une cabane. Des conflits éclataient. Chaque contestation du vigier donnait lieu à des protestations des intéressés. Barthélemy connaissait toutes ces roueries sur le bout du doigt. Il lui semblait cependant que ces fraudes étaient trop manifestes, à la limite de la provocation.

Chevauchant du côté de Blanlhac, il assista par hasard à une scène désolante. Le vigier roux était aux prises avec une femme exaspérée. Le différend portait sur le mode de compte de la redevance en foin, qui variait d'une charge d'homme selon le vigier ou selon la contribuable. Leurs cris résonnaient sur la montagne, agaçant les bœufs attelés de la charrette du vigier.

— Malastruc ! hurlait la femme. Mauvais homme ! Laisse mon foin, ce n'est pas toi qui l'as fauché !

— C'est la loi. Donne-moi cette charge ou j'appelle le sergent, et tu auras une amende, en plus.

— Jamais, tu m'entends ? Jamais !

Le vigier, qui n'était ni grand ni fort, rassembla son courage et s'empara de la charge litigieuse de foin, mais la femme s'y agrippa en hurlant :

— Non ! Au secours ! On me vole ! On vole une veuve ! Laisse-le-moi !

— Ça suffit !

Barthélemy entendait la peur dans la voix du vigier. La femme était grande et bien plus forte que lui.

— Veux-tu que je revienne avec des soldats ?

— Tu veux ma mort ? Laisse-moi ce foin ! Comment vais-je nourrir mon âne, cet hiver ? Hein ?

Elle se jeta sur lui, le griffant au visage. Le vigier la frappa une fois, deux fois, trois fois, sous les yeux des enfants qui s'étaient assemblés en silence. Même de loin, Barthélemy pouvait sentir sa panique, la haine de la femme, qui n'osait répliquer de peur de subir de plus terribles représailles, l'épouvante des enfants qui, en voyant leur mère frappée, se mirent à hurler en chœur. Sous les coups, la femme recula, abandonnant son foin, ne gardant que deux dérisoires poignées dans ses mains serrées. Le vigier jeta la charge dans la charrette, rajusta d'un geste nerveux sa veste et, d'un coup trop vif sur l'échine, fit avancer les bœufs.

Après cet incident et quelques autres, le vigier se fit accompagner systématiquement par le sergent, Esteve Blacheyre, et réquisitionna quelques soldats pour convoyer les chars de foin, sous les regards hostiles des paysans, déjà inquiets pour la nourriture de leurs troupeaux.

Barthélemy, s'il voyait bien les effets de l'impopularité du vicomte, n'en percevait pas encore les causes. Payer les redevances faisait partie des impondérables plus ou moins bien supportés selon les années, selon la générosité des récoltes, selon l'état des dettes de chacun, selon les relations entretenues avec le seigneur et l'usage que celui-ci en faisait. Or, si les récoltes de foin étaient médiocres, elles avaient été bien plus mauvaises (d'après la maîtresse Quintina) cinq ans auparavant, sans que ce fait soulève autant de désordres.

D'où venait le conflit ? S'agissait-il de quelque rancune ancienne, d'injustices à répétition, ou la cause était-elle plus récente ? Les habitants du val avaient-ils pris fait et cause pour l'évêque dans son conflit avec la maison de Polignac, et si oui, pourquoi ? Il devinait qu'il lui faudrait du temps avant de le savoir. Et le tout sans avoir l'air de poser d'autres questions que celles que pose un candidat à l'installation. Dans l'ensemble, on lui parlait volontiers, à condition qu'il fît de même, ce qui lui posait beaucoup de problèmes. Comment paraître sincère en cachant le véritable motif de sa présence en val d'Amblavès, en en dévoilant le moins possible sur sa vie antérieure ?

Dès son arrivée, il avait sillonné la vallée en parlant à qui acceptait de le rencontrer. Le prieur de Chamalières ne lui avait accordé que quelques minutes de son temps et ne lui avait rien appris. Celui de Volte avait refusé de le rencontrer. Un seul notaire officiait sur le territoire, maître Sabatier, qui avait ses quartiers à Vorey. Il le reçut avec cordialité, devant sa maison en bord de Loire, sur une table de pierre encombrée de plumes à tailler.

— La rumeur vous a précédé, mais ne sait trop que faire de vous.

— C'est que je ne le sais pas forcément moi-même.

— C'est fâcheux.

— Je cherche à m'établir ici, comme marchand. Pour cela, j'ai vendu les biens que j'ai laissés dans ma région d'origine, et je mets à profit la douceur de l'été du val d'Amblavès pour mûrir certains projets.

— Que cherchez-vous ?

— Que puis-je trouver ?

— Le marché est assez restreint, vous savez. Nous avons été épargnés par les courses de routiers, jusqu'ici, ainsi que par la majorité des guerres privées. Beaucoup de monde veut s'installer en val d'Amblavès maintenant.

— Ne me dites pas qu'on ne trouve pas de maisons. Il y a des ruines partout.

— Des ruines, oui. Vous ne m'avez pas dit que vous cherchiez une ruine ? Ni une terre à reprendre ?

— Plutôt un ouvroir.

— C'est le même problème pour les ouvroirs que pour les friches. Un grand nombre dépend de la vicomté, et le sire est absent.

— Je ne suis pas sûr de comprendre. Est-ce à dire qu'on ne peut ni vendre ni acheter, sauf au vicomte ?

— Je n'ai pas dit ça. Le prieuré de Volte détient quelques ouvroirs à Volte même, mais ils sont tous arrentés. L'hôtel-Dieu du Puy a un grand nombre de biens dans tout le val d'Amblavès, mais refuse qu'ils soient utilisés à des fins commerciales. Les innombrables petits seigneurs n'ont pas de bâtiments ni de licences de commerce. Ne reste donc que le vicomte.

— Mais il a dû laisser au moins une personne de confiance au château pour régler ces transactions.

— Plus d'une, c'est le problème.

Et comme Barthélemy ne semblait pas capter immédiatement le sens de ses paroles, il ajouta :

— Des épices !

— Oh ! Bien sûr. À qui faut-il graisser la patte ?

Le notaire rit de bon cœur.

— Comme vous y allez ! Je n'ai pas dit ça ! Et puis, tout dépend de la terre ou de l'ouvroir que vous recherchez.

— Sans parler d'épices, de qui ai-je besoin pour acheter un bien sis à Volte ou à Beaulieu ?

— Eh bien, pour que l'acte soit valide, il faudrait l'assentiment du châtelain de Volte, du bayle du mandement, évidemment. Ainsi que de la dame de Polignac.

— On la dit souffrante ?

— Elle n'en est pas moins celle dont le sceau fait foi.

— Avez-vous entendu parler de projets d'ouvroirs qui ne se seraient pas réalisés du fait de l'absence du sire de Randon ?

— Vous l'appelez le sire de Randon ? Bien sûr, vous avez l'accent du Gévaudan, et c'est ainsi qu'on l'appelle, là-bas. Pourquoi me posez-vous cette question ?

— Par curiosité. Et pour savoir si je dois attendre de la concurrence.

— À ma connaissance, personne n'a tenté d'acheter de bien de ce genre. Il y a eu plusieurs transactions qui ne se sont pas faites.

— Ah ? Lesquelles ?

— Je ne peux pas vous le dire. D'ailleurs, cela ne concernait pas d'ouvroir.

— Ah ! Donc, il n'y aurait pas de projet d'installation dans les parages.

— Avec l'honorable maîtresse Quintina, qui occupe beaucoup d'espace, ce serait difficile. Vous feriez mieux de vous associer avec elle. Ce serait plus profitable pour vous.

— Je crois qu'elle me croquerait tout cru.

Le notaire s'esclaffa.

— Bonne chance alors !

Barthélemy le quitta extrêmement pensif. Il n'était pas anodin que l'absence du sire empêche un certain nombre de projets de se réaliser. Mais ces gens-là n'auraient pas intrigué pour éloigner le seigneur. Et même s'ils l'avaient voulu, ils n'en auraient pas eu les moyens.

Au coucher du soleil, il revint sur la place de Volte, devant l'église, manger la soupe et le morceau de pain que Guillelma, la femme de Jehan Chapade, lui avait préparés. Un arrangement entre elle et lui : un denier la semaine. Guillelma avait la trentaine, cinq enfants, un visage rond et souriant, des mèches claires qui s'échappaient toujours de sa coiffe. Parfois, Jehan venait s'asseoir à ses côtés, et ils bavardaient sous une treille qui portait déjà des grapilles en fleur, ce qui remplissait Barthélemy d'émerveillement. Ce soir, Jehan n'était pas rentré du Puy, où il avait emmené l'aînée de ses filles. Barthélemy eut la surprise de voir le sergent, Esteve Blacheyre, s'asseoir à ses côtés, accompagné du vigier, tout sourire.

— Bonsoir, Mazeirac. Je vous présente Berthonet Besson. Il est le vigier de la vicomté pour le val d'Amblavès.

— Vous faites un métier difficile, commenta Barthélemy.

— Vous étiez là quand j'ai dû me fâcher contre cette vieille harpie qui ne voulait pas lâcher son foin.

Barthélemy hocha la tête en essayant de cacher tout le dégoût que cette scène lui avait inspiré.

— J'ai une proposition à vous faire, continua Besson. Je viens en présence de Blacheyre pour vous prouver que toute l'affaire est parfaitement honnête.

Il se pencha vers Barthélemy, ses membres longs et maigres lui donnant l'allure d'une araignée disproportionnée.

— Cette veuve n'était pas si folle qu'elle en avait l'air. Elle et les autres ont compris que, cet hiver, ils manqueront de foin. Tout ça vient de la pénurie d'eau. De la sécheresse. S'il pleut suffisamment pour que les grains mûrissent, les manants abattront leurs bêtes cet hiver pour ne pas avoir à les nourrir. Mais si les récoltes sont maigres, comme elles semblent devoir l'être, ils voudront se procurer du foin à tout prix.

— Et ?

Barthélemy retenait son souffle.

— Vous connaissez du monde en Margeride. Moi, je connais ceux d'ici. Faites venir deux charretées de foin de chez vous. J'ai une grange pour le stocker. Cet hiver, on le vend trois fois le prix d'achat…

— Et qui l'achète ?

— Vous, bien sûr. C'est vous le marchand, non ?

— La veuve Quintina a déjà une grange remplie jusqu'au toit de foin, qu'elle a acheté je ne sais où.

— Paiement de dettes, grommela le vigier.

— Paiement de dettes, donc. Ce qui veut dire qu'entre le prix de location des charretées, des hommes qui les accompagneront, il faudrait que l'on puisse vendre ce foin au moins cinq fois la valeur qu'il a maintenant pour rentrer dans nos frais.

— C'est possible.

— Ce serait possible sans les réserves de la veuve Quintina. Vous ne ferez jamais fortune avec deux charretées de foin. Alors où comptiez-vous vous procurer le complément ?

Barthélemy se tut. Besson s'agita sur son banc, ses taches de rousseur s'éclairèrent. Esteve Blacheyre commençait à comprendre aussi. L'import de foin en fanfare ferait une bonne couverture pour un détournement botte à botte des redevances dues... Il se recula pour regarder d'un autre œil le grand roux.

— Si ça ne vous intéresse pas... se défendit le vigier.

— Non, je crois que ça ne m'intéresse pas.

Besson se leva et salua d'un geste sec, mais Esteve Blacheyre resta assis.

— Vous devriez surveiller ce bonhomme, commenta Barthélemy. Il ne m'a pas l'air très honnête.

— Je n'ai aucun pouvoir sur lui. Si le vicomte était là, j'irais lui en parler. Mais vous savez ce qu'il en est.

— Le châtelain ?

— Cul et chemise avec le vigier. Ils sont cousins éloignés.

— Le vicomte n'est pas parti sans laisser quelqu'un de confiance, tout de même !

— La dame administre le mandement en son absence.

— En est-elle capable ?

— La demoiselle – sa dame de compagnie – l'est, à ce qu'on dit.

— Alors, c'est elle qu'il faut aller voir.

— Peut-être.

— Non ?

— Le château de Polignac, c'est un autre monde. Toutes ces femmes qui brodent et qui vous regardent comme si vous aviez de la bouse sur le chapeau. Que leur importe la malhonnêteté d'un vigier ! Je n'irai pas là-bas juste sur de simples soupçons. Pardon de vous avoir ennuyé avec ça. Bon appétit !

Premier dimanche de juillet. Barthélemy se leva, le dos douloureux, secoua le foin qui piquetait ses cheveux et enfila ses braies et ses chausses. Il faisait déjà chaud, mais il mit sa veste. On n'assiste pas à la messe en chemise, et d'ailleurs, même en été, il faisait froid dans la petite église. Le prieur en personne disait la messe du dimanche. S'il n'y avait pas moyen de le voir autrement, Barthélemy le verrait en prêche. D'ailleurs, il s'était trop peu montré à l'église, ces derniers temps. S'il voulait préserver sa réputation naissante, il fallait faire preuve de davantage de dévotion.

Le porche roman de l'église faisait face à la Loire. Barthélemy franchit les portes de bois à l'appel des cloches et se glissa du côté des hommes, dans un recoin moins encombré que les autres. Il regretta vite son choix. Une puanteur intolérable même aux nez les plus entraînés se dégageait de la paille moisie répandue au sol. Apparemment, l'endroit servait de lieux d'aisances tant aux humains qu'aux chiens (ou aux rats ?) du quartier. Il leva le nez vers la voûte et son regard tomba sur le cri muet d'une femme qu'un démon aux yeux écarquillés entraînait vers une bouche monstrueuse de laquelle sortaient des flammes. Une représentation de l'enfer. Il se sentit aussi nu que les damnés qui avançaient tête basse au-dessus de lui et tenta de fixer son attention sur le prieur en grande tenue. Les marmonnements qui venaient du chœur étaient encore en latin. Le prêche n'avait pas commencé, et les paroissiens bavardaient en attendant.

Enfin, l'ecclésiastique se racla la gorge.

— Mes fils, commença-t-il, il m'a été raconté l'histoire de…

Instantanément, les oreilles se tendirent. Le prieuré de Volte était trop petit et trop pauvre pour offrir à ses ouailles de l'encens, des coupes d'or et le spectacle d'une cérémonie magnifique. Mais le prieur savait raconter, cela se lisait dans l'impatience des paroissiens, dans leur soudain silence. Quel genre de conte allait-il leur narrer ? Quel péché, capital ou véniel, serait aujourd'hui tourné en dérision, et les pécheurs avec ? La sévérité de son visage laissait présager un étrillage en règle. Mais qui en serait la victime ?

Les paroissiens ne furent pas déçus. La figure moquée fut celle de l'avare, pieux et bon envers les puissants, âpre au gain envers les plus pauvres. Le tableau de ses bassesses provoqua des frissons dans l'assemblée, qui cessa de rire et écouta plus attentivement. Une lueur dans le regard de l'ecclésiastique, un subtil changement de ton, firent comprendre à Barthélemy que, derrière la grotesque caricature, une personne bien réelle était visée. Mais qui ? Le prieur se déchaînait maintenant, fustigeant celui qui allait jusqu'à retirer de la bouche de Dieu l'aumône faite aux pauvres, détournait les biens de l'Église pour les convertir en biens terrestres, soieries, épices précieuses. Les paroissiens s'entre-regardaient, semblant s'interroger du regard, pour savoir s'ils avaient compris la même chose.

Barthélemy réfléchissait à toute vitesse. Qui d'autre que le vicomte en personne pouvait être concerné par l'achat de soieries et d'épices ? Mais en quoi volait-il l'aumône des pauvres ? Ce moulin en construction, bien sûr, qui allait détourner une part des profits jusqu'alors dévolus au prieuré… Rien de plus clair ne serait prononcé.

« Pourquoi une telle charge, s'interrogea Barthélemy. Une petite vengeance à sa façon, ou prépare-t-il une sorte de riposte ? » Son regard erra sur les visages de profil. À la chiche lumière dispensée par les hautes fenêtres, il distinguait des orbites, des nez busqués, forts, cassés ou minces ; çà et là, une lueur se reflétait sur l'humidité d'une lèvre, sur une mèche de barbe. Jehan Chapade avait les sourcils froncés, une expression déterminée sur le visage. Ytier Taramentrant avait le visage rouge et les jointures blanches. Esteve Blacheyre se passait pensivement la main sur le menton.

Le prieur termina son histoire sur la description du châtiment que l'avare subirait aux enfers. Barthélemy jeta un regard au-dessus de lui et chercha l'intéressé sur la fresque… Il était là, les traits déformés par la peur, le cou penché en avant, alourdi d'une bourse pleine de tout l'argent qu'il n'avait pas su distribuer dans sa vie. Il regretta instantanément d'avoir, la saison précédente, triché sur la dîme des œufs.

Il quitta la fraîcheur de l'église pour aller flâner sur les berges de la Loire. Le doux roucoulis de l'eau sur les galets chauds était apaisant après les visions infernales de la voûte de l'église. Une graine d'amertume venait d'être semée dans le cœur des paroissiens. Combien d'autres graines étaient-elles à l'œuvre en val d'Amblavès, et qui les dispensait ? Quelques hérons planaient au-dessus de lui, guettant les poissons. Il se fraya un chemin parmi les orties, les rejets de saules et les renouées. La marque d'une récente crue se lisait sur les bords, amas de longues herbes sèches, de brindilles, d'écorces. Le bois plus épais que le pouce avait été emporté pour nourrir les feux domestiques.

La Loire, sur le territoire de Volte, n'entraînait pas moins de trois moulins, lesquels étaient en service toute l'année, contrairement aux roues plus ou moins sommaires bâties le long de ruisselets vite asséchés. Pour résister aux crues alarmantes du fleuve, ils étaient tous solides, en pierre de taille, et alimentés en eau par des canaux. Le plus ancien était celui du prieuré, précédé d'un canal – le béal* – long d'une cinquantaine de pas. En cas de basses eaux, les deux autres s'arrêtaient de tourner, et les moines seuls poursuivaient la meunerie et en engrangeaient les bénéfices.

Et voilà que Randon faisait bâtir, en amont, un nouveau moulin. Quel en était le but ? Manquait-on réellement de force de travail en val d'Amblavès ? Ou Randon espérait-il surtout couper les vivres au prieur et, par là, amoindrir l'influence des moines ? Le vicomte avait-il une raison d'embarrasser le prieuré, que sa famille avait contribué à installer en faisant une donation à l'abbaye de Tournus, un siècle auparavant ? Quel que fût son but premier, le prieur avait pris cette construction comme une offense personnelle et le faisait savoir. Fallait-il pour autant considérer le prieur comme l'ennemi mortel de Randon, ou comme un adversaire d'occasion ?

Les bâtiments du nouveau moulin étaient juste en face de lui, de l'autre côté de la rivière. D'ici, ils ne paraissaient pas très impressionnants. Un simple corps de bâtiment en grès appareillé mais non taillé, mêlé de galets ronds de couleurs variées, allant du gris teinté de vert au noir profond. La roue n'était pas encore installée. Quelques pas au-dessus du niveau de l'eau, un béal encore à sec partait vers l'amont. Barthélemy se déchaussa et entra dans l'eau. À l'endroit le plus profond, elle lui arrivait à mi-cuisses, fraîche et rapide. Il était difficile, à l'aube de l'été, d'imaginer la fureur du fleuve au printemps ou à l'automne. Le concepteur du moulin, lui, y avait songé. Il avait pourvu l'arrivée de son béal d'une écluse avec déversoir. Serait-elle suffisante pour éviter que les grandes crues ne démolissent la précieuse roue et tous les mécanismes du moulin ?

Barthélemy se hissa sur le mur de l'écluse et se rechaussa. Le niveau de l'eau était à présent à plusieurs brassées au-dessous de lui. Le moulin devait au moins être à l'abri des crues les plus courantes. Il suivit le fond du béal, remontant la rivière et s'émerveillant du travail du maître d'œuvre. Les pierres étaient taillées, finement jointoyées, et le canal montait en pente très douce, rattrapant le niveau de la rivière qui, plus haut, se déversait sur des rochers dans une brume de gouttelettes. Il marcha ainsi plus de trois cents pas, son respect augmentant peu à peu pour le concepteur de l'ouvrage, d'apparence si modeste. Comment faisait-il pour calculer la pente exacte, choisir l'emplacement du béal, celui de la levade qui l'alimenterait ? Un peu honteux de son ignorance, il s'arrêta au niveau de la seconde écluse. Elle était plus simple, juste une trappe maintenant fermée qui permettrait de laisser l'eau entrer dans le béal. Afin d'assurer un ravitaillement constant en eau, une levade avait été édifiée en travers du fleuve. Une cascade s'écoulait d'un déversoir, mais le gros de la rivière passait par-dessus la levade. Sans créer beaucoup de remous, nota Barthélemy. Le printemps n'avait pas été suffisamment pluvieux, et l'eau de la Loire commençait à se faire rare. Des conflits autour de l'irrigation étaient à prévoir. Quand ce béal serait mis en service, et si des pluies n'alimentaient pas rapidement la rivière, les autres moulins, et en particulier celui du prieur, manqueraient d'eau pour faire tourner leurs propres roues. Ici, même en période de basses eaux, il suffisait de pousser le levier commandant la trappe et l'eau se déverserait en quantité bien suffisante dans le canal bien équarri. Oui, tout le système avait été bien pensé.

Techniquement.

Confisquer l'eau, même si elle était rendue plus bas, était-il si intelligent, si judicieux ? Le maître d'œuvre n'avait sans doute pas été confronté à cette question.

Barthélemy poursuivit sa marche, se frayant maintenant un chemin parmi les ronces, auxquelles s'attaquait un troupeau d'ânes. Deux enfants criaient, se disputant les premières framboises sauvages d'un hallier. Le grondement de la Loire, les hues des hérons, le crissement des feuilles sous les dents des ânes, les petits cris aigus des enfants, masquèrent un moment d'autres sons, d'autres cris moins enfantins.

— C'est complètement… in… hurla une voix portée par la brise.

— Répète ? répondit distinctement une autre voix, masculine.

— Fou ! Sot !

Barthélemy s'approcha. Les sons venaient d'en face. Quelques hommes se disputaient. Il s'approcha tant bien que mal, traversant des orties qui lui arrivaient aux aisselles, mais les hommes se dispersaient. Il lui semblait avoir reconnu la voix de Jehan Chapade et s'en inquiétait. Il éprouvait de l'amitié pour Chapade qui, de son côté, n'en éprouvait pas pour Randon. Il n'aimait pas l'idée de devoir compter parmi ses ennemis celui avec qui il partageait le pain tous les soirs.

MAÎTRE BOURCESEL

Ysabellis ne tarda pas à découvrir que la vie de château était beaucoup plus ennuyeuse qu'elle se l'était imaginé. En l'absence du seigneur et en signe de respect pour le deuil touchant la maison, les activités étaient ralenties. Chevaliers et barons ne se montraient qu'occasionnellement et ne restaient pas. La venue des uns et des autres n'était plus sujette à des réjouissances, comme lorsque le vicomte était présent et tenait table ouverte pour tous ses obligés.

Seules restaient les fillettes et demoiselles placées auprès de la dame pour bénéficier d'une éducation nobiliaire et, plus tard, des relations de la vicomté en matière d'alliances. Quelques nobles veuves, reconnaissables à leur guimpe, entouraient également la vicomtesse, échappant aux frais de l'entretien de la maison en vivant ici plusieurs mois par an. Toutes ces femmes obéissaient au contrôle de la demoiselle en titre, la dame de compagnie, qui veillait à ce qu'elles travaillent de leurs mains tout le temps qu'elles ne passaient pas à table ou à la messe. Dès lors, les offices à la petite chapelle étaient très fréquentés.

Au pied du donjon, entre les cuisines, le logement des serviteurs, la chapelle et les écuries, la vie suivait son cours. Les enfants des servantes s'ébattaient de longues heures durant, les sabots des chevaux claquaient au cours des missions de leurs maîtres, les livreuses de pain, de légumes, de fruits, montaient la pente en chantant, les lessiveuses s'interpellaient à voix forte.

Peu avant l'aube, toutes les femmes se lavaient, s'habillaient pour assister à la messe de prime. Puis, trois heures durant, elles brodaient, filaient, cousaient, selon leur habileté. Par la petite fenêtre, un peu de lumière filtrait et un courant d'air venait chasser l'odeur surie des haleines, qui tournaient à l'aigre au fil des heures. Le repas de la mi-journée, très attendu, venait mettre un terme à cette pénible situation. Il était généralement suivi du seul moment de détente de la journée, qui se prolongeait parfois jusqu'à la messe de none. Ensuite, les femmes reprenaient le chemin de la plus haute chambre du donjon, s'installaient avec leur ouvrage, jusqu'à l'heure de la prochaine messe. Toutes se couchaient avec le soleil, au sortir de l'office de complies.

Personne ne s'était donné la peine de présenter à Ysabellis les habituées du donjon. Mais quelques jours d'observation suffirent à combler cette lacune. Aybeline était la plus jeune et, à ce titre, bénéficiait de sorties quotidiennes plus longues que ses compagnes. Elle en revenait les joues roses, les yeux pétillants et le cœur plein de courage pour affronter l'obligation de se taire, assise, pendant de longues heures. Tous les matins, la dame passait une heure entière à lui enseigner ses lettres et beaucoup de religion, avec une patience qui ressemblait à de l'absence et l'assistance de cubes de bois gravés. L'enfant connaissait son alphabet, mais butait sur la compréhension des syllabes. Elle réclamait parfois, pour l'encourager, le secours de certains petits pains façonnés en forme de lettres, dont elle semblait avoir pris l'habitude. Mais devant l'insuccès de ses demandes et les remontrances de la demoiselle, elle cessa d'évoquer les temps bénis où elle apprenait et se régalait dans un même mouvement.

Silencieuse à ses côtés, une jeune femme gardait les cils sombres baissés sur un ouvrage de broderie d'une grande finesse. Ses cheveux noirs la protégeaient comme un rideau de ses voisines, et masquaient un visage pâle, aux lèvres minces, perpétuellement arquées en un contre-sourire. Son corps, petits seins hauts, ventre rond, était délicieux. Elle ne s'animait que lorsqu'elle avait noué le dernier fil de sa broderie. Alors, comme dans un rituel, toutes les femmes et jeunes filles se levaient pour venir admirer le travail de la virtuose. Elle se nommait Marguerite et était la fille cadette d'un coseigneur de Beaulieu, autant dire personne. Elle brodait pour gagner sa vie.

Les conversations étaient vite monotones, tournant autour des mariages, des naissances chez les sœurs, les nièces, les cousines et parentes diverses. La jeune Aegida de Coubladour en était souvent l'initiatrice, et parfois l'objet. Elle avait passé plusieurs années au château, en connaissait parfaitement les usages, les tours et les détours, et s'apprêtait à se marier. Avec qui ? Cela restait encore un mystère, mais sa dot était prête… Nombre des femmes présentes cousaient ou brodaient pour elle draps, nappes, coiffes, chemises de lin. Bertilde, plus jeune de quelques années, l'observait et calquait son attitude sur elle. Mais personne ne prêtait attention à sa beauté prête à éclore, à sa cascade de boucles châtain, à sa vivacité naturelle, qu'elle s'efforçait de brider pour mieux ressembler à une sage demoiselle.

Les veuves de la bande s'amusaient secrètement à doucher les ambitions des plus jeunes sous couvert de leur donner de sages conseils. Les récits de leur nuit de noces, de leurs pires accouchements et de quelques épisodes marquants de leur vie d'épouse revenaient régulièrement dans la conversation. La vieille Perola et Guigona de Jabruzac excellaient dans ce jeu pervers, auquel les plus jeunes répondaient en parlant en continu, de telle sorte que, d'une journée entière, les veuves ne puissent placer un mot.

Les deuils véritables, les peines les plus douloureuses, les morts qui empoisonnaient encore les esprits, étaient tacitement passés sous silence. Le petit Armand n'était jamais évoqué qu'à voix basse, et chaque fois qu'une des femmes ou jeunes filles prononçait son nom, elle s'exposait à une remontrance de la demoiselle, suivie d'un regard inquiet en direction de la dame qui, invariablement, baissait la tête.

La demoiselle. Ysabellis se demandait quelle douleur chronique avait bien pu buriner ses traits et faire pâlir ses lèvres. Elle ne parlait jamais d'elle-même et ne se laissait pas davantage toucher, ce qui rendait toute réponse à cette question impossible. Mais elle savait mieux que personne faire saisir la désapprobation ou le reproche d'un simple mouvement de paupière. Elle égrenait souvent un chapelet de perles de verre auquel était suspendue une pierre percée réputée soulager les fièvres. Elle assistait à toutes les messes et veillait au respect des règles religieuses.

Un homme s'aventurait parfois au dernier étage du donjon. Courte visite, permettant juste d'échanger des nouvelles et de faire un brin de cour à l'une des jeunes filles. Un certain Brunel, cousin éloigné de Bertilde, fut le premier que rencontra Ysabellis. Il se présenta peu après le repas du milieu de la matinée, tout couvert de poussière, sentant la sueur et le cheval. Le plancher grinça sur son passage. Il s'inclina devant la dame, délivra les nouvelles qu'il était venu apporter, qui consistaient en un rapport sur un litige foncier dans la paroisse de Rosières. La dame éluda ses questions d'un ton absent et lui conseilla de s'en remettre au bayle. L'homme tenta d'argumenter, mais la demoiselle intervint, sur un ton à la fois maternel et sans réplique.

— Sire Brunel, la dame a parlé. Allez-vous insister encore ?

— Non, demoiselle. Je parlerai au bayle personnellement. Ma dame, veuillez nous accorder une visite dès que ce sera possible. Beaucoup de questions restent en suspens qui ne peuvent attendre le retour de notre seigneur.

— Je vous entends, répondit-elle en inclinant la tête.

Le sire salua brièvement. Le temps d'un soupir passa sans que quiconque lui propose de s'asseoir, de boire une coupe de vin, de manger un morceau. Il prit donc congé, l'air passablement déconfit. Les plus jeunes filles s'entre-regardèrent, mais dès que le regard de la demoiselle les eut survolées, elles reprirent leur ouvrage et restèrent silencieuses. Les plus âgées discutèrent jusqu'à l'heure du dernier repas sur les questions de la famille de sire Brunel, de ses liens avec chacune, de l'histoire de ses parents, jusqu'à la troisième génération d'aïeux. En quoi il apparut à Ysabellis qu'il n'y avait pas grand-chose à dire. Mais quand toutes se levèrent pour se rendre à l'office, les chuchotements, longtemps contenus, reprirent de plus belle. Il fut question du ventre du jeune homme qui bâillait sur sa ceinture, de ses jambes arquées, des poils qui dépassaient de ses chausses. Un peu écœurée, Ysabellis se concentra sur une recette de remède particulièrement complexe apprise longtemps auparavant.

Les visites de maître Bourcesel, le médecin, étaient plus chaleureusement accueillies. Il passait plusieurs fois par semaine, s'attardait une heure ou deux, parlait peu, observait beaucoup. Il prenait le pouls de la dame, lui prescrivait des remèdes, qu'il préparait lui-même ou faisait confectionner par l'apothicaire. C'était un homme dans la trentaine, aux cheveux noirs coupés au bol, le nez fin, la peau dorée. Il se montrait distant, sauf pour quelques saillies sarcastiques.

Les repas étaient de loin les moments les plus agréables, où faim et tensions s'apaisaient le temps d'une trêve autour de la grande table sur tréteaux couverte d'une nappe blanche. À la grande déception d'Ysabellis, cependant, les menus étaient monotones, réduits à de grandes marmites de légumes secs ou de choux bouillis. Au moins, les quantités de pain étaient-elles suffisantes. Le premier repas au château fut une épreuve inattendue pour Ysabellis. La table était dressée avec une écuelle et un gobelet pour deux. Sa commensale attendait manifestement de sa part un geste, ou une parole, avant de commencer à manger. Mais quoi ? Elle passa le reste du repas à observer les manières de table, à discerner dans quelle partie de la nappe il était licite de s'essuyer les mains et dans quelle partie c'était une faute, à tenter de deviner à quel moment il fallait boire et à quel moment il était préférable de s'abstenir.

Si les repas quotidiens étaient monotones, les festins étaient fort heureusement nombreux. Tous les prétextes étaient bons pour décréter un banquet : jour de fête d'un saint patron des environs, fin de la fenaison, arrivée d'un visiteur… Les cuisiniers déployaient alors leur habileté, et l'on mettait à mijoter des moutons entiers, on embrochait des poules, on pilait les amandes et les épices.

La demoiselle veillait avec un soin filial sur la dame, qui conservait en permanence un visage défait et les cils humides. Elle ne mangeait quasiment rien, mais n'en maigrissait pas pour autant. Elle trempait de petits morceaux de pain blanc dans la sauce au vinaigre et aux herbes que lui préparait Ysabellis quotidiennement, mordait parfois dans quelques groseilles, mais restait indifférente à tout le reste. Un mari prévenant lui aurait découpé de petites bouchées de volaille qu'elle aurait pu, de la pointe du couteau, tremper dans la sauce cameline, mais le sire de Randon était loin, otage. De toute façon, aurait-il été un mari prévenant ? Ysabellis en doutait. Accepter une ou deux salades et qu'elle lui confectionnât des sauces où tremper son pain semblaient avoir épuisé sa bonne volonté envers sa guérisseuse attitrée et celui qui l'envoyait. Ysabellis avait tenté, une fois ou deux, de lui proposer des remèdes destinés à colorer un peu ses joues, restaurer l'équilibre des humeurs de son corps, sans autre réponse qu'une vague indifférence. Plusieurs fois, elle avait été tentée de lui jeter les remèdes préparés avec soin à la figure et de quitter une bonne fois pour toutes ce château pour soigner ceux qui en avaient réellement besoin, surtout quand l'œil de la petite Aybeline s'était trouvé guéri. Il lui avait fallu toute sa force pour résister à ce penchant et pour rester un jour de plus, un jour, et encore un jour.

On était en juillet, et elle était toujours là, inutile, rageuse, solitaire. Son cœur se serra quand le soleil déclina. À l'ordinaire, elle aimait les soirées de début d'été, quand le soleil ne se décide pas à se coucher malgré la lassitude des corps éreintés par les travaux de la saison, quand l'odeur du foin envahit les vêtements et les cheveux. Mais le donjon semblait ne pas varier avec les saisons. C'était toujours l'odeur de vieille paille, de fer chauffé, de corps mal lavés. Après le repas, les femmes montèrent les marches qui menaient aux chambres. Les nobles dames et filles, demoiselles de compagnie et invitées dormaient tout en haut, dans la chambre de la dame. Ysabellis s'arrêta à l'étage au-dessous, avec les servantes, qui partageaient pour la nuit une litière de paille. Elles se déshabillèrent, s'aidant les unes les autres à délacer leurs cottes et leurs chemises. Comme il faisait chaud, au lieu de se blottir sous leurs couvertures, elles profitèrent de l'air frais qui entrait par la meurtrière, prirent leur temps pour se coiffer, examiner leurs maladies de peau, soigner les premières piqûres de moustiques en bavardant. Peu à peu, les rires et les paroles se changèrent en murmures. La paille craqua sous le poids des corps s'allongeant. Les conversations s'éteignirent et les premiers ronflements habitèrent la nuit.

Ysabellis peinait à trouver le sommeil. Elle songea avec envie à toutes les cuisinières, servantes, lingères qui, à la tombée du soir, pouvaient regagner leur logis, un époux, des enfants.

Elle se releva, enfila sa chemise et sortit à pas de loup de la pièce. Elle courut jusqu'aux remparts et y monta. Altaïr flamboyait au-dessus d'elle. Droit au nord, la queue du Dragon se recourbait entre la Grande Ourse et la Petite, tel un scorpion ne sachant quelle proie piquer. Elle ferma les yeux et appuya son dos tendu sur la fraîcheur de la pierre. L'air était doux, chargé d'une légère odeur de vase montée de la Loire. Dans une mare proche coassaient des rainettes, en concurrence avec le cri-cri des grillons. Sa respiration s'amplifia. Elle fit quelques pas, laissant la brise jouer dans ses cheveux dénoués, se pencha au-dessus du parapet, cherchant à deviner le sol, très loin en dessous d'elle. L'herbe devait y être haute, douce à ses pieds fatigués par la terre battue de la cour. Mais que dirait-on si on la surprenait hors du château à la nuit ? Et puis, les portes étaient closes. Avec un soupir, elle regagna la tour et s'allongea sur la paille. En rêve, elle irait où elle voudrait.

Dès le lendemain, la demoiselle l'interpella alors qu'elle se préparait à quitter le château, comme les autres matinées :

— Guérisseuse Aelis, où allez-vous ?

— Cueillir des plantes, demoiselle.

— Et pour qui ? Chacun sait que vous ne préparez aucun remède, ici.

Ysabellis rougit un peu :

— Je prépare tous les remèdes que notre dame veut bien prendre.

— C'est bien ce que je disais. Mais il n'est pas question de sortir n'importe quand. Que faisiez-vous, hier soir, à la nuit tombée ?

— Je prenais l'air. J'avais chaud.

— Chaud, vraiment ? La prière éteindrait mieux les ardeurs qui sont en vous que l'air de la nuit !

— Je vous remercie de votre sollicitude. Et je penserai à vos sages suggestions.

La demoiselle répondit froidement :

— Je suis responsable de toutes les dames et demoiselles qui vivent ici, guérisseuse, ne l'oubliez pas. Vous y compris. Je ne vous vois pas beaucoup aux offices. Le chapelain m'a affirmé que vous n'aviez pas communié une seule fois. Vous contemplez les étoiles la nuit. Vous sortez à toute heure pour vagabonder dans les prés en compagnie de Dieu sait qui.

— Aybeline.

— Un chaperon de confiance ! Désormais, vous resterez dans l'enceinte du château, que je puisse vous surveiller davantage.

Ysabellis baissa la tête pour ne pas offrir à la demoiselle la joie de lire son amertume. La matinée passa interminablement. Ses doigts devenaient épais et gourds à force de tordre la laine de sa quenouille. L'heure du repas sonna comme un soulagement pour toutes. Peu de paroles avaient été prononcées ce matin-là.

Après le dîner, elle se réfugia dans l'ombre de la chapelle. Les reproches sur son manque d'assiduité aux offices l'avaient étonnée, maintenant elle s'en inquiétait. Elle maudit le sire de Randon et s'interrogea une fois de plus sur l'idée étrange qu'il avait eue de la faire venir au château. Pourquoi n'avait-il pas prévu que ses soins seraient inutiles ? Un mois entier qu'elle était ici, un mois d'existence perdu, et aucune nouvelle de l'extérieur ne laissait espérer une fin prochaine à ce supplice. Elle reprenait seulement son souffle quand des pas résonnèrent sur le carrelage. Elle prit d'instinct la posture de l'orante, baissant la tête et joignant les mains, mais se retourna en entendant des sanglots. La dame était là, menue et solitaire. Elle se tenait légèrement ployée devant une petite dalle gravée, sur laquelle de grosses larmes s'écrasaient. Ysabellis s'approcha avec timidité :

— C'est votre enfant, n'est-ce pas ?

— Oui, c'est lui. C'était lui. Armand.

Elle essuya ses joues trempées et releva le menton agressivement :

— Dites-moi, vous aussi, que je dois me résigner et rendre grâces à la volonté de Dieu ! C'est cela que mon époux vous envoie me dire ? D'être forte et de cesser de pleurer ?

— Pourquoi vous dirais-je une chose pareille, ma dame ? Vos larmes sont bien mieux sur la tombe de votre fils qu'à l'intérieur de votre cœur.

— Je ne peux pas me résigner, je ne peux pas !

Elle criait presque. C'était la première fois qu'Ysabellis la voyait s'emporter.

— C'était mon fils ! Pourquoi Dieu me l'a-t-il repris ? Pourquoi ? Qu'ai-je fait pour ça ? Est-ce que je ne l'avais pas assez aimé ?

Ysabellis savait par expérience que rien de ce qu'elle pourrait dire ne soulagerait la détresse de la mère en pleurs. Elle garda le silence. La dame reprit :

— Des années pour le concevoir ! Des nuits entières à implorer Dieu, des pèlerinages dans tous les sanctuaires ! Et un jour, enfin, voilà que j'ai senti bouger dans mon ventre. J'avais cru que jamais je ne porterais d'enfant, et le miracle est arrivé…

Elle se tut. Ysabellis attendit quelques instants, puis, d'une voix douce, relança :

— Et ensuite ?

— Ensuite ? Il est né. J'ai été en douleurs de la tombée de la nuit jusqu'à tierce. Tierce ! Je pensais qu'après avoir tant souffert j'avais droit enfin à le voir grandir sans nuages. Et de fait, il était beau, vaillant, en bonne santé. Bien sûr, j'ai eu peur, surtout les premiers mois. Il semblait parfois si fragile. Mais quand on l'a démailloté et qu'il a commencé à marcher… j'ai remercié Dieu. Je pensais enfin que mes angoisses étaient finies. Qu'il allait vivre, grandir, faire ce que font les autres garçons. Et voilà… voilà… Pourquoi faut-il qu'on me le reprenne maintenant ? Que fait-il sous cette dalle alors qu'il devrait être dans mes bras ?

Ysabellis lui effleura l'épaule des doigts :

— Vous tremblez…

— Oui, je tremble. J'ai froid. J'ai mal. Si mal !

— N'y a-t-il rien qui vous soulagerait ?

— Maître Bourcesel me préparait un remède. Mais je n'en ai plus. Et il est absent aujourd'hui.

— Connaissez-vous le nom de ce remède ?

— Antimaron*, je crois.

— Antimaron ? Contre la léthargie, le mal de tête… Est-ce la tête qui vous fait le plus souffrir ?

— J'ai la tête comme dans un heaume trop serré, et un tel poids sur la poitrine que la respiration me manque.

— Je peux vous préparer ce remède si vous le souhaitez.

La dame recula d'un demi-pas, comme si elle venait juste de reconnaître Ysabellis.

— Vous ? Savez-vous seulement de quoi est fait ce remède ?

— Oui, ma dame, je le sais. Je ne le prépare jamais, c'est bien trop coûteux pour ceux que je soigne habituellement, et je ne savais pas qu'il puisse faire un si grand bien. Mais s'il vous soulage, je le ferai pour vous.

— Mais… où prendrez-vous les éléments nécessaires ?

— J'ai quelques plantes. Je peux en trouver d'autres. Il me faut aussi du miel et quelques ingrédients plus rares, comme de la cinnamome. Où est-ce que maître Bourcesel s'approvisionne-t-il ?

La vicomtesse lui saisit les deux mains :

— Préparez le remède comme le fait maître Bourcesel et vous aurez toute ma gratitude. Au mas de Volte, la maîtresse Quintina vous procurera la scammonée* et tout ce dont vous aurez besoin. Ne tardez pas.

— Volte est à deux lieues d'ici, n'est-ce pas ?

— Prenez ma jument. Cela lui fera une sortie…

Elle fit une pause, jeta un œil critique sur la mise d'Ysabellis :

— Prenez également mon sceau. Maîtresse Quintina ne vous connaît pas et ne vous fera pas crédit sur votre bonne mine.

Sur ce, elle ôta de son index un anneau à chaton. Ysabellis retenait son souffle, comme si le moindre mouvement pouvait rompre le charme. Le sceau dans le creux de sa main était tiède et doux comme un jour de liberté. Le capitaine du château ne fit aucune difficulté pour lui confier la jument de la dame. Il l'avait sagement équipée d'une selle d'homme et non du petit tabouret en usage chez les dames, qui permettait de s'asseoir sur le côté et qui demandait une longue pratique. Ysabellis conduisait la jument à la longe, un peu rétive après de longs mois de réclusion, quand la demoiselle l'arrêta d'un mot impérieux :

— Où croyez-vous aller ?

Ysabellis se retourna lentement, anticipant une cruelle déception, et se composa le visage le plus neutre possible, une gymnastique à laquelle elle s'améliorait :

— La dame me commande un remède. Je vais en chercher les ingrédients.

— Un remède ? Maître Bourcesel ne peut-il le faire ?

— Maître Bourcesel est absent.

— La dame ne peut-elle attendre ?

— Demandez-le-lui.

— Je vais le faire. Attendez-moi ici.

Ysabellis retint un soupir et caressa la jument pendant que la demoiselle s'en allait d'un pas ferme vers la chapelle, où la dame priait encore. Que se passerait-il ? Si la dame insistait pour avoir son médicament, elle aurait son heure de liberté et supporterait pendant des jours l'hostilité de la demoiselle. Si la dame se pliait à l'avis de sa suivante, la demoiselle triompherait et Ysabellis resterait enfermée... Elle savait bien ce qui vaudrait le mieux, mais ne pouvait s'empêcher d'espérer que la dame souffre encore assez. Elle se demanda une fois de plus pourquoi elle déplaisait si fort à la demoiselle, s'il existait d'autres raisons que le mépris naturel des gens de sa classe pour les manants ou si sa présence gênait la demoiselle d'une façon qu'elle ne parvenait pas à comprendre. Elle tapota les flancs de la jument, qui partageait sans doute ses interrogations quant à la sortie. À l'air digne mais un peu dépité de la demoiselle, la jeune femme et la jument surent qu'elles iraient. Le soulagement les envahit.

— Allez. Et ne traînez pas. La dame souffre. Vous êtes censée être là pour la soigner, non pas pour vagabonder, rappelez-vous-en.

— Je m'en souviendrai.

Elle sauta en selle et descendit avec précaution le chemin escarpé qui menait au village de Polignac, puis rejoignit la grande route reliant Le Puy à la ville de Clermont. Elle chevauchait librement, laissant le vent lui ébouriffer les cheveux. Elle paierait sans doute cher cette petite victoire, mais elle était prête à payer le triple pour le bonheur de sentir la belle jument sous elle, nerveuse, avide de sentir à nouveau l'espace sous ses sabots. Des nuées de sauterelles s'envolaient à chaque pas. Elle franchit le ruisseau de Chalon en faisant voler l'eau et ralentit l'allure à Roche, en entamant la descente sur le village de Volte.

Le chemin suivait un creux qui descendait tout droit dans la vallée sans se détourner ni à droite ni à gauche. Les grillons se turent quand elle pénétra dans la forêt de petits pins et de chênes rabougris s'accrochant vaille que vaille au granite de la pente. La Loire se coulait paresseusement dans sa volte, entre les renouées et les galets blanchis par le soleil. Ysabellis la franchit sur le curieux pont en dos d'âne. À un aulne penché sur l'eau, elle vola un cône, qu'elle accrocha à sa robe.

Après le pont, le chemin suivait la berge vers l'aval, conduisant tout droit au bourg de Volte. La place et le porche de l'église regardaient vers le fleuve, les bâtiments du prieuré et le cimetière se déployaient au sud. Tout autour de la place, des artisans et commerçants avaient baissé leurs volets, sur lesquels leur production était entassée plutôt que disposée. Assis sur des tabourets, ils travaillaient en bavardant entre eux et en surveillant d'un œil les enfants qui occupaient la place de leurs cris et de leurs jeux.

Ysabellis attacha sa jument à un anneau rivé dans le mur de l'église et avisa une boutique d'aspect soigné, d'où montait une puissante odeur de poivre et de girofle.

— Est-ce là la boutique de maîtresse Quintina ? demanda-t-elle à une petite fille.

— Oui !

Elle approchait du volet baissé quand une voix la figea sur place. Elle l'avait espéré. Elle respira calmement puis entra résolument dans l'échoppe, comptant sur la pénombre intérieure pour masquer la roseur qui, elle en était certaine, gagnait ses joues.

Barthélemy fut moins habile à cacher sa surprise. Il était debout, derrière une table, légèrement penché sur le parchemin qu'une femme d'allure résolue tenait devant elle. Un petit homme rond pesait des racines en leur tournant le dos.

— Maîtresse Quintina ? Pardon de vous déranger. On m'a dit que vous pourriez me procurer des remèdes.

— Je ne vends pas de remèdes. Mais vous trouverez un apothicaire à Vorey.

— En réalité, je ne cherche que quelques ingrédients pour confectionner un électuaire pour la vicomtesse.

— Alors là, c'est différent. Que vous faut-il ?

— De la cinnamome, du nitre, du castoréum, de la scammonée et du miel.

— J'ai tout cela. La scammonée est vieille et assez éventée, je le crains.

— Cela n'a pas d'importance. En fait, je pensais même ne pas en mettre du tout.

— Eh bien, si cela vous convient…

La veuve Quintina se leva pour aller ouvrir les tiroirs d'un meuble à épices posé contre le mur. À côté, une table était encombrée de sachets de toile, de boîtes de bois, tous marqués d'une petite fleur d'iris. Barthélemy, qui n'avait pas bougé d'un pouce, profita du silence pour reprendre la main :

— Maîtresse Quintina, ce parchemin est bel et beau, mais je persiste à croire que le papier serait d'un meilleur rapport. Un moulin, peut-être… Je vais vous laisser, nous en reparlerons demain.

— Non, non, restez. Je n'en ai pas pour longtemps. Et ne prononcez pas le mot « moulin » ici. Avez-vous un écrit, jeune fille, ou un sceau ?

Ysabellis montra le sceau de la dame, que la veuve examina avec soin.

— Vous devez être en grande faveur auprès de la vicomtesse pour qu'elle vous ait confié son propre sceau. Quelle quantité de cinnamome vous faut-il ?

Ysabellis le lui indiqua sans répondre à sa première interrogation. La commerçante pesa la cinnamome dans une petite balance à deux plateaux, qu'elle éleva à hauteur de ses yeux afin d'obtenir la mesure la plus fine possible. À la suite de quoi, elle inscrivit sur un grand livre la quantité exacte donnée à Ysabellis. En lui emballant dans un petit sachet de toile, elle rompit le silence :

— Résidez-vous au château ?

— Oui. Je suis la guérisseuse Aelis. Le sire vicomte m'a fait venir pour prendre soin de la santé de la vicomtesse.

— Depuis longtemps ?

— Depuis son départ pour l'Angleterre, il y a un mois environ.

— Maître Bourcesel ne suffisait pas à la tâche ?

— Le sire a jugé qu'il valait mieux être deux.

— Pauvre dame. J'espère que vous pourrez la soulager. Elle a bien souffert. Le nitre est de la meilleure qualité. Combien vous en faut-il ?

— Trois onces.

Elle tira d'un petit tiroir de fins cristaux blanchâtres, qu'elle déposa sur sa balance. Quand elle eut fini, elle prit dans un tout petit vase quelques gouttes d'une gomme au parfum encore violent.

— La scammonée ?

— Deux onces.

— Quel sorte d'électuaire comptez-vous préparer avec ces ingrédients ?

— De l'Antimaron.

— On le dit excellent. Je ne l'ai jamais essayé. Il faut de l'habileté pour le préparer, dit-on.

Ysabellis ne releva pas l'invite à décliner ses titres de noblesse en médecine. Elle regardait sans parler la main gauche de Barthélemy posée sur la planche de la table. Ses doigts semblaient caresser ou gratter le bois. Le commis, toujours occupé à peser ses racines, ne s'était pas retourné. Tous grimacèrent quand la marchande ouvrit le pot de castoréum.

— Pardon pour l'odeur. J'aurais dû terminer par la cinnamome. Je vais vous mettre un pot de miel assez gros pour y noyer cette terrible substance.

Ysabellis sourit et rangea les précieux ingrédients dans sa besace. La marchande inscrivit le pot de miel dans son registre et nota un chiffre en face.

— Merci, maîtresse Quintina. Tout y est, je rentre au château. Je vais vous laisser poursuivre votre conversation.

— J'étudiais simplement avec maître Mazeirac les possibilités qu'offre le commerce en val d'Amblavès. Maître Mazeirac souhaite s'établir dans la région.

— Bonne chance dans vos projets, maître Mazeirac, conclut Ysabellis avant de se sauver sans lui laisser le temps de répondre.

Maîtresse Quintina la suivit du regard à travers le volet ouvert de sa boutique. Elle la vit décrocher la belle jument de la dame et l'enfourcher à la manière des manants.

— Aelis, dit-elle pensivement. Vous avez le même genre d'accent, tous les deux.

Barthélemy rit :

— Pour un Vellave, tous les Gabalitains ont le même accent ! Mais si vous étiez des environs de Châteauneuf comme moi, vous auriez remarqué que sa façon de prononcer les « f » signe son appartenance à la région de Mende.

— Une jolie fille. Je suis étonnée que la demoiselle l'ait laissée sortir du château. Vous auriez dû tenter votre chance, parce qu'elle ne se représentera plus.

— Vous êtes badine, aujourd'hui. Je crois que je vais rentrer.

— Rentrer ? Ma grange vous paraît-elle à ce point attractive ? Bien, je vous libère. Revenez demain. Cette question de parchemins ou de papiers doit être creusée.

Barthélemy avait observé, très dépité, sa femme monter sur une superbe jument qui ne traînerait pas, même sur le chemin escarpé de Roche. Comme il ne pouvait courir à sa poursuite malgré son envie folle de le faire, il se contenta de marcher nonchalamment vers les berges de la Loire où Fauve paissait tranquillement. Il le monta à cru et sans mors, le fit galoper aussi loin qu'il le put, mais ne put rattraper Ysabellis. Avec un sentiment de tristesse et de grand vide, il se déshabilla et plongea dans un creux de la Loire. L'eau un peu brunâtre lui fit du bien, le rafraîchit. Il finit sa toilette en lavant aussi sa chemise et sa cotte de rechange. Frais de nouveau, il put aller boire la soupe de Guillelma.

Le soleil était bas sur l'horizon et l'impatience de la dame à son comble quand Ysabellis entra à bride abattue dans le château. Elle se rua aux cuisines, le seul lieu où elle pouvait trouver le matériel nécessaire à la préparation du remède, et, une petite heure plus tard, elle entra, échevelée, rose encore, souriante, dans la petite pièce en haut de la tour.

— Enfin ! commenta la dame.

La demoiselle la foudroya du regard. Mais Marguerite lui adressa un de ses rares sourires. La dame but l'équivalent d'une noix de la préparation dans un gobelet d'eau chaude, s'étendit sur le lit et en ferma les rideaux. Un lourd silence envahit la pièce, qu'Ysabellis ne tarda pas à trouver éprouvant.

Au matin, une servante vint la prévenir que maître Bourcesel voulait lui parler et qu'il l'attendait sur les remparts du côté est. Un lieu où un homme pouvait rencontrer une jeune fille en toute décence, avec ce confort que leur conversation ne pouvait être écoutée.

— J'ai appris que vous aviez donné à la vicomtesse une préparation, hier. De quoi s'agissait-il ?

— De l'Antimaron.

— Et où en avez-vous trouvé ?

— Je n'en ai pas trouvé, je l'ai confectionné.

Le médecin siffla entre ses dents. Son nez fin se fronça. Le vent ébouriffait ses cheveux noirs.

— Confectionné ? Et quelle habileté avez-vous pour confectionner des remèdes aussi complexes, jeune fille ? À moins que vous n'ayez donné le nom d'Antimaron à quelque préparation de votre cru ?

— Dans ce cas, ne croyez-vous pas que la dame aurait senti la différence ?

— Répondez-moi !

— Soit. Je l'ai préparé selon la recette donnée par maître Nicolas dans son antidotaire.

— Nicolas ? Vous connaissez l'*Antidotaire Nicolas* ?

— Je ne l'utilise pas souvent. Mais l'Antimaron est l'un des remèdes les plus simples qu'il contienne.

— Ce n'est pas faux. Avez-vous fait bouillir le miel avant toute autre chose ?

— Mais oui.

— Combien d'aloès avez-vous ajouté ?

— Une drachme et demie.

— De castoréum ?

— Trois drachmes.

— De scammonée ?

— Une seule. Je sais que maître Nicolas recommande d'en mettre deux, mais j'ai jugé que la dame, dans son état présent, n'avait guère besoin d'un purgatif, même éventé. Je lui ai donné du remède la quantité d'une châtaigne, dilué dans de l'eau chaude, comme le conseille maître Nicolas. À ma grande surprise, elle s'en est trouvée fort bien.

— À ce que je vois, vous vous permettez tout de même un peu de liberté avec les recettes du maître. Mais mis à part cet écart, je dois reconnaître, à ma grande surprise, que vous l'avez préparé correctement. Du moins en paroles. Comment connaissez-vous cette recette ?

— Je l'ai apprise, avec tant d'autres, lors de mon apprentissage.

— Et quels autres maîtres avez-vous étudiés ?

Ysabellis se raidit très légèrement. Toute une part de son savoir lui venait de la tradition orale, de guérisseurs et de sages-femmes plutôt que de médecins. Mais maître Bourcesel, qui ne devait pas ignorer ce pan de la pratique médicale, ne l'entendrait jamais de sa bouche. Elle jeta un regard vers le soleil levant et répondit prudemment :

— Maître Platéarius. Sainte Hildegarde.

— Pourquoi n'attendiez-vous pas de bons résultats de l'Antimaron, si vous l'avez préparé convenablement ?

— Parce que je n'éprouve qu'une confiance limitée envers les remèdes de maître Nicolas.

— Vraiment ? Vous osez juger les grands anciens ?

Ysabellis se rétracta avec un geste de déni. Elle respira plus librement. On s'éloignait des rivages les plus dangereux. Si elle pouvait faire passer leurs différences fondamentales d'approche pour une querelle entre deux écoles de médecine, elle était sauvée.

— Non ! J'ai simplement constaté que la médecine de Trotula ou les remèdes de Dioscoride convenaient mieux à ceux que je soigne.

Maître Bourcesel qui, jusqu'à présent, avait contemplé le village depuis les hauteurs du rempart, observait maintenant la jeune femme avec intensité.

— Je vois. Vous êtes une adepte des simples médecines, n'est-ce pas ? Trotula de Roggeri, la célèbre obstétricienne de l'école de Salerne, a fait beaucoup d'adeptes.

— En effet.

— En cela, je suppose que vous faites de nécessité vertu. Vos malades ne doivent guère avoir la possibilité de se soigner à base de substances aussi précieuses que la gomme adragante ou la scammonée.

— Mes malades tiennent à la vie autant que les vôtres. Mais ceux que j'ai vus commander chez l'apothicaire de l'*Antidotum Emagogum* ou de l'électuaire de suc* de rose ne s'en sont pas trouvés mieux que ceux à qui l'on donnait de la décoction de bourrache ou du jus de sauge.

Avec un sourire ironique, le médecin passa sa main sur sa joue fraîchement rasée.

— Cela va de soi, guérisseuse… les simples gens devraient s'en tenir aux simples remèdes. À leur constitution conviennent les nourritures terriennes, racines, viandes lourdes et remèdes issus de la terre. Mais aux nobles personnes comme la vicomtesse, il faut donner des aliments légers, aériens, et des remèdes élaborés.

— Pourtant, les cygnes et les tourterelles que vous lui donnez quotidiennement ne lui rendent pas l'appétit.

L'homme fronça un demi-sourcil. Ses doigts longs et fins d'accoucheur eurent un geste d'agacement.

— Je n'ai pas encore épuisé toutes les ressources de la médecine. Sans parler de la volonté de Dieu. Mais ne vous mêlez pas de lui servir ces emplâtres pour grossières gens. La dame est d'une autre espèce.

— Est-ce de cette façon que vous avez soigné son fils ?

Les traits de maître Bourcesel se figèrent soudain. Le coin de sa lèvre se crispa très légèrement.

— Voilà la raison pour laquelle le sire de Randon vous a envoyée ici ? Pour apprendre si son héritier a été soigné correctement ? Qui êtes-vous, guérisseuse Aelis, sous vos airs de pauvresse de la montagne, citant Platéarius et maître Nicolas ?

— Vous connaissez mon nom. Je suis ici pour apporter réconfort à la vicomtesse, rien d'autre.

— Vous pouvez abuser les dames d'ici, mais pas moi. Armand était dans la main de Dieu. Vous aussi.

Il fit volte-face et redescendit les escaliers.

Ysabellis resta seule, le cœur battant à toute allure, l'image du pli barrant le front lisse du médecin imprimé dans les yeux. Pourquoi avait-elle trébuché si stupidement alors que l'entretien se passait plutôt bien ? Maître Bourcesel l'avait toujours traitée avec une distance froide qui lui convenait parfaitement, elle venait de s'en faire un ennemi, un ennemi farouche, si elle interprétait bien les signes.

En descendant les marches à son tour, lentement, elle repassait dans son esprit les différentes étapes de la conversation. Mais quoi qu'elle fasse, elle butait sur la question « Qui êtes-vous ? ». Mais qui la soupçonnait-on d'être ? Pire encore, se pouvait-il que le médecin, dans sa colère, eût touché juste ? Que Randon l'ait réellement envoyée au château pour apprendre de sa bouche les circonstances exactes de la mort de son enfant ? Elle songeait maintenant aux dernières paroles du seigneur : « Et si tu découvres quelque fait troublant, ne t'en ouvre qu'à moi seul, à mon retour. »

Elle sentait dans son cœur grandir une fureur toute neuve. Qu'était-il arrivé à cet enfant ? Est-ce que le soupçon sur les circonstances de sa mort était général ? Et pourquoi le sire de Randon ne lui avait-il rien dit ? Cet homme n'était qu'un cynique, un odieux manipulateur. Elle passa plusieurs heures à filer, doigts douloureux, avant d'admettre qu'il était aussi, et peut-être surtout, un père blessé.

Maître Bourcesel était resté pour la journée au château. Le visage fermé, il répondait aux rares questions par des réponses brèves et coupantes. Il la regardait parfois avec une expression difficile à déchiffrer, de défi peut-être. Mais comment y répondre, de toute façon ? Elle était bien plus démunie que les servantes qui, elles, pouvaient arguer de leur utilité, de leur balai, de leurs bras. Sa science, on lui refusait le droit de s'en servir, la confinant à un rôle de parasite négligeable. Maître Bourcesel devait s'être fait ce même raisonnement, car, vers le soir, son visage avait pris des nuances moins dures et plus moqueuses.

Mais loin de la rassurer, cette attitude renouvela son inquiétude. Par sa seule présence, elle faisait renaître des doutes qui, sans elle, auraient été enterrés profondément dans le secret des cœurs. Les soupçons infectaient déjà l'atmosphère de la plus haute chambre du donjon. Combien de temps encore lui laisserait-on jouer le rôle de l'innocente empoisonneuse ? Un matin, on la retrouverait au pied des remparts, et tous s'empresseraient de dire qu'elle avait dû commettre une imprudence en prenant l'air. Maudit soit ce Randon. Elle dormit mal cette nuit-là.

L'ÉCLUSE DE LA DISCORDE

Barthélemy se leva à la première lueur du soleil, lassé de se retourner sur sa couche de foin sans trouver le sommeil. Les moustiques et les coassements des grenouilles n'avaient joué qu'une part modeste dans son insomnie, principalement due aux allusions de la veuve Quintina. Que se passait-il entre les murs du château de Polignac pour que même les marchandes, pourtant les plus prudentes des personnes, se permettent d'ironiser ? Il étira ses longs membres, un peu écœuré par l'odeur omniprésente du foin, par les brindilles qu'il retrouvait partout dans ses vêtements et qui lui donnaient l'air d'un vagabond. En revanche, il appréciait, chaque matin, la présence du fleuve, l'odeur d'eau, d'algues et de vase, la couleur changeante des galets. La Loire n'était jamais semblable. Il descendit au bord de l'eau en chausses et la chemise sur le bras. À son approche, quelques grenouilles sautèrent dans l'eau. Il entra dans le courant, là où le flot était plus clair. L'eau, froide à cette heure, lui massait les chevilles. Il se frotta le torse, le visage, la nuque d'un morceau de savon sentant fort le suif et s'aspergea libéralement. L'écho d'autres éclaboussements lui parvint. Qui se baignait à cette heure-ci ? Un coup sourd retentit provenant de la même direction. Il tendit l'oreille. Des cris, maintenant. Il enfila sa chemise, remontant le cours de la Loire. L'eau rebondissant sur les rochers ne laissait passer que quelques éclats de voix, qui se répercutaient sur la montagne en face. Une dispute ? Les voix portaient des accents menaçants. Il s'élança en courant à travers les hautes herbes, soulevant des bouffées de parfum de menthe.

Une vingtaine d'hommes étaient massés autour de l'écluse et d'autres encore arrivaient par le petit chemin qui conduisait au moulin. Le grondement de leur colère dominait le chant de l'eau. Des outils ferrés, pics, pioches, dépassaient de ce tas de bras et de jambes. Barthélemy grimpa sur un rocher et observa. Rixe ou rébellion ? Que faisaient ces hommes, armes au poing ?

Soudain, des cris plus aigus que les autres jaillirent de la mêlée, comme des étincelles. Un mouvement, et une silhouette fut projetée au bas des murs dans un grand jaillissement d'eau. Barthélemy s'élança en courant. Il y eut une exclamation, et un second homme se porta au secours de celui qui était tombé et qui se relevait avec difficulté, ses vêtements trempés lui collant au corps. Des rires s'élevèrent de la troupe. Au pied de l'écluse, deux hommes à la carrure de faneurs en ceinturaient un troisième, qui protestait bruyamment. Barthélemy reconnut en lui Esteve Blacheyre, le sergent.

Un pic se leva, s'abattit brutalement contre la trappe de l'écluse, accompagné d'un grand cri poussé par toutes les bouches. Tous les outils s'élevèrent dans un bel ensemble, et les coups du fer sur la pierre résonnèrent dans toute la montagne. Le sergent, toujours entravé, hurlait de cesser.

Le visage couvert de sang, celui qui était tombé s'éloigna en pataugeant, appuyé sur son compagnon. Les autres les laissèrent s'en aller, tandis que le mur de l'écluse s'effritait dans l'eau.

Barthélemy arriva en vue des émeutiers. Comme il l'avait redouté, Jehan Chapade était en première ligne, suivi de près par le jeune Ytier Taramentrant. Il reconnut plusieurs autres villageois de Volte et des environs. Leur visage, qu'il connaissait gai, méfiant ou fatigué, était transformé par une colère insoupçonnée. Derrière eux, ne portant aucun outil, se tenait un homme à l'allure altière, très brun, portant chapeau à plume. Les cris s'étaient mués en une seule respiration, accompagnant les coups donnés au mur de l'écluse par quelques bras vigoureux rompus au maniement du fléau. Ils paraissaient déchaînés. Barthélemy sortit des arbres et avança en pleine lumière sans se demander s'il était sage d'intervenir maintenant et quel sort lui serait réservé. Un cri bref lui indiqua qu'on l'avait vu :

— Que se passe-t-il ? demanda-t-il d'une voix tranquille.

Stupéfaits, les hommes suspendirent leurs gestes et leurs cris.

— Barthélemy ? Ça ne te regarde pas ! l'invectiva Chapade d'une voix grondante.

La racine qu'il portait au cou tremblait sous l'effet de la rage.

— Va-t-en ! lui cria Ytier. On ne t'a pas vu, tu ne nous as pas vus. Sinon…

Barthélemy s'avança jusqu'aux premiers frondeurs, qui s'écartèrent pour le laisser passer. Il surprit quelques regards interrogatifs en direction de Chapade. C'était donc lui le chef.

— Que vous a fait ce pauvre moulin ? Vous n'aimez plus la farine ? plaida-t-il.

Il y eut des rires amers.

— De quoi tu te mêles ? répliqua Chapade en se dressant de toute sa petite hauteur, pointant une lame sur sa gorge. Tu veux suivre le même chemin que celui-là, Barthélemy ? ajouta-t-il en désignant celui qui était tombé et qui clopinait à distance. Tu n'es pas d'ici. Va-t-en !

— Ne vous occupez pas de ça, Mazeirac ! cria le sergent avec un certain courage.

Un des deux hommes qui le maintenaient le frappa pour le faire taire. Du sang gicla de sa pommette.

Barthélemy avait souvent séparé des jeunes avinés qui mesuraient leurs muscles tout neufs les soirs de fête, et l'arme de Chapade, un petit couteau de table à la lame toute noircie et bien aiguisée, ne l'impressionnait pas. Mais la tension qu'il sentait autour de lui n'était pas née de l'explosion d'un mélange de vin et d'énergie juvénile. Elle venait de loin, s'était nourrie de Dieu sait quelles frustrations et souffrances, et ceux qui la laissaient déborder aujourd'hui avaient en eux la puissance que donne l'absence d'espoir. Il avait sous-estimé, dans l'église, l'amertume et la force de ces gens. Il croisa calmement les bras, conscient qu'autour de lui le cercle était étroit. Des galets crissaient sans nécessité et, sans les voir, il sentait les articulations blanchir, les muscles jouer sous les chemises de lin. Tant qu'ils l'écoutaient, ils ne tuaient personne, il n'espérait rien de plus. Il allait parler quand retentit le son du fer sur les galets.

Dans l'espace d'un souffle, les villageois avaient saisi leurs outils et s'égaillaient dans la forêt. Il n'y avait plus trace de l'homme au chapeau à plume, si bien que Barthélemy se demanda s'il ne l'avait pas imaginé. Ceux qui retenaient le sergent hésitèrent un moment de plus que les autres, puis, avec un juron, le jetèrent en avant et s'enfuirent. Barthélemy se précipita vers lui. Il n'était pas blessé, juste choqué et extrêmement furieux. De l'autre rive de la Loire, quatre cavaliers approchèrent. L'homme qui les conduisait portait un manteau court par-dessus une tunique et un chapeau noir à rebords. Ses yeux enfoncés masquaient tout sentiment, mais ses gestes saccadés trahissaient sa nervosité. Il mit pied à terre dans l'eau, tout en ordonnant aux soldats de poursuivre ceux qui venaient de se disperser. Barthélemy se fendit d'une courte prière pour le salut des fauteurs de trouble.

Le sergent s'était remis de sa frayeur, mais son œil enflait de minute en minute. Bientôt, il n'y verrait plus rien. Il s'inclina devant le cavalier, qui le coupa net :

— Qu'est-ce qui s'est passé ? Qui sont-ils ? Pourquoi ont-ils détruit l'écluse ?

— Ce sont des habitants de Volte et des environs... Ils étaient à la messe hier matin. Ils se sont...

— La messe ? Si ce prieur est derrière tout ça... Et qui est celui-là ?

— Je m'appelle Barthélemy Mazeirac.

— Et que fais-tu ici ? Pourquoi n'es-tu pas dans les bois avec les autres ?

— Moi, je me promène, c'est tout.

Le cavalier ricana :

— Ah bon ? Juste comme ça ? Je n'ai pas encore entendu parler de toi. Que fais-tu dans cette région ? Où loges-tu ? Combien de temps restes-tu ?

— J'aime savoir à qui je parle... Dites-le-moi et je vous répondrai.

Le cavalier étira ses épaules en arrière, comme quelqu'un qui s'apprête à jouer un coup de maître dans une partie d'échecs :

— Guionet de Beaulieu. Je suis le bayle du mandement.

Il se méprit sur l'expression de surprise de Barthélemy et ajouta :

— Sa Seigneurie daignera-t-elle répondre à présent ?

Barthélemy, de son côté, s'extasiait. Il avait donc devant lui « cet imbécile de Guionet », qui serait bayle tout le temps que lui-même ne jugerait pas utile d'occuper le poste… Il répondit d'une voix égale :

— Je suis marchand. Je suis arrivé en val d'Amblavès il y a quelques semaines. Je loge à un galop d'ici, dans une grange que la bonne veuve Quintina me baille contre une présence nocturne.

— Le précédent locataire de la veuve, ce Rouergat, est donc parti ? On ne m'informe de rien, ici. Je suppose qu'il est retourné chez lui. Mais que faisais-tu ici ? Réponds sans mentir.

— Je cherchais des framboises, sire bayle. J'en avais trouvé quelques-unes qu'un âne tentait de me disputer, quand j'ai entendu des cris. Je me suis approché, pensant à une rixe, et voilà que c'était tout un groupe de gens… Je m'étais à peine approché qu'ils se dispersaient en tous sens, laissant ce pauvre mur s'effondrer.

— Des framboises ? Je n'aime pas qu'on se moque de moi… Tu en répondras, Mazeirac, si tu le prends sur ce ton. Sergent ! Est-ce que le récit de cet homme est exact ?

— Euh… pour les framboises, je ne sais pas, mais pour le reste…

— Je ne parlais pas des framboises, mais faisait-il partie de la bande ?

— Je ne crois pas.

— Ce sont des certitudes que je veux !

— Non, il n'était pas avec eux. J'en suis certain.

Le sergent jeta un regard de côté à Barthélemy et ajouta :

— Il dit vrai.

— Dommage ! Je me serais fait un plaisir de t'emmener visiter le château de Volte. Mais puisque tu es là, rends-toi utile. Dis-moi qui était présent à cette petite réunion ?

— Je ne connais pas ces gens, sire bayle. Je viens juste d'arriver. Ne vaudrait-il pas mieux soigner ce malheureux sergent ? Son œil prend une teinte qui ne me plaît pas du tout.

— Un œil ! Et puis quoi encore ! Un bon coup de poing n'a jamais tué personne. Tu te dis marchand, bien que tu aies plutôt l'air d'un mendiant. Donc tu t'intéressais au moulin ?

Barthélemy reconsidéra sa position. Le bayle était sans doute moins ballot qu'il n'en avait l'air. On devenait vite un imbécile aux yeux du sire de Randon. Et un parfait imbécile pouvait aussi être un homme efficace. Il répondit avec circonspection :

— Je ne vends pas de céréales…

— Ce moulin-ci n'est pas pour le blé, mais pour les planches. Tu ne le savais pas ?

— Les planches ? Un de ces moulins avec une scie actionnée par le mouvement de l'eau ?

— Parfaitement. La scie devait arriver prochainement, avec la roue. Mais il faudra réparer avant toute chose.

Il poussa un juron que le prieur n'aurait pas aimé entendre.

— Si vous en avez fini avec moi…

— Oui, décampe. Mais tiens-toi prêt à comparaître au château, pour le procès de ceux-là.

Il agita la main en direction des bois, d'où l'on entendait des cris. Les soldats n'attraperaient bien entendu pas tout le monde. Mais quelques-uns allaient passer un mauvais moment.

Barthélemy s'inclina légèrement et partit par le chemin, non sans constater que les villageois, en peu de temps, avaient causé à l'écluse des dégâts considérables. Il s'était trompé sur ce moulin. En quoi gênait-il le prieur s'il ne faisait que scier des planches ? Se pouvait-il que « quelqu'un » répande de faux bruits dans le simple but de créer des désordres ? Ou la présence d'un moulin à planches gênait-elle réellement le prieur et les habitants ? D'un moulin… ou d'un meunier ? Il devait se renseigner à ce sujet.

Un messager apporta dans la matinée la nouvelle du bris de l'écluse au château. Les femmes, assemblées autour de leurs travaux de couture, la reçurent dans l'indignation et un peu d'excitation. Un sujet de conversation tout neuf. Aegida parvint à faire croire que la destruction du moulin la touchait profondément. Bertilde demanda au messager s'il y avait eu un meneur, et s'il avait été arrêté. Elle tomba dans une rêverie romantique. Jehan Chapade aurait été bien étonné s'il avait pu lire dans les pensées de la jeune demoiselle. La dame insista pour que la plus grande sévérité fut appliquée aux auteurs des troubles. Le bayle obtint ainsi carte blanche pour poursuivre et détenir les responsables.

Guionet de Beaulieu (« Guionet l'Imbécile », comme l'appelait Barthélemy en son for intérieur) avait pris le début d'insurrection pour une offense personnelle et comme l'occasion d'asseoir sa place toute neuve de bayle. La chasse commencée dans les bois se poursuivit toute la journée, avec l'appui des deux soldats demeurant au château de Volte. Jehan Chapade fut rattrapé et arrêté avant même que les cloches n'appellent à la messe de tierce. La veuve Quintina le vit passer entre deux chevaux, la tête baissée, sonné. Des soldats entraient et sortaient du château de Volte, à grand train sur leurs montures, mais repoussaient tous ceux qui tentaient de s'approcher. Quelques femmes, inquiètes pour leurs maris, leurs frères ou leurs neveux, furent refoulées une première fois devant la porte, et une seconde alors qu'elles abordaient le château par la Loire. La grande Johana, une femme sèche et énergique, fut prise à partie par les soldats et dut battre en retraite, non sans insulter copieusement ceux qui retenaient son mari. Les paysans suspendirent leurs travaux et regagnèrent leur maison, n'en sortant que lorsque nul son de sabots ne se faisait entendre. Le châtelain de Volte sillonnait les ruelles du village et traversa le pont à dos d'âne dix fois dans la journée, passant de Volte à Bistour, du Verdier au Cros, de la Court à Tholence, à la recherche de tous ceux qui avaient pu lui échapper, coupables ou innocents.

Le soir tomba dans un silence pesant. Aucun enfant ne jouait plus sur la place de Volte et des villages alentour ne montait plus le son de chants et de rires. Les nuages s'accumulaient au-dessus des gorges de la Loire. Barthélemy se rendit comme tous les soirs chez Guillelma, mais refusa la soupe qu'elle lui tendit :

— As-tu vu le sergent ?

— Ce Blacheyre ? Qu'il ne remette plus jamais les pieds chez moi !

— Il faudrait pourtant essayer de le trouver. Lui pourrait nous donner des nouvelles de ton mari.

— Dieu te bénisse, Barthélemy, mais pourquoi te mêles-tu de ce qui se passe ici ?

— J'ai mangé ton pain pendant un mois, Guillelma, je ne peux te laisser sans rien faire.

— Tu m'as payée pour ça, tu ne me dois rien.

— Guillelma, accepte mon aide. Je peux aller aux nouvelles.

— Ils ne t'en donneront pas. Mais tu peux y aller.

Barthélemy chercha le sergent dans tous les mas alentour, sans succès. En désespoir de cause, il revint à Volte et frappa aux portes du château. Des cris venaient de l'intérieur, et personne ne lui répondit. Il frappa et cria encore. Pour finir, des soldats vinrent ouvrir et s'étonnèrent de le trouver là :

— Que veux-tu encore ?

— Je cherche le sergent, Esteve Blacheyre.

— Il n'est pas ici.

— Je veux parler au châtelain.

Les hommes rirent :

— Il est occupé. Reviens demain.

— Alors donnez-moi des nouvelles de Jehan Chapade.

— Et pourquoi ça ?

— Sa femme s'inquiète.

— Fallait pas le laisser sortir comme ça. Les femmes aujourd'hui ne savent plus tenir leur mari !

— Est-il vivant ?

— En quoi cela te regarde ? Tu n'es pas d'ici, si Blacheyre a dit vrai. Tu n'as rien à voir avec ça, alors file !

À ce moment, le bayle arriva à cheval, poussant devant lui un homme aux vêtements déchirés, le visage en sang. Barthélemy eut un choc en reconnaissant Ytier, ses yeux rieurs voilés par la souffrance.

— Ytier ! Bande de brutes !

Un rictus déforma la mâchoire légèrement prognathe de Guionet de Beaulieu. Le tonnerre grondait au loin :

— Écarte-toi, marchand. Que fais-tu ici à cette heure ?

— Je viens prendre des nouvelles. De Jehan Chapade et de quelques autres qui sont retenus ici.

— Tu ferais mieux de filer. Et vous, emmenez celui-ci avec les autres, ordonna-t-il aux gardes de la porte.

— Va-t-en, Barthélemy, murmura Ytier, la voix cassée.

Barthélemy se tourna vers lui.

— Non, je ne te laisse pas.

Il se redressa de toute sa hauteur :

— Messire bayle, s'il y a un mort ce soir au château, vous en serez responsable. Et dans cette seigneurie, les assassins sont pendus.

— Encore une phrase de ce genre, Mazeirac, et tu te retrouves avec eux.

Barthélemy pensa au petit morceau de parchemin l'instituant bayle à la place de cet arrogant prétentieux et brutal. Tant qu'il n'avait pas été investi officiellement par la vicomtesse, ce n'était qu'une pièce sans valeur, mais son existence lui donnait le devoir et la force de braver Guionet de Beaulieu et ses soldats.

— Vous n'êtes qu'une bande de barbares indignes du nom de chrétiens !

— Fuis, Barthélemy ! insista Ytier.

— Bouclez-le, ordonna le bayle.

Les deux soldats lâchèrent Ytier, qui s'écroula. Un coup de poing dans l'estomac plia Barthélemy en deux. Le second le jeta au sol. Coups de poing et de pied suivirent, donnés par trois hommes déchaînés, jusqu'à ce que le sang trempe le sol. Un éclair raya le ciel, ce qui sembla faire revenir les soldats à la raison. Ils empoignèrent Barthélemy et le remirent debout d'autorité. Sous des sarcasmes qu'il n'entendit pas, ils le traînèrent à moitié. Ils déverrouillèrent une porte, puis le poussèrent à l'intérieur. Il sentit plus qu'il ne vit Ytier suivre le même chemin que lui.

Des mains secourables l'adossèrent au mur de pierre, et il entendit un grand bruit, comme de vent violent, en même temps que l'air fraîchissait brusquement. Il mit une minute ou deux avant de réaliser que l'orage venait d'éclater et que ce bruit était celui de la pluie sur les tuiles du toit. Quelqu'un était penché sur lui, essuyant le sang de son visage avec un pan de chemise.

— Alors ? On est sonné ?

— Qui parle ?

— Gerenton.

— Ah !

Il se passa la main dans les cheveux à la recherche de l'entaille qui le brûlait. Un des soldats avait des chaussures ferrées. Il lui semblait qu'il pouvait bouger ses membres sans entendre craquer, mais il respirait avec difficulté. Sa vue était brouillée, il discernait à peine les contours de ses camarades de cellule. Ils étaient une dizaine dans l'étroit espace, pour la plupart adossés au mur. Une forme allongée occupait le centre.

— Barthélemy, je me vide de mon sang !

— Ytier ? Où es-tu ? Je ne vois rien.

— À côté de toi. Je saigne, je n'arrête pas de saigner.

— Ne panique pas. Où es-tu blessé ?

— À la bouche.

— Tu as perdu des dents ?

— Je ne sais pas…

— Eh bien vérifie… Alors ?

— Oui, il me manque une molaire.

— Presse ta chemise contre la plaie.

Ytier s'exécuta. Barthélemy s'aperçut avec soulagement que sa vue s'éclaircissait. Il dévisagea les présents :

— Où est Chapade ? Ils ne l'ont pas pris ?

— Si… Il est devant toi, répondit Gerenton.

— Lui !

Chapade était l'homme étendu au milieu de la pièce, immobile et silencieux.

— Il est vivant ?

— Pour le moment, oui.

Il s'approcha à croupetons pour mieux le voir, et souleva son poignet. Broyé. Chapade gémit.

— Ils se sont acharnés. Bienvenue en val d'Amblavès.

Il y eut quelques rires un peu amers.

— Le châtelain n'a jamais été un tendre, mais ce Guionet, c'est le pire de tous, marmonna Gerenton.

— Est-ce que quelqu'un d'autre est gravement blessé, ici ?

— Bertrand a pris un bon coup. Son bras est hors d'usage.

— Pourquoi ces questions, le Gabalitain ? intervint Gravil, l'époux d'Anthonia, la tresseuse de lacets. Qu'est-ce que tu fais là ?

— Je suis venu pour Guillelma. Elle s'inquiétait de son mari.

— Et puis ? Ne me fais pas croire qu'ils t'ont battu et emprisonné juste pour avoir demandé des nouvelles ! Qu'est-ce que tu fais au juste ?

Barthélemy grimaça. Sa tête tournait. Il essuya le filet de sang qui lui coulait dans les yeux. Ytier répondit à sa place :

— Il a essayé de me défendre, Gravil.

— Je n'ai servi à rien, tu veux dire.

— Contre eux, tu n'avais aucune chance, reprit Gravil. Excuse-moi, compagnon.

Chapade exhala une plainte déchirante, et tous les visages se tournèrent vers lui avec un regain d'inquiétude.

— Personne ne saurait le soigner ? Ou au moins le soulager ? interrogea Barthélemy, en regrettant Ysabellis plus que jamais.

Gerenton, Gravil, Ytier, tous hochèrent négativement la tête.

— On ferait plus de mal que de bien, résuma Ytier.

— Tu ne devrais pas trop parler. Tu vas te remettre à saigner.

— C'est fini. Mais ma chemise est fichue, et c'était ma dernière.

— Tu auras de la chance si tu t'en tires avec simplement une chemise perdue, ironisa Gerenton.

La pluie frappait le toit. Barthélemy, conséquence du choc, de la subite fraîcheur, se mit à frissonner. Il s'appuya contre le mur et ferma les yeux. De calmes conversations commencèrent à mi-voix entre les insurgés. L'ambiance, un peu irréelle, tenait de la veillée d'armes avant une bataille perdue d'avance.

— C'est étrange qu'ils ne reviennent pas nous interroger, chuchota Bertrand, qui paraissait très jeune et effrayé.

— S'ils ont réfléchi, ils feront un peu plus attention, désormais, lui répondit Gerenton.

— Pourquoi ?

— À cause de lui, dit-il en désignant Barthélemy. Ils devraient se montrer prudents tant qu'ils ne sauront pas précisément qui il est et qui pourra demander des comptes pour lui s'il trépasse.

— Alors, il y a une chance pour qu'ils nous épargnent ?

— Une chance. Garde espoir, petit. Ton bras te fait mal ?

Bertrand hocha la tête.

« J'aurai au moins servi à ça », songea Barthélemy avant de sombrer dans un sommeil agité, le dos à la paroi. Au milieu de la nuit, la porte s'ouvrit brusquement, saisissant les prisonniers. Qui allait-on interroger ? Mais au lieu de cela, on fit entrer un nouvel homme. Il tituba et, après un regard halluciné à ses compagnons, il parla :

— Ils m'ont tiré de mon lit ! Devant les enfants ! Même pas pu m'habiller ! Juste eu le temps de prendre une chemise !

Barthélemy, qui était le plus chaudement vêtu, lui prêta sa veste. L'homme s'en enveloppa, choqué. Barthélemy frissonna jusqu'à l'aube, en tirant des plans sur ce que la journée du lendemain allait apporter. Peu avant le lever du soleil, il se rendormit.

RÉPRESSION

Au château de Polignac, la nouvelle qu'une dizaine d'insurgés avaient été arrêtés fut accueillie avec soulagement par la dame et ses suivantes.

— Où sont-ils gardés ? interrogea Ysabellis.

— Je l'ignore. Sans doute au château de Volte. La Cour de justice a été convoquée pour les juger le plus tôt possible. Il ne faut pas attendre.

— Sont-ils en bonne santé ?

— Quelle question ! Ils n'ont que ce qu'ils méritent ! Pourquoi une telle préoccupation ?

— Lorsque j'étais l'apprentie d'un médecin en Gévaudan, le bayle du lieu s'assurait toujours que les prisonniers ne souffraient pas de maux susceptibles de se répandre. Mon maître se rendait dans les prisons pour s'occuper des prisonniers avant que leurs maladies ne dégénèrent, et je l'accompagnais, mentit Ysabellis, que son maître n'avait jamais emmenée à ce genre de consultation.

— Qu'entendez-vous par « avant que leurs maladies ne dégénèrent » ?

— Bien souvent, des maladies se déclarent dans les prisons, qui ensuite envahissent les villes et les villages.

— Est-ce vrai, maître Bourcesel ? interrogea la demoiselle, dubitative.

— Sans doute. Le désordre du corps répond au désordre de l'âme. La corruption est partout en de tels lieux.

— Est-ce vraiment dangereux ? Une mortalité peut-elle se déclarer ?

— Oui, certes, insista Ysabellis. Laissez-moi aller m'en assurer.

— C'est encore une échappatoire de votre invention, grogna la demoiselle. Mais je ne devrais pas m'étonner que vous préfériez la compagnie de prisonniers pouilleux à celle des nobles personnes.

— Irai-je, ma dame ?

— Dès demain, trancha la vicomtesse. Comme il fait lourd ! L'orage ne tardera pas à éclater !

Ysabellis masqua son sentiment de triomphe sous une mine très occupée. Mais elle fut étonnée de voir que Marguerite lui lançait un regard presque envieux.

Les prisonniers s'étaient montrés braves et même bravaches dans la nuit, supportant de mauvaises blessures et les conditions hasardeuses de leur détention sans un mot de plainte. Mais l'aube les saisit grisâtres, anxieux, fatigués. La souffrance les gagnait avec la peur. Une brume montant de la Loire avait envahi la petite pièce, éclairée d'un rai de lueur provenant de planches disjointes.

Le garde que l'on avait placé à la porte avait déjà dû renvoyer chez elles une cohorte de femmes venues s'enquérir de la santé de leur époux. Aucune nouvelle, aucun nom, c'était la consigne. Il s'apprêtait à renvoyer aussi cette jeune fille quand il reconnut la jument qu'elle montait. La propre haquenée de la dame. Elle demanda à entrer.

— Ce n'est pas possible. Par ordre du châtelain, personne n'entre.

— Par ordre de la vicomtesse, je dois prendre soin des prisonniers gardés ici.

Elle tendit son doigt portant le sceau, le véritable sceau de la dame.

— Bon. Attendez un moment.

Ysabellis démonta pendant que le garde revenait, le châtelain sur ses talons.

— Qui êtes-vous et que voulez-vous ?

— Je suis la guérisseuse Aelis. La vicomtesse m'envoie auprès des prisonniers.

— Et pourquoi ça ?

— Vous discutez les ordres de la vicomtesse ?

— Non. Vous avez le sceau, me dit Gherard. Bien, entrez. Gherard, conduis-la.

La prison du château de Volte n'était qu'une cabane, une sorte de remise sans fenêtre, adossée au rempart. La mince silhouette d'Ysabellis s'encadra dans la porte. Les yeux de Barthélemy s'écarquillèrent de surprise et de joie, mais aussitôt il se rencogna pour qu'elle ne se trahisse pas, alors que tous les regards étaient rivés sur elle.

— Je suis la guérisseuse Aelis. La dame m'envoie pour vérifier que vous êtes bien traités. (Elle fit une pause.) Pour vous soigner, devrais-je dire.

— D'abord on nous frappe, ensuite on nous soigne ? Que de sollicitude ! railla Ytier.

Ysabellis sourit. Elle venait de percevoir la présence de Barthélemy. Quelque chose comme son aura, son odeur, flottait dans les parages. Que faisait-il enfermé alors que, comme bayle, il aurait dû posséder les clés de la prison ? Elle fit durer le plaisir, laissa son regard errer sur les hommes assis ou à moitié allongés qu'elle avait devant elle, notant ici l'hématome, là la fracture, et son regard se posa dans le coin. C'était bien lui, encore une fois démoli et sanglant. Elle secoua la tête, comme elle l'aurait fait devant une bande de gamins rentrant de la rivière les genoux écorchés et les vêtements trempés. Elle s'agenouilla auprès de Chapade, qui avait ouvert les yeux et la regardait, incrédule.

— Vous êtes mal en point. Qui êtes-vous ?

— Chapade. Jehan Chapade. Dites à ma femme Guillelma que je suis vivant, si vous le pouvez, jeune fille, implora-t-il à mi-voix.

Le garde s'était installé dans le chambranle de la porte, observant la scène avec un peu de curiosité, et il ne fit pas mine de vouloir les empêcher de parler.

— Je le ferai. Vous portez une racine d'asphodèle au cou. Êtes-vous sujet au mal caduc ?

— Parfois.

— Avez-vous un remède particulier ?

— Non. Non, je fais confiance à ma racine.

Ysabellis sembla préoccupée.

— J'essaierai de vous préparer quelque médecine, le mal survient souvent après un choc, et vous n'avez pas été épargné. Mais les remèdes que je connais sont complexes et longs à préparer.

Elle lui souleva le poignet entre ses mains.

— Ils vous ont appliqué les brodequins ?

— Non, ils m'ont frappé à coups de bâton ferré.

— Les sauvages. Je ne m'attendais pas à ça et je suis venue trop démunie. Je vais chercher des remèdes et des linges au village. Si vous le voulez, je ferai part de vos nouvelles.

Les prisonniers donnèrent leur nom chacun à leur tour pendant qu'elle examinait sommairement leurs blessures.

— Patientez encore un peu, je vais tâcher de faire vite.

Les boutiques du village n'avaient pas baissé leurs volets ce matin. Les artisans des deux sexes avaient déserté leur tabouret, leurs travaux et leurs conversations. La place du village était totalement vide. Ysabellis attacha sa monture et écouta. Un écho lointain de voix provenait des bords de la Loire. Elle s'engagea à pied sur le sentier qui y descendait. Les femmes étaient réunies là, autour d'une pierre plate qui semblait avoir été installée pour laver le linge. Mais aucune n'avait apporté de panier de lessive.

Le silence se fit à son arrivée. Les regards étaient méfiants, et puis la veuve Quintina parla d'une voix juste un peu trop douce :

— Guérisseuse Aelis ! Êtes-vous venue chercher un nouveau remède pour les indispositions de la vicomtesse ?

Des exclamations sourdes jaillirent à ces mots, qu'Ysabellis préféra ignorer.

— Non. Je viens du château de Volte. J'ai des messages de la part des prisonniers pour leur famille. Je cherche Guillelma.

Une très belle femme, au teint pâle, aux joues rondes, avança, l'air hostile :

— Je suis Guillelma. Avez-vous vu mon mari ?

— Je l'ai vu. Il me charge de vous dire qu'il est vivant.

— Vivant. C'est tout ?

— C'est tout ce qu'il m'a demandé de vous transmettre.

— Ça veut dire qu'il est mourant.

— Ça veut dire qu'il a besoin de soins.

— Et le mien ? Et mon mari ? Pons Gravil ? interrogea une femme grande et osseuse.

— Il a pris des coups, et son visage n'est certainement pas celui du jour de ses noces, mais il se remettra.

— Mon petit-fils ? Bertrand ?

— Son bras le fait souffrir. Il aurait besoin d'une attelle et de repos.

Elle cita ensuite les noms de tous les prisonniers, avec une description de leurs blessures. Des hochements de tête, quelques larmes, répondirent à sa sinistre énumération de coups, d'hématomes, de côtes, nez, bras cassés.

— Tous vivants, résuma Guillelma quand elle eut fini de parler. Mais pour combien de temps ?

Ysabellis secoua la tête, navrée.

— J'ai obtenu l'autorisation de les soigner. C'est pour cela que je suis ici. J'ai besoin de linges et de remèdes.

Les femmes s'exclamèrent :

— Les soigner ?

— Pourquoi vous laissent-ils entrer et pas nous ?

— Ils n'auraient pas besoin de soins si votre maîtresse ne les avait pas fait battre !

— Oui, pourquoi vous ?

Ysabellis releva la tête avec fierté :

— Et pourquoi pas moi ?

— Que vous faut-il ? interrogea sagement la veuve Quintina.

— Des linges, de l'eau, de l'aigremoine, de la consoude, du cumin, de la cire, du miel, de la graisse, de l'absinthe. Et du pain, et du vin aussi ! Pour autant qu'on ne m'empêche pas de leur apporter aussi à manger.

Les femmes semblèrent prendre la mesure de l'urgence et acceptèrent la trêve. Elles remontèrent en groupe vers la place, et là se dispersèrent en silence. Chacune s'en allait chercher ce qu'elle pouvait trouver en matière de remède ou de nourriture. La veuve Quintina invita Ysabellis dans sa boutique :

— Prenez tout ce dont vous aurez besoin. Je vous l'offre.

— Il n'en est nul besoin. Voyez ! (Elle montra la main où elle portait le sceau.)

— Le sceau de la dame ! s'exclama Guithona. Encore ! Êtes-vous sa femme de confiance ?

— Je ne crois pas. Avez-vous de la cire ?

— De la cire, du cumin. Voulez-vous aussi du miel ?

— Bonne idée. Inscrivez tout cela sur votre livre. Il est juste que les remèdes soient payés par le vicomte, après tout.

— Je vais le faire.

Elle inscrivit comme la fois précédente les quantités sur son livre, ouvrit un coffret, en sortit un bâton de cire rouge de belle qualité et l'approcha de la flamme de la bougie :

— Puis-je vous emprunter le sceau ? Pour authentifier cet achat. Je ne suis pas certaine que le trésorier du château accepte de payer sans cette garantie.

Ysabellis ôta le sceau de son doigt et regarda la marchande faire couler un peu de cire sur son livre, appliquer le petit sceau fermement, attendre un instant que la cire refroidisse et retirer la bague, laissant sur la page un joli sceau tout rond, parfaitement authentique. Le seul qui ornât les pages de ce livre de comptes.

Devant la boutique, une dizaine de femmes étaient déjà revenues, avec en main de quoi charger deux ou trois chevaux. Ysabellis fit le tri de ce qu'on lui avait apporté, noua l'essentiel dans un baluchon, y ajouta un seau d'eau pure, puis regagna le château. La brume levée, le jour pénétrait plus généreusement dans la cellule, que le garde laissa ouverte.

À la lumière, l'étendue des dommages lui apparut plus nettement. Le jeune Peire Verteil, affalé dans un coin, avait le visage encore couvert de sang séché et le nez de travers, mais le regard farouche. Un père de famille se tenait la jambe avec une grimace permanente. Il boiterait probablement pour le restant de ses jours. Quelques-uns portaient sur le visage les stigmates d'une humiliation inaccessible à la guérison. Que leur avait-on fait, ou fait faire, qu'ils ne pourraient jamais avouer ni pardonner ?

Les yeux de Barthélemy étaient plus verts que jamais. Il souriait. Elle prit tout son temps pour le panser, le bander, faire pénétrer l'onguent au cumin autour de son œil, soulevant sa chemise pour appliquer l'emplâtre d'aigremoine, effleurant du bout des doigts la peau si douce de sa poitrine. Quand il sut que, quoi qu'elle puisse inventer, elle en avait fini avec lui, il lui glissa dans la main le parchemin portant le sceau de Randon.

Elle pansa du mieux qu'elle put les blessures de Chapade, mais devant les os broyés et les chairs sanglantes de ses poignets, son art atteignait ses limites. Elle s'alarma aussi pour un certain Gerenton, qui avait vomi du sang à plusieurs reprises. Alors qu'elle tentait de déterminer quels dégâts avaient subi ses entrailles, le châtelain entra, jeta un regard circulaire sur les prisonniers :

— Ce n'est pas bientôt fini ?

— Ce serait fini depuis longtemps si vous ne les aviez pas frappés si cruellement ! s'indigna Ysabellis, que l'inquiétude rendait imprudente.

Pour toute réponse, le châtelain envoya son pied dans la mâchoire d'Ytier, qui bascula avec un cri de douleur.

— Quoi qu'en pense la vicomtesse, ces fripouilles ne méritent pas mieux que ça.

Il referma la porte d'un coup sec, plongeant la pièce dans le noir, cachant les regards de haine et les larmes qui jaillissaient, incontrôlables, des yeux d'Ytier. À tâtons, Ysabellis acheva de dispenser les derniers soins, distribua le pain et le vin qu'elle avait prudemment dissimulés dans sa besace et frappa à la porte pour qu'on la laisse sortir. Le garde, mesquinerie supplémentaire, mit un temps infini à ouvrir.

— Ce n'est pas à l'écluse qu'on aurait dû s'en prendre, mais au château, grogna Chapade entre ses dents.

Plusieurs hommes hochèrent la tête.

— Ils ne nous traitent pas mieux que des chiens.

— Vous allez être jugés, les informa Ysabellis avant de sortir.

— Jugés ?

— La vicomtesse a parlé de faire venir la Cour.

— On a une chance, alors…

— Ils vont tous nous pendre ! marmonna Verteil, la voix rendue pâteuse par le sang qui coulait de son nez cassé.

— Un juge mage ne prendra pas cette responsabilité tant que vous n'êtes coupables d'aucun crime de sang. Gardez espoir, les encouragea Ysabellis.

— Mais ils pourraient nous tuer avant !

— Je vous ai vus. Je connais vos noms. Je témoignerai pour vous.

— Rentrez vite au château, guérisseuse Aelis, intervint Barthélemy. Avant qu'ils ne s'en prennent à vous pour vous faire taire. Hier, je leur ai déjà affirmé que si l'un de nous mourait, ils devraient répondre de meurtre devant la Cour de justice.

Ysabellis retint un « ça ne m'étonne pas de toi ! » et se contenta d'acquiescer pendant que les autres hommes renchérissaient et la pressaient de prendre soin d'elle. Le garde ouvrit enfin la porte sans un mot. Elle partit prestement.

Dans l'obscurité, une voix s'éleva :

— Drôle de fille. J'en serais malade s'il devait lui arriver quelque chose à cause de nous.

Barthélemy approuva de tout son cœur.

Pour lui obéir, Ysabellis galopa à bride abattue à travers la campagne humide de l'orage de la veille. Son cœur se serra quand elle ramena la jument fumante à l'écurie. Les femmes de l'ouvroir l'attendaient avec curiosité.

— Alors ? Comment vont ces hommes ? Y a-t-il un risque de maladies ?

— Pour le moment, ma dame, ils souffraient surtout de blessures. Certains sont assez mal en point.

— Ils auront résisté aux soldats. Ils en répondront devant le juge.

— Demain ?

— Non. Mon capitaine pense qu'ils seront bien plus coopératifs si on les laisse quelques semaines en geôle.

— Mais... les travaux des champs ?

— Les enfants les feront aussi bien.

— Ma dame, c'est prendre beaucoup de risques que de différer le procès.

— Pourquoi cela ?

— Un de ces hommes, au moins, ne survivra pas à ses blessures.

— Qu'a-t-il ?

— Il vomit du sang. Il sera mort dans deux ou trois jours, au plus.

— Eh bien ? Il l'a cherché, non ?

— S'il meurt en prison, le châtelain devra en répondre.

— C'est ma foi vrai. D'autant qu'il serait plus chrétien de le laisser mourir chez lui. Eh bien, nous en revenons à la première option. Je vais convoquer la Cour pour demain matin.

La journée et la nuit passèrent lentement dans la prison du château de Volte, l'angoisse renaissant après le courant d'air apporté par Ysabellis. Jehan Chapade parvenait à peine à se redresser. Il avait semblé aller mieux pendant un temps, mais la souffrance et la fièvre ne lui laissaient pas de répit. Les autres l'encourageaient, sans pouvoir faire plus qu'essuyer la sueur de son front avec leur propre chemise. Il parlait pourtant, dès qu'il le pouvait, prononçant des paroles fermes d'une voix faible.

Barthélemy ne reconnaissait qu'à peine le bon compagnon des soirées sous la treille, le petit homme aussi gai que laid qui racontait volontiers toutes sortes d'anecdotes et que sa femme entourait d'une affection complice. Celui qu'il découvrait tenait du capitaine de guerre autant que de l'esprit éclairé, et les autres devaient l'avoir compris car ils l'écoutaient dispenser conseils et instructions en prévision du procès dans un silence respectueux.

Gerenton pâlissait et, en début d'après-midi, alors qu'on ne leur avait rien apporté à manger, il se remit à vomir du sang. Peu avant le soir, un soldat entra dans la cellule et, très vite, comme s'il craignait que cette dizaine d'hommes blessés ne lui sautent au visage, il déposa devant eux un seau d'eau. Ils burent et lavèrent les blessures purulentes. Quelques femmes opiniâtres tentèrent une fois encore de faire passer aux prisonniers un peu de pain, qui leur fut confisqué. Les hommes n'en surent rien et souffrirent de la faim en plus de tout le reste. Le soir tomba, éteignant le rai de lumière qui filtrait sous la porte. Les plus mal en point s'étendirent, les autres s'adossèrent au mur, évitant le coin tacitement choisi pour latrines. Ils n'échangeaient plus que des phrases brèves, essayant de dormir, parce qu'il n'y avait rien d'autre à faire. L'odeur devenait d'heure en heure plus insupportable, éteignant les dernières lueurs de leur courage.

— Qui était cet homme avec le chapeau à plume ? interrogea Barthélemy en repensant à la scène de l'écluse.

— Pourquoi est-ce que tu veux savoir ça ? lui répondit brusquement Ytier.

Et il ne se risqua plus à poser de questions.

À l'aube, on les tira enfin de l'infâme réduit. Hâves, fatigués, très sales. Une dizaine d'hommes avaient été réquisitionnés de tous les châteaux des environs pour encadrer les prisonniers et les fouiller. Pendant que les soldats se livraient au pillage systématique de tous les biens qu'ils portaient sur eux, le châtelain et le bayle faisaient les cent pas dans la cour du château, les traits tirés par le souci et le manque de sommeil.

Il fallut installer Jehan Chapade sur une mule pour le traîner jusqu'à la place de Volte, où aurait lieu le procès. Gerenton était extrêmement pâle, la chemise maculée de vomi noirâtre. Les soldats, lourdement armés, marchaient devant et autour des prisonniers. Tout le long du chemin, les villageois libres les regardaient passer dans un silence effrayant. Même les enfants s'abstenaient de courir et de crier.

Derrière la table hâtivement dressée, le notaire Sabatier aiguisait sa plume, l'air crispé. Le juge mage, le bayle et le sergent se tenaient très droits. Les témoins avaient été triés : le vigier, deux soldats. Jehan Chapade comparut le premier. Il se tint vaillamment debout, mais la racine qu'il portait au coup tremblait avec lui. En quelques mots hachés, qu'il sortait avec peine de sa bouche, il admit avoir brisé l'écluse, mais récusa l'accusation de rébellion. Le juge lui offrit la possibilité traditionnelle de demander pardon et ainsi de minimiser sa condamnation, ce qu'il refusa. En d'autres circonstances, il se serait expliqué, aurait plaidé. Mais toutes ses forces étaient employées à se maintenir debout, à conserver sa dignité, coûte que coûte. Des gouttes de sueur perlaient à ses tempes, et son regard était tourné vers l'intérieur. Les yeux de Guillelma allaient du visage de son mari à celui du bayle, et chaque aller-retour accroissait sa haine. Jehan Chapade fut condamné, après une brève délibération, à une exposition de trois jours au pilori et à une très lourde condamnation de dix livres d'amende. Gerenton pouvait à peine ouvrir la bouche et se contenta d'opiner à tout ce qu'on lui demandait. Il parut ne même pas entendre la sentence le condamnant à une amende.

Ytier écopa de la plus lourde amende après celle de Chapade : soixante sous. Sa pomme d'Adam montait et descendait tandis que le juge prononçait la sentence. Il avait, lui aussi, refusé de demander pardon.

C'était la seconde fois que Barthélemy se trouvait de ce côté-ci de la table du tribunal. La première, il avait dix-huit ans et comparaissait pour une bagarre dans laquelle il avait joué un rôle non négligeable. Cette fois, le sergent Blacheyre parla pour lui et il fut innocenté pour l'affaire de l'écluse. En revanche, accusé de rébellion à la porte du château, il ne put se défendre et fut condamné à dix sous d'amende qu'il ne pouvait payer, les soldats l'ayant dépouillé de tout son argent. Il songeait au parchemin, à la fonction de bayle qu'il aurait dû occuper à la place de Guionet. Il voyait Gerenton qui souffrait les dents serrées, conscient maintenant que sa vie s'échappait irrémédiablement. Il regardait Chapade, qui ne retrouverait sans doute jamais l'usage de ses mains. C'était de sa faute si les choses se passaient ainsi. S'il avait revendiqué plus tôt cet office, il aurait pu empêcher la répression d'être aussi sévère. Mais aurait-il empêché la révolte d'éclater ? Il lui répugnait, à présent, de faire valoir ses droits sur le mandement. Et comment devenir bayle après avoir été jugé devant la Cour, comment même penser à rétablir l'ordre quand on avait passé deux jours en prison avec les séditieux ? De quelque façon qu'il s'y prenne, cela apparaîtrait comme une double trahison. Plus rien ne pressait.

Ceux qui avaient été condamnés à des amendes furent relâchés sur-le-champ. Gerenton tomba dans les bras de son frère, qui le ramena sans attendre chez eux. Les femmes, les sœurs, se précipitèrent. La colère était momentanément retombée, domptée par la peur de la justice. Et Jehan Chapade restait détenu.

Le pilori fut dressé dans l'après-midi sur la place. La plus petite des enfants de Chapade avait suivi les soldats, sans comprendre pourquoi ils traînaient son père, pourquoi on l'avait laissé là, la tête dans ce trou de bois, pourquoi il gardait les yeux fermés alors qu'il n'était pas dans son lit, pourquoi il y avait du sang sous lui.

D'autres enfants riaient d'elle tandis qu'elle passait et repassait devant le pilori, comme sonnée. Elle vit les mains de son père se raidir lentement, ses doigts se retrousser, son corps se tendre, parcouru de spasmes. Elle ouvrit la bouche en un long cri silencieux, les yeux écarquillés fixés sur son papa. Un adolescent la vit et cria :

— Hé ! Petite ! Ne reste pas là. Que se passe-t-il ? À l'aide ! À l'aide !

Des volets claquèrent, des femmes se précipitèrent sur la place, secouant les planches du pilori pour détacher l'homme agité de soubresauts, la bouche écumante.

— Une hache ! appela une voix.

L'enfant pensa fugitivement : « Ils vont lui couper la tête ? », et ses yeux se remplirent de larmes.

— Prévenez Guillelma ! hurla une autre voix, que la petite chercha des yeux.

Guillelma était le nom de sa maman. Sans doute pourrait-elle faire quelque chose. Elle ne voyait plus son père, entouré d'une multitude de femmes et de quelques hommes, qui forçaient sur le bois pour le faire céder. Entre une fesse et un dos, elle vit brièvement la tête de son père qu'un spasme plus violent que les autres rejeta en arrière. La nuque, retenue par le bois, craqua d'un coup sec. Corps et membres s'affaissèrent. Il y eut un seul cri, et puis le silence retomba.

Un moine arrivait en trottinant, une hache à la main. Un homme solide s'en empara et, de quelques coups, fit sauter le bois autour du verrou. Deux femmes étendirent le corps par terre et se penchèrent sur sa poitrine pour écouter son cœur. La petite fille n'avait pas bougé, bouche ouverte et yeux vides. Une main l'entraîna plus loin, une poitrine tiède la serra contre elle, lui murmura des mots de consolation, chanta une comptine pour effacer de son esprit tout ce qu'elle venait de voir.

LE BAYLE DU VAL D'AMBLAVÈS

Ysabellis aurait donné une boîte entière d'onguent *Aurea alexandrina* pour assister au procès, mais la dame avait refusé qu'elle sorte à nouveau du château, malgré ses arguments :

— Ma dame, j'ai promis à Jehan Chapade de lui confectionner un remède. Je pourrais…

— Vous n'avez pas à faire ce genre de promesse. Oubliez ce Chapade et les autres. Le sujet est clos, Aelis.

Le regard sec et satisfait de la demoiselle lui fut, ce matin-là, encore plus insupportable qu'à l'accoutumée.

À table, elle vit avec surprise Marguerite s'asseoir à ses côtés. Elles écoutèrent le bénédicité dans le silence requis, puis la jeune fille parla à voix basse :

— Parmi ceux que vous avez vus, y avait-il un jeune homme de Beaulieu nommé Peire Verteil ? Assez grand, les yeux très clairs ?

— Oui.

— Je m'en doutais. Comment allait-il ?

— Oh, ce n'était pas le plus malmené !

— C'est-à-dire ?

— Le nez cassé. Quelques côtes aussi. Un bel œil au beurre noir. Des persures* sur tout le corps, répondit Ysabellis, laconique.

Les yeux de Marguerite s'arrondirent :

— Tout de même ! Comment est-ce possible ?

Ysabellis haussa les épaules :

— Il a été battu. Les soldats semblaient très énervés.

— C'est qu'ils ne sont que cinq pour tout le val d'Amblavès. C'est suffisant pour les tâches quotidiennes, mais si les manants se soulevaient, ils seraient balayés. Ils le savent et ont tendance à avoir la main lourde face aux débordements.

— Comment le savez-vous ?

— Ce sont des choses que l'on entend lorsque passent les bayles, les châtelains et les vassaux.

— Les bayles et les vassaux s'inquiètent-ils donc ?

— Les bayles, oui. En cas de troubles, ce sont les premiers visés. Mais les vassaux, eux, sont nombreux, et même s'il leur faut plus de temps pour se rassembler et s'armer, ils savent qu'ils peuvent venir à bout de n'importe quelle révolte à condition d'être unis.

— Et s'ils sont désunis ?

Marguerite eut un petit sourire ironique :

— Dans ce cas, cela laisse une chance au soulèvement. Du moins jusqu'à l'intervention du roi.

— Le roi intervient-il toujours ?

— C'est son devoir de suzerain de remettre de l'ordre dans les provinces. Mais ces temps-ci, je ne sais ce qu'il adviendrait. Le vicomte étant otage, le roi très malade et son fils et héritier en pleine guerre anglaise…

— Est-ce à dire que des insurgés, aujourd'hui, pourraient parvenir à leurs fins ?

— Cela, je ne l'ai jamais vu. Plus une révolte dure et plus la répression est sanglante.

— L'avez-vous dit à Peire Verteil ?

— Peire ? Non. Je ne parle pas avec lui de ces choses-là. Ce n'est qu'un fils de paysan, vous voyez.

— Oh, je vois très bien.

Ysabellis prit une bouchée de fèves en se tournant délibérément vers son tranchoir. Elle avait réussi à tailler une côtelette de mouton et ne se laisserait pas gâcher le plaisir de la nourriture.

— C'est impossible, de toute façon... continua la jeune fille pour elle-même.

Ysabellis n'était pas sûre d'avoir bien compris, mais elle ne posa pas de question. Ce fut Marguerite qui renoua le fil de la conversation :

— Souffrira-t-il des conséquences de ces coups ?

— Son nez ne sera plus jamais le même. Pour le reste, je pense qu'il guérira. Je ne l'ai pas vu longtemps, mais il m'a semblé de constitution solide.

— Paraissait-il très abattu ?

— Non. Il était inquiet, mais ils l'étaient tous. Il ne s'en tirera pas juste avec des côtes cassées. Qui est-il pour vous ?

— Un voisin. Nous avons grandi ensemble.

Puis, après un temps de réflexion, elle ajouta :

— Merci de garder cette conversation pour vous. Je voulais aussi vous mettre en garde. La demoiselle n'a pas apprécié vos dernières initiatives. Elle est passablement exaspérée.

— Je l'exaspère tout le temps.

— Oui, mais cette fois, c'est plus grave. Elle n'a pas prononcé un seul mot à votre propos en votre absence. Les grandes colères sont toujours silencieuses chez elle, vous le sauriez si vous viviez au château depuis plus longtemps. Elle saisira la moindre occasion pour vous punir, sachez-le et agissez en conséquence.

— Et que devrais-je faire, à votre avis ?

— Montrez-vous un peu plus souvent aux messes. La piété et la rigueur dans l'observance des règlements religieux est l'aune à laquelle la demoiselle juge toutes les femmes.

— Merci de l'avertissement.

Ysabellis n'attendit pas pour mettre le conseil en pratique. Elle se rendit donc à la messe de sixte, ainsi qu'à celle de none, à la grande surprise du chapelain, qui connaissait à peine son visage. À la sortie de l'église, la dame l'aborda :

— Je voulais vous parler. Comment avez-vous dit que s'appelait cet homme, le gravement blessé ?

— Gerenton Chayrol, ma dame.

— Ce n'était donc pas un Chapade ?

— Non. Chapade était très mal en point, mais pas mourant.

— Hélas non ! Il est mort sur le pilori.

— Il a été condamné au pilori ? Dans l'état où il était ?

— La justice est dure, vous devriez le savoir.

— Mais il est mort ! S'il l'avait mérité, il fallait le condamner à la pendaison !

— C'est ainsi. Il est mort d'une attaque de mal caduc, je crois.

— Le mal caduc ne tue pas. C'est le pilori qui l'a tué, répondit Ysabellis, qui ne parvenait pas à maîtriser un tremblement de colère dans sa voix.

— Vous avez l'air bouleversée, et pourtant, vous le connaissiez à peine.

— Je lui avais promis un remède, je n'ai pas tenu cette promesse, et le voilà mort, ma dame !

— Je regrette, dit la vicomtesse d'une petite voix. Je n'ai pas voulu sa mort... Et ce Chayrol ? Vous êtes formelle ? Il va mourir lui aussi ?

— Non, je ne suis pas formelle. La vie des hommes n'est pas entre mes mains. Seulement... je vois très peu d'espoir pour lui.

La vicomtesse se mordit les lèvres.

— C'est que les paysans sont extrêmement remontés. Et mon époux qui n'est pas là ! S'il y a encore un mort, je crains un soulèvement général. Quel besoin avaient-ils de se montrer si brutaux !

Ysabellis s'abstint de faire remarquer à la dame qu'elle avait elle-même donné l'ordre de rechercher les séditieux sans merci.

— Ne pouvez-vous faire quelque chose pour lui, Chayrol ? En faisant savoir que c'est moi qui vous envoie ?

— Je le ferai bien volontiers, ma dame, mais n'espérez pas trop. Tout au plus, j'essaierai d'apaiser les tourments de ses dernières heures.

— Cela vaut mieux que de ne rien faire. Allez ! Partez immédiatement. Et soyez rentrée pour la nuit.

Pour la troisième fois, Ysabellis chevaucha jusqu'à Volte. En amorçant la descente dans la vallée, elle entendit le son de la cloche sonnant à la volée sans pouvoir déterminer si c'était le glas ou le tocsin. La cloche sonnait toujours quand elle franchit le pont. Quelques jeunes adultes devaient s'être emparé de la corde, sans l'assentiment des moines, et se servaient de ce moyen pour crier leur colère de voir l'un des leurs mort sur le pilori. Le soleil déclinait rapidement. Si elle devait obéir à la dame, elle n'aurait que peu de temps à passer auprès de Gerenton.

La place, vide la veille, était à présent noire de monde. De tous les mas voisins, Cheyrac, Larcenac, le Verdier, les habitants s'étaient groupés autour d'un feu alimenté par les restes du pilori. Il y avait beaucoup de larmes, des visages marqués par la peine, la tristesse, et un nombre encore plus considérable de regards durs, de dents serrées. La violence affleurait en gestes saccadés, en phrases cinglantes. Si le bayle, le châtelain, le juge ou même le notaire avaient osé se montrer sur la place, nul doute qu'ils auraient été mis en pièces sans même une parodie de procès.

La venue d'Ysabellis fut saluée de quelques mots de bienvenue et autant d'insultes, selon qu'on se souvenait de ce qu'elle avait fait la veille ou de qui l'envoyait aujourd'hui. Elle attacha la haquenée à l'écart de la presse et se fraya un chemin vers la maison de Chapade, d'où un flot continu de visiteurs entrait et sortait. Jehan Chapade avait été populaire. Son corps était disposé sur la table, entouré de chandelles. La mort avait dépouillé ses traits de sa chaleur et sa générosité. Guillelma était penchée sur lui, la main entourant sa tête, ses larmes coulant sur les joues éteintes. Des femmes apportaient à boire, à manger, d'autres des chandelles ou prenaient soin des enfants. Les hommes trituraient leur chaperon entre leurs mains et sortaient rapidement.

Une petite femme prit Ysabellis à partie comme elle entrait.

— Que faites-vous là ? C'est à cause de vous et de ceux du château qu'il est mort.

— Je le sais bien, répondit Ysabellis en approchant du corps.

Elle remarqua que les doigts de feu Chapade étaient restés tétanisés.

— Et alors ? Vous venez nous narguer ?

— Mais non…

— Laisse-la, Marga ! intervint le jeune Verteil. Le dernier pain qu'il a mangé, c'est elle qui le lui a donné.

La dite Marga s'écarta avec un reniflement. Ysabellis le remercia d'un geste de la tête. Guillelma n'avait pas levé les yeux.

— On pleure le meilleur homme du monde, et ce bayle maudit doit festoyer au château, grogna Verteil entre ses dents serrées.

— Celui-là, il ne perd rien pour attendre, renchérit Ytier, qui se tenait aux pieds de Chapade, lavé mais pas encore rasé. Sa barbe clairsemée sur ses traits creusés lui dessinait un visage juvénile.

— On est nombreux, on devrait marcher sur le château et leur faire voir qu'on ne peut pas nous assassiner comme ça, dit une voix dans un coin.

Ysabellis se tourna vers l'homme. Il portait une veste à boutons qui n'avait pas plus de trois ou quatre saisons et tenait entre des mains lisses un chapeau à plume.

— Ce sera bientôt le temps de la moisson, fit remarquer Ysabellis, d'une voix aussi neutre que possible.

Plusieurs visages de tournèrent vers elle sans oser répliquer. Enfin, Guillelma se sécha les joues :

— Pourquoi dites-vous ça ?

— Parce que vos enfants ont besoin de vous vivants.

— Facile de dire ça quand on vit au château ! Et d'abord...

Guillelma lui jeta un regard de bas en haut, de ses pieds nus au bord élimé de sa chemise de chanvre, qui ne laissaient aucun doute sur sa condition :

— Comment as-tu fait pour entrer au château ? Qui es-tu ?

— Je suis guérisseuse en Margeride. Le vicomte m'a envoyée à Polignac auprès de la dame pour veiller sur elle.

Un homme au comble de la fureur l'empoigna et la plaqua contre le mur. Elle leva les mains pour se protéger au moins des postillons qu'il crachait abondamment :

— Tu l'as dit ! C'est lui qui t'envoie ! Ce n'est même pas la dame, c'est lui ! Et c'est elle qui ose venir contempler le corps de Jehan !

Il leva la main pour la frapper, elle esquiva et le poing s'écrasa contre le mur. Il allait frapper encore, mais Guillelma intervint :

— Arrête Raimon ! Tu ne te battras pas devant le cadavre de mon mari !

Et, s'adressant à Ysabellis :

— Tu es guérisseuse, soit. Je devine que tu dois plus souvent soigner des gens comme nous que ceux du château, là-haut. Alors pourquoi est-ce que tu nous prêches la soumission ? Ils l'ont tué, est-ce que tu le nies ?

— Non, je ne le nie pas.

— Et alors, il faudrait encore dire merci ? Merci mon bon seigneur de laisser la vie sauve à sa femme et ses enfants, merci de nous envoyer une guérisseuse pour réparer les os que les soldats ont cassés ou pour sécher les larmes de la veuve ?

Sa voix vibrait d'une rage proche de l'exaltation. Ysabellis secoua la tête, malheureuse et navrée.

— Guillelma ! Si je te disais de partir à l'assaut du château, de te venger de ceux qui ont tué ton mari, tu m'embrasserais maintenant et tu me maudirais dans un mois ! Cette cause est perdue d'avance. Mais je ne te dis pas de te résigner. Il y a d'autres moyens d'obtenir justice.

— D'autres moyens ? intervint l'homme au chapeau à plume. Est-ce que le vicomte se gêne, lui, pour employer la force ?

— Le vicomte a des soldats, des sergents, des capitaines. Il a surtout des quantités de parents et de vassaux armés, tout prêts à aller taper sur des manants excités. Ce n'est pas sur ce terrain-là qu'il faut l'affronter.

— Tu ne dirais pas ça si tu ne vivais pas au château, la défia Raimon.

— Comme si on m'avait laissé le choix ! s'exaspéra Ysabellis.

Elle se dégagea d'un geste furieux de Raimon, qui la lâcha à contrecœur.

— Je le dis parce que c'est la vérité. N'écoutez pas ceux qui profitent de votre malheur pour vous pousser à commettre des actes que vous regretteriez. Il n'est pas besoin d'être guérisseuse pour savoir qu'on ne peut plus rien pour les morts. Mais pour les vivants, si.

— Pourtant, tu sers le vicomte.

— Oui, je le sers. On ne fait pas toujours ce qu'on veut, dans la vie. Adieu Guillelma. Pardonne mes dures paroles alors que tu es dans la peine.

— Merci de l'avoir soigné. Merci de m'avoir apporté des nouvelles. Mais ne repasse plus cette porte.

Le bois du pilori avait cessé de brûler et les sonneurs s'étaient lassés de tirer la corde. Un défilé continuel de gens allait de la rivière au feu, rapportant du bois flotté pour l'alimenter. Ysabellis se demanda comment finirait la journée. Tant de colère dans les conversations, tant de détermination.

— Tous ensemble, on aurait une chance.

— Ils verraient si on est des animaux pour être abattus comme ça.

— Moi, je le fais.

— Moi, j'ai des enfants !

— C'est pour les enfants que je le ferais.

— Et qu'est-ce que ça changerait, de toute façon ? Un autre seigneur, et puis un autre.

— Un seigneur qui serait d'ici ne nous traiterait pas ainsi.

À ces mots, plusieurs hochèrent la tête, comme s'ils avaient été entendus bien des fois. Une jeune femme indiqua à Ysabellis où trouver la maison de Gerenton. Elle ne vit Barthélemy nulle part, et son cœur se serra. Toute cette haine la contaminait. Au moins pouvait-elle faire ce qu'elle avait promis : apaiser les dernières heures d'un homme. Elle marcha dans la campagne, suivant le cours de la Loire. Une maison seule, un courtil. Les poules étaient couchées, mais la lueur d'une lampe à huile brillait par la porte entrouverte. Les moustiques s'engouffraient à l'intérieur. Elle frappa et entra.

Gerenton était assis sur le bord d'un lit, soutenu par un homme au même menton fort grisé de barbe, au même front plat, aux mêmes yeux sombres et enfoncés. Son frère jumeau.

— Vous êtes la guérisseuse Aelis ?

— Oui. Je viens le soigner. Si vous le voulez bien.

— Vous êtes la très bienvenue. Je suis son frère, Peire. Une voisine lui a donné du suc de sauge, mais ça ne lui a pas réussi. Il ne fait que vomir.

— Il ne faut rien donner à quelqu'un qui vomit du sang.

— Rien ?

Gerenton toussa. Son visage était verdâtre, ses yeux semblaient ne pas les voir.

— Rien qui se prenne par la bouche. Mais on peut tenter d'apaiser ses douleurs autrement.

— Ce qui veut dire que...

— Je vais faire ce que je peux. Il ne faut jamais perdre espoir.

— Que vous faut-il ?

— Du vin, de la sauge, de la balle de seigle.

— La sauge, il y en a au jardin.

— Montrez-moi le chemin.

Le jardin contenait d'autres merveilles que la sauge, dont le suc était réputé pour être le thériaque des pauvres, le remède auquel nulle maladie ne résiste. Cependant, ce n'était pas une maladie ou un problème d'humeurs dont souffrait Gerenton, mais une blessure gravissime, inaccessible à son savoir. Il aurait fallu ouvrir son ventre pour reconstituer les chairs meurtries, mais qui pouvait se livrer à une pareille opération ? Elle cueillit donc la sauge, l'hysope et une bonne quantité de cerfeuil déjà monté en graine.

Dans son mortier, elle broya longuement le cerfeuil avec de la menthe pouliot séchée, ajouta une cuillérée de miel et mit le tout à cuire dans un petit poêlon. Seul le bruit du pilon sur le mortier, celui du poêlon entrechoqué sur les pierres du foyer et la respiration de plus en plus difficile de Gerenton se faisaient entendre.

Pendant que la préparation chauffait sur les braises, elle broya les feuilles de sauge et en mélangea le suc avec le son de seigle chauffé, qu'elle appliqua sur les contusions. Elle enduisit la paroi du ventre du miel au cerfeuil et posa les feuilles d'hysope tièdes sur la poitrine, pour aider Gerenton à respirer tant qu'il le pourrait encore.

Peire s'agenouilla au pied du lit et commença une prière. Elle s'assit aux côtés de Gerenton, lui prit la main, tâtant son pouls et écoutant sa respiration. Sous l'effet conjugué de la médecine, des prières, de la douce odeur qui se dégageait des herbes broyées, de la lueur rougeoyante du petit feu, Gerenton sombra doucement dans un sommeil tranquille. Ysabellis dégagea sa main très doucement. La main tiède de son patient retomba sur le drap. Elle se leva. Peire la suivit des yeux et la remercia d'un signe de tête. En prenant garde à ne faire aucun bruit, elle quitta la petite maison et s'en fut dans la nuit.

Elle leva les yeux vers le ciel pour déterminer l'heure qu'il était et aperçut Mars se lever. La moitié de la nuit était donc passée. Où dormirait-elle ? Elle ne voulait pas retraverser Volte, dont elle apercevait le feu encore vaillant. Elle marchait avec lassitude quand une silhouette cachée dans l'ombre d'un grand orme l'enserra, lui mettant une large main sur la bouche.

— Chut ! Je t'emmène.

— Barthélemy ! Tu m'as fait peur !

— Deux heures que j'attends que tu sortes de là.

— Comment savais-tu que j'y étais ?

— Guillelma m'a dit que tu y viendrais certainement.

— Et où m'emmènes-tu ?

— Certainement pas dans ma grange. Il te reste des forces ?

— Sinon, tu me porteras.

Il rit.

— Viens, on va se cacher dans la montagne.

— Je dois prendre mon cheval.

— Je t'attends. Fais vite !

La montée était rude, mais, tout en haut, il y avait un espace plat, entre des rochers. Un nid d'aigle et une sensation de liberté. Barthélemy avait prévu une couverture, une gourde de vin, une miche de pain et même une bonne tranche de viande séchée. Ils grignotèrent ensemble, enlacés sans parler, trop fatigués pour dormir. Au bout de longtemps, Barthélemy s'étira :

— Comment ça se passe, au château ?

— Mal. Je ne sers à rien. On m'interdit de faire quoi que ce soit.

— Pourtant tu es là…

— La dame m'a envoyée. Elle voulait faire savoir qu'elle se souciait des manants de ses domaines. J'aurais dû rentrer à la nuit. J'imagine que la demoiselle doit imaginer une punition terrible pour mon retour. Peu importe. J'ai fait ce que j'ai pu. Sauf un miracle, Gerenton sera mort demain, sais-tu ?

— Je le craignais. Et la dame ? Tu ne la soignes pas ?

— Elle a son médecin et aucun besoin de mes services.

— Pourquoi est-ce que le sire t'a envoyée, dans ce cas ? Tu en as une idée ?

— Je ne sais pas. Le médecin me soupçonne d'enquêter sur la mort du fils du seigneur.

— Comment ça, il te soupçonne ?

— J'ai eu le tort de lui dire que sa façon de pratiquer la médecine n'était pas si extraordinaire, puisque le petit Armand était mort tout de même.

— Ysabellis !

— Je sais. Je n'aurais pas dû.

Elle leva le visage vers le ciel absolument pur, comme s'il pouvait laver jusqu'au souvenir de ce mois désolant. Barthélemy faisait tourner entre ses doigts le lacet de sa robe, la fraîcheur de la nuit était douce et, dans la vallée, les voix s'éteignaient.

— Et puis ?

— Et puis j'ai réfléchi. Je crois qu'il a raison, Barthélemy. C'est ce que le seigneur attend de moi, même s'il ne s'est pas compromis à me le demander ouvertement.

— J'espère bien !

— Il se fourvoie de toute façon. Personne ne m'adresse la parole, alors me confier des secrets !

— N'en parle jamais. N'y fais aucune allusion. Si quelqu'un a osé s'en prendre à la vie d'un enfant, la tienne ne pèsera pas lourd. Ce Randon… quel fourbe !

— Mais si l'enfant est mort à cause de quelqu'un ?

— On ne peut rien pour les morts, Ysabellis, tu le sais bien.

— Je le sais. Et toi ?

— Moi… tu le vois, j'avais pour mission de conserver l'ordre, et le pays est sur le point de se soulever. J'étais plus à l'aise en sergent, avec une mission claire et une enquête à mener. Et puis, je m'en veux. J'aurais dû réclamer l'office de bayle bien plus tôt. Jehan et Gerenton seraient peut-être encore en vie.

— La faute revient à ceux qui les ont tués, pas à toi.

— J'ai quand même ma part de responsabilité.

Il lâcha le lacet, une grimace de tristesse lui contracta le visage. Ysabellis lui prit la main, qu'elle trouva moins calleuse.

— Comment est-ce que tu t'es retrouvé en prison ? Tu n'es quand même pas allé démolir l'écluse avec les autres ?

— Non, sourit-il. J'ai même tenté de les calmer, mais le bayle est arrivé à ce moment-là. L'autre, Guionet, que Randon appelle « l'Imbécile ». Il n'a pas apprécié de me voir là et aurait encore moins apprécié s'il avait su pourquoi j'étais présent. Il m'a pris pour un agitateur. En quoi il se trompe, parce que le vrai agitateur avait disparu avant son arrivée.

— Ah ? Raconte !

— Il y avait un homme à l'écluse. Plutôt mieux habillé que les autres. Il se tenait à l'écart et il a disparu bien avant que le bayle et les soldats ne soient sur place. Je me demande ce qu'il faisait et si cet homme, ou d'autres, ne sèment pas volontairement la tempête dans la vallée. Dans quel but, je me le demande.

— Tout cela ne me dit pas comment ils ont réussi à t'emprisonner et à te mettre dans cet état !

Barthélemy se massa les côtes en faisant la moue.

— La prison ! Dorénavant, j'hésiterai à envoyer quelqu'un en geôle. C'est un cauchemar, même quand on n'a pas été battu. Tu comprendrais si tu avais vu le visage du bayle à l'écluse, déformé par la fureur… La traque des hommes a duré toute la journée, ce qui n'a pas contribué à le calmer. Je me doutais que j'aurais des ennuis en allant à la porte du château réclamer des nouvelles, mais je le devais à Guillelma. Et je ne pouvais pas les laisser massacrer tous leurs prisonniers à l'abri des murailles.

— Ils l'auraient fait ?

— J'en suis persuadé. Ils ne se contrôlaient plus. D'ailleurs, aïe ! Les ordures, je préfère tes caresses aux leurs.

Ysabellis regardait les étoiles en réfléchissant.

— Ton agitateur fantôme, ce ne serait pas une sorte de demi-damoiseau avec une veste à boutons et un chapeau à plume ?

— Précisément ! Comment le connais-tu ?

— Je me suis accrochée avec lui. Il prêchait pour une rébellion ouverte, chez Guillelma.

— Une rébellion ? Avant les moissons, le moment est mal choisi… Que cherche-t-il ?

— C'est peut-être juste un aspirant héros.

— Il n'en a pas l'allure.

— D'accord avec toi.

Barthélemy s'étendit sur l'herbe sèche. Ysabellis l'enlaça et, pendant un temps assez long, ils ne parlèrent plus du tout. Ils finirent par s'endormir sous les ailes étendues du Cygne.

Au réveil, ils partagèrent le reste du pain, rattrapèrent une part de leur retard en caresses et achevèrent de se raconter la vie séparée qu'ils venaient de mener pendant un mois. Ysabellis, qui avait surpris les grimaces de Barthélemy pendant l'amour, insista pour le soigner une dernière fois.

— Je dois rentrer au château. Je te rends ton parchemin. Pour que tu en fasses usage.

— À quel moment, à ton avis ?

— Quand tu ne pourras plus différer.

— Oui… Tu n'auras pas d'ennuis pour être rentrée tard ?

— Si. Je pense que si.

— Explique-leur que tu ne pouvais pas quitter le chevet de Gerenton.

— La meilleure explication ne me sera d'aucune utilité. La demoiselle me hait, et elle profitera de cet écart pour me châtier, c'est certain.

Barthélemy l'observa, préoccupé :

— Elle te hait ? Pourquoi ?

— Est-ce qu'il faut une explication ? Elle me hait parce que je suis moi.

— Non. Ce n'est pas la seule cause, j'en suis sûr. Elle doit avoir une raison. Penses-y. Et échappe-toi aussi souvent que possible. Je ne veux pas passer encore un mois entier sans te voir ou te parler.

PÉNITENCE

Ysabellis s'arrêta dans un bosquet abrité au bord du ruisseau de Chalon pour faire un brin de toilette avant de se présenter au château. Elle se frotta tout entière de saponaire, s'inonda d'eau fraîche et se coiffa avec les doigts en songeant à ce qui l'attendait. Quelle sorte de punition lui avait-on concoctée pour son retour ? Sans doute une petite méchanceté en accord avec le droit canon. Dans un château, on s'en tenait aux règles. Des heures de récitation de rosaire. Quelques jours au pain et à l'eau. Le cœur lui manqua quand, tout proche de l'entrée du château, elle aperçut la demoiselle, en grande conversation avec le chapelain, son visage ingrat éclairé par une sorte de ferveur vertueuse qu'elle craignait par-dessus tout. Sitôt qu'elle l'aperçut, une expression de triomphe traversa ses yeux glauques, vite remplacée par une sévérité plus habituelle :

— Pourquoi rentrez-vous si tard ? D'où venez-vous ?

— J'étais au chevet de Gerenton, comme la dame me l'avait ordonné.

— La dame ne vous a pas ordonné de découcher. Où avez-vous dormi ?

— Je suis restée jusqu'au cœur de la nuit au chevet de Gerenton. Je l'ai laissé aux portes de la mort.

Guigone de Mézères balaya cette dernière affirmation d'un geste impatient :

— Répondez !

— Sous la voûte des cieux, Demoiselle.

— Seule ?

— Évidemment ! répondit Ysabellis sans rougir, furieuse de devoir cacher qu'elle était avec son propre époux.

— S'il arrivait que votre ventre prenne une courbure non appropriée à votre état, sachez que l'Église en serait immédiatement informée et que vous auriez à en répondre.

Ysabellis ne dit rien. Donner un enfant à Barthélemy était, avant même sortir de ce château infâme, son désir le plus cher. Mais elle se prit à le craindre. Elle inspira longuement pour chasser le sentiment de révolte qui l'envahissait. Le moment était mal choisi pour laisser sa langue, ou même ses yeux, exprimer ses pensées profondes.

— Il va falloir penser à une pénitence appropriée, jeune fille, intervint le chapelain.

Elle baissa la tête dans une attitude de soumission. La chose étant inévitable, la seule voie possible était d'adopter un profil bas.

— Jeûne et prière vous remettront dans le droit chemin. Vous ferez pénitence pendant trois jours et trois nuits devant l'autel de saint Paul. Jeûne strict. Vous pouvez commencer immédiatement.

— Bien, mon père, dit Ysabellis, rassemblant toutes ses forces pour ne rien laisser filtrer de sa stupéfaction à l'énoncé d'un tel verdict.

L'autel de saint Paul était situé en arrière du chœur. C'était le lieu même où l'on procédait aux confessions. Sous les yeux du chapelain, elle s'agenouilla sur la pierre, joignit les mains et s'arma de patience. Le jeûne serait supportable, mais tenir la position à genoux serait difficile. L'ecclésiastique grassouillet, debout, lui servit un petit sermon où il l'exhortait à accepter la pénitence, à se repentir, à se soumettre. Pour finir, il récita trois fois de suite le Pater et la laissa seule.

Très vite, ses jambes s'engourdirent, furent parcourues de fourmillements. Elle vécut plusieurs heures dans un tourment intolérable avant qu'elles ne s'insensibilisent totalement. Ne pas savoir ce qui se passait au village de Volte ajoutait à son supplice. Gerenton se battait-il toujours contre la mort ? La grogne allait-elle éclater en révolte ? Que ferait Barthélemy ? Pour souffrir un peu moins, elle bannit de son esprit la pensée de Barthélemy, ses caresses, son odeur d'homme et de foin. Quand le soleil fut passé de l'autre côté du zénith et que la messe de sixte eut été célébrée, elle oublia ses jambes et ferma les yeux. Le chapelain passait de temps en temps vérifier qu'elle priait convenablement et l'encourageait à le faire à voix haute. Ysabellis, qui ne priait pas du tout, remuait les lèvres quand il approchait et encaissait sans mot dire ses sermons sur le rachat des fautes. Parfois, quelques phrases accédaient à sa conscience et elle songeait « papelard ! », mais la plupart du temps, elle poursuivait sa rêverie, mettant toute sa force à rester étanche au cocon de cruauté que l'on tissait autour d'elle.

Après la messe de complies, une servante lui apporta un gobelet d'eau, qu'elle but avec avidité, et une tranche de vieux pain noir. Quand la chapelle se fut vidée, elle déplia lentement ses jambes. Le retour à la vie était presque aussi difficile que le gel progressif de ses membres. Elle se massa, puis se pelotonna dans un coin. Il faisait froid et aucun réconfort n'était à attendre. Mais, épuisée, elle s'endormit dans la minute.

— À genoux ! Allons ! À genoux ! fut la première chose qu'elle entendit au matin.

Le soleil n'était pas encore levé, mais le chapelain la secouait déjà. Elle s'éveilla avec peine, se releva en chancelant, faisant peser le poids de son corps sur ses genoux brisés. La douleur lui arracha des larmes, ce que le chapelain remarqua avec satisfaction.

— Je ne vois pas dans votre attitude la marque d'un repentir sincère pour vos fautes. Trois jours de pénitence, ce n'est rien en considération de l'éternité que vous passerez aux enfers si vous persistez dans cette voie. Priez, priez Dieu de vous envoyer la grâce de recevoir sa parole…

Ysabellis renonça *in extremis* à lui cracher au visage. Elle but un peu d'eau et s'apprêta à vivre un nouveau jour de souffrance.

Laissée en tête à tête avec elle-même, ses pensées s'éloignaient du présent, du château ou des villages, revenaient à son enfance, à d'anciennes douleurs qu'elle avait enfouies, s'attaquaient aux fondements de sa tranquillité. Elle se trouvait dans cet état d'esprit chaotique quand la demoiselle vint la trouver.

— Le chapelain me dit que vous n'êtes pas dans les dispositions idéales pour accéder au repentir. Quel dommage. L'Église en a maté de plus difficiles que vous.

« Je m'en doute », songea Ysabellis, qui garda le silence.

— Le jeûne et la prière font des miracles sur des esprits moins endurcis que le vôtre. Mais si vous ne venez pas à résipiscence, il faudra envisager le fouet.

Elle laissa passer quelques secondes et reprit :

— En dernier recours, je me verrai dans l'obligation de vous chasser. Non sans avoir prévenu les autorités ecclésiastiques de votre manque de foi.

— Merci de vous taire, vous gênez mes prières.

La demoiselle se pencha plus près et grinça entre ses dents :

— Vous croyez que, depuis l'Angleterre, le vicomte peut vous protéger ? Vous êtes dans ma main et je vous ferai plier !

Ysabellis ne répondit rien. Elle réfléchissait à ce qu'elle venait d'entendre. En effet, la discipline ecclésiastique prévoyait le bannissement comme châtiment ultime. Transposée dans un milieu laïc, cela voulait dire la chasser du château. Bien sûr, la demoiselle la haïssait. Mais si aigrie, si pleine de rancœur qu'elle fût, elle ne pouvait la renvoyer sur l'impulsion de ses seules émotions. Elle était ici par la volonté du seigneur. Il fallait que ses motifs soient puissants pour que la demoiselle ose s'opposer à Randon. Barthélemy avait vu juste. Mais alors, quels étaient ses motifs ? Se pouvait-il qu'il y ait des secrets, dans ces murs, qu'on ne voulait pas qu'elle découvre ? Agissait-elle pour son propre compte ou par délégation ? Ou pouvait-elle même envisager que la demoiselle cherche à attirer son attention sur un secret, un fait qu'elle n'aurait jamais eu l'intention de découvrir sans cette persécution de tous les instants ? Tout était possible dans ce château hermétique, où la parole était soigneusement corsetée.

Qu'elle découvre ce que l'on voulait lui cacher et ce serait son arme, sa porte de sortie. Ou sa fin. Elle grimaça. Le manque de sommeil, la douleur, l'inquiétude, creusaient sur son visage des sillons de souffrance et le teintaient de grisâtre. La demoiselle nota ces marques de faiblesse avec satisfaction et sur un « bon appétit » narquois, elle quitta l'église.

Agenouillée sur le sol froid, les heures passaient avec lenteur. Dehors, peut-être, les paysans s'étaient soulevés. Ysabellis n'en savait et n'en saurait rien, sauf si ces téméraires venaient jusqu'au pied même du château. La chapelle se remplissait et se vidait toutes les trois heures, trois longues heures d'été, mais en dehors des messes, nul ne la fréquentait. Elle ne se retourna pour autant pas quand elle entendit, entre la messe de none et celle de complies, des pas effleurer les dalles. Il n'y avait rien à attendre des habitants de ce château, rien que des épreuves, de l'humiliation, de l'enfermement. Ce ne fut que lorsque les deux pieds chaussés de cuir fin se furent postés devant ses yeux qu'elle daigna lever la tête. Maître Bourcesel.

— Je m'en veux d'interrompre une prière qui semble si farouchement sincère, dit-il d'un ton froid, mais je voulais vous poser une question.

— Faites, maître Bourcesel, répondit Ysabellis d'une voix rauque.

— Que direz-vous au sire vicomte quand il rentrera ?

— Que je goûte fort l'hospitalité de son château. Les repas surtout.

Elle désigna, sur une petite assiette posée à ses côtés, une tranche de pain couverte d'une couche de moisissure verte.

— Je ne parlais pas de cela. Qu'allez-vous lui dire de la mort de son enfant ?

Ysabellis leva les yeux :

— Que lui avez-vous dit vous-même ? Je n'étais pas présente à la mort du petit.

— Moi non plus.

— Et où étiez-vous donc ?

— Êtes-vous comptable de mes allées et venues ?

— Excusez-moi, maître Bourcesel, vous me tirez d'une prière fervente et mon esprit est encore un peu lent. Que me voulez-vous au juste ?

— « Lent », le mot est faible. Ma requête était très claire. Dites-moi ce que vous savez des circonstances de la mort d'Armand.

— Cela, je l'avais compris. Est-ce que vous me demandez si j'ai appris quelque fait susceptible de vous nuire, ou est-ce que vous souffrez de véritables regrets ?

— Vous êtes insultante !

— Un rien vous insulte. Je devrais vous offrir ma place.

— La demoiselle se montre dure avec vous, dit le médecin plus doucement. Mais vous l'avez bien cherché. Je vous apporterai moi-même du pain frais.

— Et que cherchez-vous à acheter avec ce plat de lentilles ?

— Vous êtes exaspérante. Et bornée. Et stupide.

— Oui, je suis tout ça quand je manque de sommeil et que j'ai mal aux genoux. Finissons-en. La mort d'Armand ne vous a pas laissé l'esprit en paix ?

— Non.

Les longs doigts fins du médecin caressaient machinalement sa joue. Son œil se portait sur les vitraux du transept. Ysabellis suivit son regard. Un lion, la gueule ouverte, rugissait pour appeler son lionceau à la vie. Elle ramena ses mains sur ses épaules.

— Comment est-il mort ?

— Personne ne me l'a dit. Je n'ai vu que son corps. Il était jaune.

— Jaune ? Vous êtes sûr que ce n'était pas simplement le reflet des chandelles sur sa peau ?

— Absolument certain.

— Vous ne l'avez pas vu pendant sa maladie ?

— Si, je suis resté à son chevet pendant plusieurs jours et jusqu'à la veille de sa mort. Il souffrait. Il avait la nuque raide et craignait la lumière.

Les yeux d'Ysabellis s'arrondirent.

— On dirait que vous reconnaissez ces symptômes. Vous n'êtes peut-être pas si méchante guérisseuse que je le pensais.

— Merci du compliment. Peu d'enfants réchappent à cette sorte de maladie.

— Et pourtant, il semblait se rétablir.

— Seulement, le lendemain, il était mort.

— Mort, oui. Et jaune. Alors ? Vous ne niez pas vous intéresser à la mort de ce garçon ?

Ysabellis tourna la tête vers le lion de verre, qui projetait des roses et des bleus sur son visage austère.

— Maître Bourcesel, selon vous, Armand est-il mort de cause naturelle ?

— Je n'en sais rien !

— Dites plutôt que vous ne voulez pas prendre le risque de le dire à haute voix.

Le médecin renifla avec une pointe de colère :

— Qu'est-ce qui vous rend si arrogante ? Je ne suis pas le seul à me le demander, mais moi, vous ne m'impressionnez pas !

— Vous impressionner ? Dieu merci, je n'avais jamais pensé que vous puissiez être pleutre à ce point !

— Et si le vicomte ne rentrait jamais ? Que vous ne retrouviez jamais l'abri de son lit ?

— Son... lit ? C'est ça que vous pensez ? (Ysabellis mit sa main devant sa bouche pour éviter de rire trop fort.) Est-ce pour cette raison qu'on se méfie de moi ? C'est trop drôle.

Le médecin mit un genou en terre pour se retrouver en face de la jeune femme et la regarda dans les yeux :

— Si vous n'êtes pas sa maîtresse, c'est que vous êtes là pour la mort de son enfant. Il n'y a pas d'autre explication. Allez-vous cesser de vous dérober ?

— Dites-moi plutôt pourquoi il vous importe tant que je sois là pour une raison précise ou pour un caprice du seigneur.

— J'aimais cet enfant.

L'expression sarcastique d'Ysabellis s'évanouit.

— Vraiment ?

— Oui, vraiment.

— La vérité risque de vous décevoir, maître Bourcesel. Je n'ai pas reçu d'autre ordre du sire de Randon que de veiller sur son épouse.

Le médecin réprima un mouvement de lassitude. Ysabellis continua :

— Je connais peu le vicomte, et le ciel me préserve de le fréquenter de plus près. Cependant, je le connais assez pour savoir qu'il est retors et ne confie jamais le fond de sa pensée. J'ai réfléchi depuis que je suis ici, et je crois en effet qu'il attend de moi des éclaircissements sur la mort de son fils.

— Et ?

— Et je vais le faire.

Il y eut un moment de silence.

— Voilà, vous en savez bien trop maintenant. Si vous voulez m'expédier *ad patres* parce que vous avez quelque chose à vous reprocher, je vous prie de faire vite.

— Promis, dit le médecin, retrouvant son sourire goguenard. Quel moyen aurait votre préférence ? Le poison, la chute dans les escaliers, la noyade ?

— Une lame, s'il vous plaît. Un petit coup dans le cœur, c'est ce que j'ai de plus fragile.

Il sourit franchement et se releva.

— Plus qu'une journée. Tenez bon !

Ysabellis crut s'évanouir tant le soleil traînait à se coucher. Elle n'avait pas touché au morceau de pain, et son estomac, en plus de ses jambes, hurlait sa détresse. La messe de complies dura une éternité. Quand le chapelain, le dernier, quitta l'église après quelques paroles à son endroit (qu'elle n'entendit pas), elle attendit quelques minutes et se laissa tomber sur les dalles, bras en croix et tête brûlante. Ses jambes, en se dépliant, furent attaquées par les dards d'un millier de scorpions. Elle laissa son regard errer sur les feuillages rouges peints sur la voûte en respirant lentement. Elle sombrait dans le sommeil quand une main la secoua. Un peu hébétée, elle ouvrit les yeux. Maître Bourcesel était revenu. Il chuchotait :

— Vous allez attraper froid, sur ces dalles. Vous n'êtes pas assez vêtue. Buvez ça.

Il lui versa d'autorité dans la gorge ce qui ressemblait à un vin miellé aux herbes. Puis il lui émietta du pain blanc et la força à l'avaler.

— Vous avez déjà de la fièvre, et ce n'est pas étonnant. Je tâcherai de parler pour vous, demain.

— Non. N'en faites rien.

— Vous n'êtes pas raisonnable.

— Oh si ! Ce sera pire si vous la privez de sa mesquine vengeance.

— Pas si mesquine que ça. Vous avez une mine atroce.

— C'est le jeûne, ça passera. Dites-moi seulement, maître : que font les paysans de Volte ?

— Rien, à ma connaissance.

— Pas de révolte ? Ils n'ont pas pris d'assaut le château ?

— Non. Dormez !

La troisième et dernière journée fut presque agréable, en comparaison des précédentes. Ses jambes semblaient s'être faites à cette position inhabituelle, le manque de nourriture engourdissait agréablement toutes ses sensations. Sauf les bouffées de fièvre qui lui donnaient par épisodes des envies irrésistibles de dormir, tout allait bien. Le chapelain vint la voir après la messe de tierce pour tenter de la confesser, ce qu'elle refusa entre deux quintes de toux :

— La fièvre me tient, mon père, et je n'aimerais pas qu'elle me fasse oublier quelques-uns de mes nombreux péchés. Vous ne voudriez pas donner l'absolution à une âme impure ?

Vaincu par l'hypocrite argument, le chapelain se retira, laissant Ysabellis à sa pénitence. Cependant, plus la journée avançait et plus il lui semblait sombrer dans une inconscience proche du délire.

Comme la veille, maître Bourcesel vint à la nuit tombée, et à la dérobée, lui apporter à boire. Il insista pour lui faire prendre un remède :

— C'est une pilule *quadrum numerum*. Même en rêve, vous n'en avez jamais vu de semblable.

Il lui examina les yeux, lui prit le pouls.

— Cette fièvre est plus maligne que vous. Tâchez de résister jusqu'au matin et je m'occuperai d'elle.

Il resta près d'elle quelques minutes tandis qu'elle se blottissait dans un coin, les bras serrés autour du corps pour se réchauffer, en proie à des suées ou des frissons, selon la progression de la fièvre.

Au matin, le chapelain vint la réveiller, paternel :

— Allons, la pénitence est levée. J'espère que vous en avez tiré profit et que votre âme ne s'égarera plus dans des chemins tortueux. Levez-vous.

Et, comme elle ne bougeait pas, il se pencha, inquiet, pour la secouer :

— Vous n'allez pas bien ?

Une toux lui répondit.

— Voulez-vous que j'appelle le médecin ?

Ysabellis rassembla toutes ses forces pour ouvrir les yeux, tenter de remuer son corps douloureux, soulever sa tête brûlante.

— Non. Tout va bien, mon père.

— Mais vous êtes toute pâle. Je vais chercher maître Bourcesel.

Elle profita de l'absence du chapelain pour s'asseoir, dos à la paroi, masser ses jambes parcourues de fourmillements, tenter d'accommoder son regard. L'ecclésiastique revint au bout de quelques instants, accompagné du médecin.

— La dureté du châtiment était le miroir de vos fautes, jeune fille, dit-il, comme pour s'en persuader lui-même. Vous y réfléchirez à deux fois avant de désobéir, n'est-ce pas ?

— Oh oui, mon père.

Le chapelain ne pouvait imaginer que, dans l'état où se trouvait la pécheresse, elle pût encore ironiser. C'est donc le visage satisfait qu'il laissa la place au médecin.

Celui-ci s'agenouilla aux côtés d'Ysabellis, lui prit à nouveau le pouls, tâta la chaleur de son front.

— Je vais vous aider à vous relever. Appuyez-vous sur moi.

Péniblement, Ysabellis se mit debout. La tête lui tournait, mais qu'il était bon de retrouver la position verticale ! Le sang recommençait à couler dans ses membres. À pas aussi hésitants que ceux d'un enfant apprenant à marcher, elle traversa la chapelle, guidée par la lueur du soleil qui inondait le parvis. La dame et la demoiselle arrivaient pour la messe de prime.

— Mon Dieu ! s'exclama la vicomtesse. Quelle mine vous avez ! Il vous faut briser le jeûne et vous étendre. Maître, ne pouvez-vous lui donner de vos remèdes ?

— Certes, ma dame. Cette guérisseuse semble avoir besoin de recevoir des soins davantage que d'en donner, persifla-t-il.

Et comme il avait recommandé qu'on l'installât dans un lieu retiré, des servantes dressèrent un lit dans la sellerie, à l'abri d'un rideau. Là, dans les odeurs de cuir et de cheval, Ysabellis s'étendit sur la couche de paille fraîche, laissant la torpeur la gagner, jusqu'à ce qu'elle fût réveillée par l'exquis parfum d'un bol de bouillon de livèche trop salé.

Maître Bourcesel resta à ses côtés le temps nécessaire pour lui préparer certains des remèdes qu'il affectionnait, un peu inquiet de la virulence de la fièvre. Il revint ensuite la visiter tous les matins, bien qu'il se fût rendu compte très rapidement qu'elle n'avait en réalité besoin que d'un peu de repos et de nourriture. Il arrivait tôt, commençait par lui prendre le pouls, lui donnait une potion, une pilule ou tout autre remède au fort parfum de cinnamome, de graine de paradis ou de galanga qu'il avait confectionné pour elle. Puis il s'asseyait sur une vieille selle toute dégarnie et entamait la conversation. Leurs premiers entretiens leur avaient appris la prudence, aussi c'est à mots pesés qu'ils échangeaient vues et expériences médicales. Ysabellis découvrit que le médecin nourrissait une véritable passion pour les corps, leur fonctionnement, les rapports des organes et des fluides les uns avec les autres. Il recherchait sans cesse de nouveaux ouvrages, de nouveaux auteurs, et voyageait dès qu'il le pouvait dans l'unique but de lire un livre prestigieux, comme l'encyclopédie d'Isidore de Séville ou l'*Ortus sanitatis* de Tacuin. Il l'interrogea sur la peste et ses étonnantes capacités de contagion, qui mettaient à mal les théories sur l'équilibre des humeurs. Elle ne répondit qu'avec réticence. La peste était davantage une souffrance qu'un objet de recherches, fût-ce pour sauver, dans le futur, les malheureux qui en seraient atteints. Elle voulut lui faire décrire les fruits étranges poussant dans les pays du Sud et décrits dans les ouvrages d'Albucasis et Averroès, à quoi il répondit :

— Vous vous intéressez plus à ce qui pousse qu'aux gens allant sur deux pieds.

— Et vous au contenu des personnes plus qu'à leur être !

L'indisposition d'Ysabellis devenait de jour en jour une supercherie plus manifeste, à laquelle seules les visites de maître Bourcesel donnaient les couleurs de la vérité. Au bout d'une pleine semaine, même avec la complicité de son médecin, elle ne put différer son retour au donjon. Elle s'y présenta avec mélancolie, mais rafraîchie. Bien malgré elle, la demoiselle venait de lui offrir la meilleure partie de son séjour au château.

CENDRES

Barthélemy redescendit la colline une bonne heure après Ysabellis, plongé dans des pensées soucieuses. Ils avaient longuement parlé et, de la mise en commun de leurs anecdotes et réflexions commençait à se dessiner un schéma inquiétant. Un complot était à l'œuvre en val d'Amblavès, dont certains fils étaient déjà tendus. Le sire de Randon ne s'était pas trompé sur la nécessité de sa mission. En revanche, il s'était trompé dans le choix de son envoyé. Un homme de confiance, installé dans la seigneurie depuis des années, aurait mieux fait l'affaire que lui. Tout cela le dépassait largement et le déprimait un peu.

Le village de Volte était inhabituellement silencieux. La messe de prime était terminée et, devant le parvis, quelques braises du feu de pilori rougeoyaient encore. Les échoppes étaient toutes fermées. Seule la grand-mère d'Ytier, toute petite femme excessivement ridée, balayait devant sa porte, son éternel sourire sur le visage. Une petite cavalcade souleva les cendres. Trois hommes approchaient à cheval. Barthélemy se figea. Le bayle arrêta son cheval à un pied de sa poitrine. Les deux soldats qui l'accompagnaient vinrent se placer de part et d'autre de lui.

— Encore là, Mazeirac ? Comment se fait-il que je vous trouve toujours sur mon chemin ?

— Vous fréquentez la même boulangerie que moi.

Guionet de Beaulieu fit une grimace qui lui ferma la moitié d'un œil. Il montra la baguette qui lui servait de cravache :

— Cela ne vous a pas servi de leçon ? Vous en voulez un peu plus ?

— Devant témoins ? Vous oseriez ?

Barthélemy lut dans les yeux du bayle une sourde panique et comprit qu'il devait à tout prix apaiser la tension.

— Vous n'êtes pas chez vous ici, Mazeirac. Retournez en Gévaudan !

— Mais je serai bientôt résident, messire de Beaulieu, répondit-il d'une voix aussi tranquille que possible. J'ai un ouvroir en vue. Je suis un homme pacifique et j'apprécie la bonne entente.

— Vous n'êtes pas encore marchand, et vous n'avez guère de chances de le devenir, cracha le bayle. Je m'opposerai à toute vente d'ouvroir dans le mandement. Il vous faudra attendre que le sire revienne ou qu'un autre seigneur administre la vicomté si vous voulez vous installer ici ! Et d'ici là, vous serez ruiné, je m'y engage.

— Je trouverai d'autres moyens. Vous n'êtes pas tout-puissant, ici.

— Mais je le suis plus que vous ! asséna Guionet de Beaulieu, dont le cheval bronchait.

— C'est vrai, messire bayle. Je ne crois pas que vous ayez besoin de ruiner et battre les gens pour le prouver.

Guionet de Beaulieu dégaina une petite épée au tranchant irrégulier.

— Tant que je serai de ce côté de l'épée, le Gabalitain, je ne te permettrai pas de discuter.

— Un jour, on vous retrouvera noyé dans l'écluse et vous l'aurez bien cherché ! s'énerva Barthélemy, malgré toute sa résolution.

Le bayle s'empourpra. Il brandit son épée bien plus haut que nécessaire, piqua son cheval droit sur Barthélemy, qui se jeta dans la poussière pour l'éviter tout en maudissant son manque de sang-froid. Les deux soldats vinrent en appui. Le coup de pique du premier manqua sa cible. Guionet de Beaulieu avait fait volte-face et lançait son cheval, une fureur assassine dans le regard. Barthélemy chercha à fuir, mais les deux soldats, qui avaient compris la manœuvre, lui barrèrent la retraite de leur corps et de leurs piques. Pour sauver sa vie, il se jeta devant le cheval du bayle en criant. L'animal hennit, se cabra, s'affola.

Des volets claquèrent, des voix vociférèrent :

— Hé, là !

— Au secours ! On assassine !

Guionet tentait de reprendre le contrôle de sa monture effrayée, mais les soldats avaient acculé Barthélemy, qui leva les bras en signe de reddition. Celui que l'on appelait Gherard le tint au bout de sa pique, un regard de triomphe narquois sur le visage, se demandant juste combien de temps il allait jouer avec cet imbécile de Gabalitain avant de l'embrocher. Déjà, la pointe ferrée déchirait la veste et perçait la chemise à hauteur du cœur.

— Tuez-les !

La voix n'était pas celle de son supérieur. Gherard se retourna pour faire face à sept ou huit villageois furieux. Il y avait là Gonet, l'assistant de Guithona, Ytier, l'œil aussi enflammé que celui de l'officier, Guillelma, armée d'une serpe d'aspect solide, Peire Chayrol et quelques autres que Barthélemy connaissait de vue. Tous semblaient prêts à en découdre.

Pour le sauver. Guionet l'Imbécile le comprit. Il siffla. Avec une lueur de regret, Gherard retira sa lance, non sans infliger une belle estafilade à la poitrine de Barthélemy, et s'enfuit au galop.

— Barthélemy, ça va ?
— Ils t'ont blessé ?
— Les crapules !
— Non, ça va. Je n'ai rien. Merci.

Il pressa sa chemise contre l'entaille pour endiguer le sang et secoua la poussière de sa veste déchirée. Les chevaux du bayle et des soldats détalaient. Il avait espéré calmer les esprits, il n'avait fait qu'exaspérer les deux parties.

— Cette fois, c'en est trop ! cria Ytier.

Sa barbe blonde lui mangeait les joues, ses yeux proéminents lui donnaient presque l'allure d'un possédé.

— On les poursuit !
— Non ! Non, Ytier ! Ça n'en vaut pas la peine.
— Barthélemy, tu as dit que tu étais un homme pacifique, tu ne leur as fait aucun mal et, deux fois déjà, ils ont tenté de te tuer !
— Ytier, calme-toi ! Ne fais pas de bêtises. Ils sont plus forts.
— Plus forts que nous ? Tu te trompes. On est plus forts qu'eux. On a des appuis.
— Des appuis ?
— Je préfère ne pas t'en parler, Barthélemy. Pars en voyage, ce sera mieux pour tout le monde.
— Ytier, ne fais pas ce que tu envisages. C'est de la folie.

Le jeune homme éclata de rire :

— Tu es étrange, Barthélemy. Comment peux-tu être si téméraire pour toi et si timoré quand il s'agit des autres ?

— Ytier, je t'aime bien. Je ne veux pas qu'il t'arrive quelque chose, et surtout pas à cause de moi !

— Gerenton est mort cette nuit.

— Je le craignais.

Barthélemy baissa la tête. Même si la nouvelle était attendue, savoir que Gerenton n'était plus de ce monde lui causait une vive colère, ainsi qu'un profond sentiment de culpabilité.

— C'est tombé sur lui, mais ça pourrait être toi, ou moi, ou n'importe lequel de ceux qu'ils ont pris.

— Je sais.

— Et tu voudrais ne rien faire ?

— Non. Mais il y a d'autres moyens.

— C'est aussi ce que disait cette jeune guérisseuse, Aelis. Tu te souviens d'elle ?

— Mmmh !

— Mais quels moyens qu'on n'ait pas déjà essayés ?

Autour d'eux, la place se remplissait silencieusement. Barthélemy savait qu'ils étaient prêts, sur un signe, à partir à l'assaut du château. Personne d'autre ne parlait, qu'Ytier et lui, comme si l'ensemble des villageois leur avait délégué le soin de peser le pour et le contre.

— Je dis qu'il y a d'autres moyens, parce que partir avec des fourches à l'assaut du château serait un pur suicide. Pour avoir brisé l'écluse, deux hommes d'ici sont morts. Or cette écluse sera reconstruite, la roue du moulin sera acheminée dans quelques semaines, ou quelques mois, avec tout le mécanisme pour scier les planches. À quoi auront servi les morts de Chapade et de Gerenton ? À rien !

— Alors, que proposes-tu ?

— Il faut aller au château, il faut négocier.

— On ne négocie bien qu'en position de force.

— Avoir des morts parmi les siens, ou pire, des pendus, ne donne pas une position de force.

Il y eut quelques murmures.

— On ne peut pas négocier avec ce châtelain.

— Alors il faut aller plus haut. Voir la dame.

— Mais négocier quoi ?

— Des droits, des franchises.

— La dame n'a aucun pouvoir pour accorder des franchises, et le vicomte n'acceptera jamais. Non, ce qu'il nous faudrait, c'est changer de seigneur.

— Il y a plus puissant que le seigneur, Ytier.

— Qui ? Le roi ? Tu rêves !

— Plus puissant que le roi. Il y a la loi. Une charte, écrite sur un beau parchemin par un notaire assermenté. Les seigneurs respectent ça.

— Quand ça les arrange !

— Ils doivent s'y plier. Ils finissent tous par s'y plier. Ne mets pas le droit contre toi.

— Moui. Tu as peut-être raison... Et d'abord, comment sais-tu que ce moulin servira à scier des planches ? On m'avait dit que ce serait un moulin à blé ?

— On t'a mal informé. C'est un moulin à planches.

Ytier se renfrogna. Barthélemy insista :

— Demande-toi pourquoi on t'a menti. Allez, viens, sans toi je mangerais les panais par en dessous. Je te dois au moins un pot de ce que notre chère Martina a de meilleur.

— Bon, d'accord. Après tout, c'est toi le mort.

Barthélemy lui mit la main sur l'épaule et l'entraîna jusqu'à la taverne. Il rit en remarquant qu'Ytier et lui avaient eu la même expression de douleur en s'asseyant :

— Ces côtes ?

— La nuit, ça me réveille.

— Et moi donc.

— Ce Guionet de Beaulieu, j'aimerais lui rendre la pareille, juste une fois !

— N'y pense plus.

Martina leur servit un vin miellé à la girofle, qu'elle préparait avec des clous de girofle de deuxième main achetés auprès de la cuisinière du château de Polignac.

— Barthélemy, pourquoi est-ce que tu ne t'es pas encore installé ?

— Mais… je suis installé.

— Dans une grange ! Je veux dire, dans une maison.

— Tu peux parler ! Tu ne vis pas chez ta grand-mère, toi ?

— Ne dis pas de mal de cette sainte femme.

— Il faut sans doute une bonne dose de sainteté pour vivre avec toi ! Je cherche un ouvroir.

— Et tu n'as aucune chance d'en obtenir un, maintenant. Sauf si ce bayle va faire un tour du côté de saint Pierre. Et même comme ça…

— Même comme ça quoi ? Tu m'inquiètes !

— Il faut distribuer pas mal d'épices pour obtenir les sceaux nécessaires.

— On me l'a déjà dit, oui. Ils sont gourmands ?

— Le châtelain, oui. À ce qu'on dit.

— « À ce qu'on dit ! » Mais qui dit ça ?

— Tu aimes la précision, toi !

— C'est que je me méfie des rumeurs. Tu dis qu'une fille est jolie et, une semaine après, te voilà engagé avec cinq fiancées différentes. Et vingt personnes pour jurer qu'ils étaient présents le jour de la demande en mariage.

Ytier se mit à rire. Il portait une large entaille sur l'arcade sourcilière et son œil gauche passait du noir au bleu. Même ainsi, il dégageait charme et vitalité.

— Gerenton et son frère Peire voulaient reprendre les droits d'une boria* située en face de chez eux, de l'autre côté de la Loire. Le châtelain a accepté, mais il a réclamé une telle somme pour donner son autorisation qu'ils ont renoncé.

— Et Guionet de Beaulieu ?

Ytier renifla de mépris.

— Non, celui-là n'avait rien demandé.

— Et il avait accepté la vente ?

— Je ne sais pas, comme Gerenton n'a pas poursuivi après les exigences du châtelain. Mais ce n'est pas seulement une question d'épices. La veuve Quintina aussi a vu un de ses projets échouer. Une vente de terre, je ne sais où. Cette fois, c'est ce Guionet qui a refusé. J'en déduis qu'elle avait déjà arrosé abondamment le château.

— Ce châtelain, il manque d'argent à ce point ?

— Hein ? Manquer d'argent ? Avec tout ce qu'il perçoit ? Il est avare, c'est tout.

— Et finira en enfer.

— En attendant, l'enfer, c'est pour nous.

— Ça ne doit pas l'arranger, le châtelain, si ce bayle refuse toutes les ventes. Il ne peut plus percevoir les épices.

Ytier rit de bon cœur.

— Bien fait ! Barthélemy, j'ai un peu réfléchi et je crois que je peux te faire confiance.

— Je ne te crois pas ! le coupa Barthélemy, moqueur. Toi, réfléchir ?

— Tu ne sais même pas de quoi je voulais te parler ! s'insurgea Ytier, mais il se tut.

Des sentiments contradictoires agitaient Barthélemy quand il quitta Ytier. Il était heureux d'avoir quelques longues chevauchées devant lui pour trier toutes les informations ainsi que pour évacuer son malaise. Il était infidèle envers Ytier, Guillelma et les autres en continuant de leur cacher le véritable motif de sa présence. Et ce sentiment de tromperie croissait au fur et à mesure que s'affirmait leur amitié. Comble de la déloyauté, il venait d'être pris en flagrant délit d'infidélité envers le sire de Randon en empêchant Ytier de lui parler ouvertement. Il s'était volontairement privé d'une source notable de renseignements.

Fauve n'était plus attaché à son piquet au bord de la Loire. La corde avait été proprement dénouée et gisait encore dans l'herbe. Frappé de découragement, il fut tenté de s'asseoir à côté et de passer le restant de la journée à regarder pêcher les hérons. Avec effort, il marcha jusqu'à la place de Volte. Il interrogea les enfants, qui, timidement, avaient réinvesti la place et jouaient silencieusement aux chevaliers avec leurs doigts.

— Ton cheval ? Les soldats l'ont pris.

— Lesquels ?

— Celui qu'on appelle Gherard et l'autre, le gros avec une barbe.

— À quel moment ?

— Tout à l'heure, quand tu buvais chez Martina.

Il hésita à retourner au château réclamer sa monture, son bien, son compagnon, et renonça. Tout ce qu'il gagnerait, dans l'ambiance actuelle, ce serait au mieux un nouveau tabassage, au pire un pied de terre sur la poitrine. Fauve devrait attendre. Il marcha jusque chez la veuve Quintina :

— Maîtresse Guithona, j'ai un service à vous demander. Pouvez-vous me prêter une monture ?

— Et ce beau cheval que vous montiez ?

— Fauve… confisqué. J'irai le réclamer un de ces jours.

— N'y allez pas tout de suite ! Ils sont très remontés, au château. Je crois que le châtelain ne vous aura pas pardonné si vite.

— C'est moi qui ne lui ai pas pardonné, répondit Barthélemy, avec un petit sourire, que la veuve lui rendit.

— Je n'ai toujours pas compris pourquoi ils vous avaient arrêté ?

— J'ai tendance à me mêler de ce qui ne me regarde pas. Mais je me corrige.

— Je l'espère. Certaines personnes n'aiment pas que l'on se mêle de leurs affaires.

Barthélemy sourit imperceptiblement pour signifier qu'il entendait la phrase et toutes ses implications. Guithona laissa passer quelques instants de silence puis reprit, d'un ton paisible :

— Vous-même n'êtes pas très disert.

— Je n'ai pas grand-chose à dire. Mes affaires sont en suspens.

— Je ne parlais pas de cela.

— Le reste est sans intérêt.

— Voire. Je respecterai votre discrétion comme vous respectez la mienne. Mais si ce n'est pas trop interférer, vous portez encore de jolies traces de coups. Voulez-vous quelque médecine ?

— Merci, j'ai été bien soigné.

— Vraiment ? Ah, la guérisseuse Aelis. Une personne étrange, n'est-ce pas ? La première fois qu'elle est venue à la boutique, j'ai soupçonné une mystification. Les envoyés du château n'arborent que rarement une mise aussi… simple. Comment a-t-elle été attachée à la vicomtesse, je me le demande encore !

Barthélemy ne put s'empêcher de ressentir une pointe de contrariété. Il avait vendu plusieurs brebis pour offrir à Ysabellis la laine de sa robe. Les derniers mots de la marchande étaient une invite claire à discuter avec lui de « l'énigme Ysabellis », mais il n'était pas certain de mentir assez bien pour se permettre l'exercice.

— Maîtresse Guithona, c'est volontiers que je discuterai de la question une autre fois avec vous, mais l'urgence me presse. Pouvez-vous considérer ma requête ?

Guithona prit le temps de soupeser sa réponse. Même pour une affaire aussi mineure que le prêt d'une monture, elle tenait à rester seule juge de l'opportunité d'accepter ou de refuser. Barthélemy attendait patiemment le verdict, sans fuir le regard direct de la marchande. Enfin, il vit le tour de ses yeux se plisser, alors que sa bouche restait immobile.

— Je vous prêterai une monture. Mais un bienfait en vaut un autre.

— Cela va de soi.

— Bien. Gonet ! Va chercher Panette. Et s'adressant à Barthélemy : Elle ne vaut pas votre Fauve, loin de là. Mais elle vous portera en attendant des jours meilleurs, qui ne sauraient tarder, j'en suis certaine.

— Je vous en suis extrêmement reconnaissant.

— Nous verrons cela.

Panette porta en effet Barthélemy, qui s'étonna de la trouver trop passive. « Comme j'ai changé. Pas étonnant qu'on puisse me prendre pour un marchand. Il y a un an, j'étais pleinement paysan. Aujourd'hui, quelqu'un d'autre que moi va couper le blé que j'ai semé, les femmes d'ici aiguisent leurs serpes, et moi je me promène à cheval et je ne vois des gens que le dessus de leurs crânes. Sire de Randon, qu'avez-vous fait de moi ! »

Les champs s'étendaient devant lui, prêts à être fauchés, disséminés autour des fermes de leurs tenanciers. Un va-et-vient constant d'hommes, de femmes et d'enfants encombrait les routes. Les uns surveillaient leurs blés mûrs en attendant la coupe. Les autres guettaient l'opportunité de prélever quelques épis pour les mâchonner crus ou les rapporter en douce chez eux. Les bords piétinés des chemins crissaient sous les pas. Tout le paysage avait pris une teinte jaune, et même la Loire, basse et boueuse, était à l'unisson.

Le notaire Sabatier eut un mouvement de recul en le voyant arriver. Sans doute craignait-il que cet étranger, au sang chaud comme l'ont les étrangers, ne soit venu pour se venger du traitement qui lui avait été infligé devant la Cour. Aussi, avec un soupçon de perversité, Barthélemy prit-il tout son temps pour descendre de sa monture, l'attacher au portillon à l'entrée de la cour, charitablement hors de portée de la touffe de marjolaine en pot.

— Maître Sabatier. J'aimerais avoir quelques mots avec vous.

— J'ai préféré notre première rencontre à la seconde. Et je me passerais volontiers d'une troisième.

— Je ne vous importunerai pas longtemps. Mes projets d'ouvroir se précisent. Or, des bruits qui courent m'ont alarmé...

— Je n'ai pas autorité pour juger des bruits.

Barthélemy haussa les épaules.

— C'est bien pour cela que je viens directement vous voir. On dit que des ventes auraient été refusées.

— Lesquelles ?

— La boria de Gerenton Chayrol. La terre de maîtresse Quintina.

— Pardon, la vente d'une terre en bordure de la Loire pour maîtresse Quintina a été réalisée. Il y a trois semaines.

— Vraiment ? Le bayle Guionet de Beaulieu avait dit qu'il s'opposerait à toute vente.

— Sur le domaine de la vicomté. Cette terre-là n'en dépendait pas.

— Et la boria ?

— J'en ai eu connaissance, en effet. Il semble que les acheteurs n'aient pas pu payer la totalité des droits.

— Des épices, vous voulez dire.

— Je n'entends pas ce que vous dites. Et d'ailleurs, je voudrais savoir en quoi cela vous intéresse ?

— Y a-t-il eu d'autres ventes inachevées ?

— Oui, deux autres. Mais cela suffit, je ne vous en dirai pas davantage.

— Merci tout de même.

— Adieu, maître Mazeirac.

À Volte, Gonet, l'assistant de la veuve Quintina, prit Panette en charge. Barthélemy se rendit chez Guillelma, qui avait insisté pour continuer à lui préparer son repas du soir à présent qu'elle était veuve et nécessiteuse. Le prieur était là, assis sur le tabouret que Chapade affectionnait lors de leurs soirées passées à parler de tout et de rien. Barthélemy en éprouva un serrement au cœur.

Guillelma était debout à ses côtés, un pichet de vin contre son sein. Elle l'accueillit avec un début de sourire :

— Messire prieur est venu préparer l'enterrement de Jehan. Mais il ne veut pas l'installer contre le mur de l'église.

— Guillelma, sois raisonnable. Je ne peux pas le coucher parmi les saints !

— Les saints ? Il y a quelques années, vous avez enterré là l'ancien vigier, qui était connu pour forcer les femmes et battre les hommes !

— Il s'est repenti avant de mourir. Et surtout, il n'est pas mort en pleine crise de possession.

— Mais Jehan n'était pas possédé ! Il a été exorcisé au moins trois fois quand il était enfant ! J'ignore d'où venait son mal, mais je suis bien certaine que ce n'était pas de la possession !

— Les exorcistes n'étaient probablement pas à la hauteur. Mais rassure-toi, ajouta-t-il rapidement en voyant l'expression d'effarement de la jeune veuve, je ferai dire suffisamment de messes pour qu'il échappe au séjour dans les lieux infernaux.

Guillelma releva le menton et dit d'une voix qui ne tremblait pas :

— Jehan était un homme bon, messire prieur. Dites-le dans votre homélie. Dites-le même si vous ne voulez pas l'enterrer contre le mur de l'église. Moi, je sais qu'il n'est pas en enfer.

— Guillelma !

Le prieur se leva, renversant son tabouret.

— Tu n'es qu'une femme et tu n'as pas autorité pour discuter de questions religieuses. Tout cela te dépasse et tu ferais mieux de prier humblement pour le salut de ton mari. C'était un rebelle, et je m'aperçois avec tristesse que tu suis son chemin. Il est encore temps de te ressaisir, ou tu finiras comme lui, je te le prédis.

Sur ces paroles, il s'en fut. Guillelma s'assit lentement, posa ses coudes sur la table, enfouit sa tête dans ses mains. Barthélemy s'approcha d'elle et l'entoura de ses deux bras.

— Et s'il avait raison ? S'il avait raison ? Que mon Jehan ait été possédé ? Ces crises que rien ne calmait !

— Jehan n'est pas mort possédé, Guillelma. Le démon ne choisit pas d'hommes si bons pour s'incarner ! Il est mort par une faute humaine.

— Tu le crois ?

— Mais oui.

— Alors que dois-je faire ? Me venger ? Venger mes enfants ?

— Je ne suis pas un homme d'Église, Guillelma, mais je crois que la vengeance appartient à Dieu seul.

— Tu n'es pas un homme d'Église, mais il y a de la sagesse en toi.

Elle posa la tête sur son épaule et pleura longtemps. Barthélemy, ému, lui tapota maladroitement le dos. Enfin, elle se releva, essuya ses joues et s'éclipsa une minute. Elle revint chargée d'une écuelle de porée*, d'une tranche de pain et d'un gobelet.

— Merci Barthélemy. Je te trouve un peu étrange, mais tu me fais du bien. Est-ce que tu sais qu'on raconte beaucoup de choses sur toi ?

— Je croyais qu'on s'était habitué à me voir.

— Oh, on ne parle pas autant qu'au début. Mais tout le monde se pose des questions. Et je te signale que si tu as des envies de mariage, je crois qu'il doit traîner cinq ou six projets d'union pour toi.

Barthélemy arrondit les yeux de surprise.

— Ça t'étonne ? C'est le jeu favori des veillées.

— Et on ne me demande pas mon avis ? dit-il en souriant.

— Jamais. De toute façon, les intéressées commencent à désespérer. Alors on parle encore de toi, mais d'une autre façon. On se demande si tu peux ou si tu as une princesse cachée, comme dans les contes…

Et comme Barthélemy, estomaqué, ne répondait pas, elle poursuivit :

— Évidemment, les hommes sont toujours les derniers à se rendre compte de ces choses.

Elle se détourna, les yeux à nouveau pleins de larmes.

— Il te manque.

— Oui. Je vais devoir me remarier dans quelques mois. La maison, les terres, les enfants… Je ne peux pas tout assumer seule. Mais ça me fait horreur. Je ne retrouverai jamais un mari comme lui.

— Allons, ne laisse pas les veillées décider pour toi de ce que tu devrais faire. Et ne laisse personne profiter de ton chagrin pour t'imposer des actes que tu n'aimerais pas. Quand un peu de temps aura passé, tu retrouveras la force de penser à l'avenir. Mais ce n'est pas une conversation à avoir alors que Jehan est encore étendu dans la maison. Assieds-toi et mange un morceau.

— C'est un peu ce que m'a dit cette guérisseuse, Aelis. Vous devez avoir raison, elle et toi…

Barthélemy avala une grande cuillérée de porée pour cacher son trouble. Guillelma pleurait silencieusement.

Les moissons commencèrent dès le lendemain dans les champs les mieux exposés. Les hommes, en chemises et braies, coupaient les épis à la serpe que les femmes liaient en gerbes avec des tresses de paille. Les gerbes étaient ensuite acheminées en charrettes ou à dos d'homme vers les granges ou les aires à battre. Quand la chaleur se faisait trop forte, les travailleurs se déshabillaient et plongeaient dans la Loire, nageant avec délices dans l'eau chauffée par un long trajet sur les galets.

Le travail commencé à l'aube ne s'achevait qu'au coucher du soleil. Les équipes passaient de champ en champ, se pressant pour achever la coupe des épis avant que les orages ne les interrompent dans leur élan. Paysans et paysannes étaient exténués.

Les blessures des prisonniers guérissaient tout doucement. Ytier reprenait figure humaine et travaillait comme quatre, s'embauchant partout, du lever au coucher du soleil, avec l'espoir de parvenir à gagner quelques pièces par-ci, quelques pièces par-là pour s'acquitter de son énorme amende sans devoir s'endetter pour quinze ans ou plus. Cette amende grevait ses dernières chances de réunir suffisamment de bien pour pouvoir, un jour, prendre femme ; cette situation le rendait amer. Gravil boitait encore, et boiterait sans doute longtemps. Barthélemy lui-même commençait à respirer avec plus d'aisance. Il s'était engagé comme moissonneur pour gagner les quelques pièces lui permettant de payer Guillelma. Il avait aidé la jeune femme autant qu'il avait pu, en veillant toutefois à se faire plus maladroit qu'il n'était. Il avait été si bien accepté par la communauté du val d'Amblavès qu'on ne lui posait plus guère de questions. Mais il ferait naître de nouveaux doutes s'il se laissait aller à moissonner à son rythme habituel.

Le vigier limita ses visites aux champs, ouvrant grand la porte aux fraudes de tous ordres. Une sage attitude, pensa Barthélemy, bien qu'elle lui fût dictée par la peur. Les récoltes n'étaient pas extraordinaires. On aurait faim avant que le printemps ne revienne.

Gerenton et Jehan Chapade furent enterrés côte à côte, dans une cérémonie déchirante où le prieur s'en tint à une neutralité désagréable. Une foule venue de tous les mas environnants se pressa aux obsèques. Les propos amers ou vengeurs fusaient presque sans contrainte, mêlés aux pleurs. Barthélemy eut ainsi confirmation de ce que les esprits ne s'étaient aucunement apaisés avec les moissons. Seulement, les nécessités de la survie exigeaient que l'on fît passer la récolte avant la révolte.

La fête des moissons eut lieu à la mi-août. Le four banal avait été allumé dès l'aube par Gonet Bruyeyra, et dès le milieu de la matinée s'en échappèrent des odeurs succulentes de pain frais, de tourtes de viande et même de gâteaux au miel. De grands plateaux sur tréteaux avaient été dressés sur la place de Volte, et chaque famille apportait pour la garnir qui une douzaine d'œufs cuits à la broche, qui une jarre de cervoise tout juste fermentée, qui un panier de framboises ou de myrtilles cueillies par les enfants dans les bois. Avant que le soleil ne soit couché, les tables regorgeaient de victuailles succulentes, pied de nez aux temps difficiles à venir. Le prieur vint en tenue d'apparat bénir les récoltes, sous forme de quelques gerbes que chaque famille apportait. Il prononça une prière sur le repas et s'assit parmi les paroissiens. Ses moines mirent en perce un tonneau, contribution du prieuré au festin. Hommes et femmes, affamés et fatigués, commencèrent par manger, manger et manger encore, boire, boire et boire encore. Les rires et des chants s'élevèrent. Les plus jeunes se levèrent d'un bond, sortirent les instruments, citoles, luths, flûtes, rebecs, et même une vielle à roue.

Une très vieille femme apporta à petits pas un brandon enflammé.

— Grand-mère, la rabroua Ytier, laisse-moi faire !

— Mais je suis la doyenne ! C'est à moi de le faire !

— Tu vas surtout te brûler.

Et, lui prenant le brandon des mains, il l'assit d'autorité sur un banc. Elle lui adressa un sourire lumineux, reflet de celui de son petit-fils. Ses traits disparaissaient sous les rides. Ytier plongea le brandon dans un tas d'herbes sèches, de bois flotté et de branchages, qui s'embrasa instantanément. Il recula en riant. Le feu se refléta sur son visage ouvert, sur ses cheveux blonds, sur l'aiguillette de cuivre laçant sa cotte des dimanches. Martina l'observait intensément. De nombreuses jeunes filles se levèrent pour danser à sa suite.

Barthélemy restait assis, goûtant le bonheur d'être là, parmi les hommes et les femmes, le ventre plein, la nourriture engrangée pour plusieurs mois. Anthonia jouait magnifiquement de la flûte. Les enfants de Guillelma se couraient après, la bouche barbouillée de jus de framboises. L'air était doux, sentait le feu, les corps, la tourte, la rivière. Ytier s'approcha et lui tapa dans le dos :

— Alors, Barthélemy. Tu es bien silencieux ! À quoi rêves-tu ?

— Je ne rêve pas, je digère.

— Allez, dis-nous qui c'est !

— De qui parles-tu ?

— De la femme de tes pensées !

— Je ne vois pas ce que tu veux dire.

— Encore raté ! intervint Guillelma avec un clin d'œil à destination d'Ytier.

— Un jour, tu nous diras ton secret, Barthélemy, susurra Martina, la tavernière, éblouissante dans une robe au col large laissant voir la naissance de seins voluptueux, les manches relevées sur sa peau dorée.

Barthélemy aurait voulu sourire, dire quelques mots drôles, mais, sans qu'il puisse les contrôler, ses sourcils se froncèrent, une nuance de tristesse lui traversa le front. « Pas assez menteur », avait dit Randon. Pourtant, il mentait impunément à tout le monde depuis deux mois. Quand viendrait le moment de leur avouer qui il était, ceux-là même qui l'acceptaient, avec qui il partageait le pain et le vin, regretteraient de l'avoir accueilli fraternellement. Il reprit une part de gâteau aux premières pommes. C'était délicieux.

La lune se leva, presque ronde, au-dessus de la montagne. Guithona riait. Ytier entama un chant d'amour qui fut repris par de nombreuses voix. Peire Chayrol buvait plus que de raison, sans parvenir à défaire la crispation de ses lèvres. Guillelma attira sa plus jeune fille dans ses bras et versa quelques larmes dans ses cheveux. Gonet Bruyeyra dansait avec une femme toute sèche une danse frénétique. Barthélemy se leva silencieusement et quitta la table. Il marcha le long de la Loire, écoutant s'estomper les cris et chants de la fête et résonner ceux des grenouilles. Des vers luisants parsemaient son chemin. Depuis le sommet du pont, il contempla le reflet de la lune dans l'eau. Dès le lendemain, les vigiers et contrôleurs des redevances de chaque seigneurie passeraient dans les champs, prélèveraient les gerbes de la dîme, celles du cinquième, exigeraient de visiter les maisons où ils suspectaient que l'on avait pu cacher une part des récoltes. La contestation renaîtrait partout, née de la frustration de voir une part de la récolte si chèrement gagnée s'évaporer en épices rares, en nourriture pour les chiens du seigneur, en robes de soie, voire en ciboires précieux et en encens, quand les enfants d'ici souffraient de la faim six mois de l'année. Chaque année, causées par une ignominie de plus, une de trop, des révoltes éclataient dans quelque coin du royaume. Elles se terminaient toujours tragiquement pour les insurgés, pourchassés, suppliciés, pendus, après avoir commis, eux aussi, des crimes à la hauteur de leur rage.

S'il avait été totalement désespéré, si toute foi en la vie l'avait quitté, il aurait pris la fourche, lui aussi, et aurait pu prendre d'assaut l'un de ces châteaux bâtis pour faire peur aux populations en espérant mourir au combat. Mais, outre que cette attitude aurait été païenne, voire diabolique, il n'avait pas perdu tout espoir.

Le son de sabots le tira de ses réflexions. Il redescendit vivement du pont et se dissimula sous l'arche. Il ne voulait pas être vu, reconnu, qu'on lui demande pourquoi il ne restait pas à la fête. L'homme qui approchait, venant de la rive gauche, ne tenait pas à être vu non plus. Il démonta avant de franchir le pont, entrava son cheval et le laissa aller au bord de l'eau. Puis, furtivement, il traversa. Barthélemy reconnut en lui l'homme au chapeau à plume qu'il avait déjà vu le jour où l'écluse avait été démolie. Il se dirigeait vers la fête. Il attendit quelques minutes, à l'ombre de l'arche, puis le suivit discrètement.

Les villageois s'étaient tous levés pour danser autour du feu, même la grand-mère d'Ytier. Guithona, en tête de la ronde, chantait à pleins poumons. Elle avait délaissé la sévère guimpe de veuve, le feu et le sourire joyeux lui donnaient un air de jeune fille, que parvenaient à peine à démentir les mèches grises s'échappant de sa coiffe. Guillelma n'était plus là, non plus que ses enfants. L'homme au chapeau ne se voyait nulle part. Il resta quelques minutes à regarder les gens rire et s'amuser, les enfants sauter au-dessus du feu, puis retourna dans sa grange.

Il dormit d'une seule traite jusqu'au lever du soleil, que n'accompagnèrent pas, comme à l'accoutumée, les bruits des travaux journaliers. On paressait dans toutes les maisons. Un cri aigu perça la morne torpeur de ce lendemain de fête. Il se leva aussitôt, enfila chausses et chemise en hâte.

— À l'écluse ! disait une voix entre la peur et le dégoût.

Des visages apparaissaient aux portes, hommes et femmes bouffis de sommeil. Barthélemy courut jusqu'à l'écluse, que nombre de badauds avaient déjà rejointe. À genoux au bord de l'eau, une femme tentait de ramener ce qui ressemblait à un sac d'étoffes. Le bâton qu'elle tenait parvenait à atteindre l'étoffe, mais pas à la ramener.

— Aidez-moi un peu, vous voulez bien ? dit-elle d'une voix irritée aux premiers arrivants, qui riaient en la voyant faire.

— C'est pour ça que tu cries ?

— Sinistre abruti ! Tu ne vois pas que c'est un homme ?

PARCHEMIN ET SCEAU

On n'aurait pu trouver plus agréable pour un rat de cour que la vie d'otage en Angleterre. Mais Randon était aussi peu un rat de cour qu'Ysabellis une brodeuse. Un mois qu'il était là, dans ce château, à enchaîner les fêtes avec de lointains cousins qui vivaient de l'autre côté du pays, sans comprendre la langue des serviteurs et des paysans locaux, sans comprendre la différence entre un *cottager* ou un *border*...

Le hall de ce château était splendide, il devait le reconnaître et s'en inspirer pour les prochains travaux qu'il ferait dans ses propres demeures. Mais ces seigneurs normands installés en Angleterre pouvaient multiplier les fenêtres, ils n'avaient guère à se soucier de la défense. C'est sur le continent qu'ils venaient porter le fer. Cette pensée l'échauffa encore plus.

Une petite chevauchée, à ce moment, franchit les portes et fit halte dans la cour. Il y aurait peut-être des lettres du continent ? Il se refusa à descendre. Il était suffisamment important pour qu'on lui monte sans attendre toute missive qui lui serait adressée.

De fait, un valet vint s'incliner devant lui, portant une petite série de rouleaux de papier. Son châtelain de Châteauneuf. Quelques vassaux. Et sa femme. Il brisa le sceau et ouvrit la lettre.

Elle était très courte :

« Très cher ami,

Je vous supplie de me pardonner, je ne suis pas digne de la confiance que vous avez placée en moi en me remettant la conduite des domaines en votre absence. » Il fronça les sourcils. Que se passe-t-il donc ? *« Les manants du val d'Amblavès ont été très agités et se sont fait remarquer en brisant l'écluse que vous faisiez construire. »* Diable, l'écluse ? Mais que fait Barthélemy ? *« Les séditieux ont été fermement punis, mais cela n'a pas entamé leur volonté de nuire. On vient de m'apporter la nouvelle que le nouveau bayle du val d'Amblavès a été assassiné. Des hommes l'ont retrouvé noyé dans l'écluse. Très cher ami, je ne sais que faire... »*

Noyé ? Barthélemy... noyé.

Le sire de Borne entra à ce moment, une lettre à la main, un grand sourire sur le visage. Il s'arrêta net devant l'expression de Randon :

— Mauvaises nouvelles ?

— Un de mes bayles a été assassiné.

— Votre bayle ? Était-il un proche pour que sa mort vous afflige tant ?

— Pas du tout, c'était un manant. L'idiot, se laisser tuer quand je comptais sur lui !

— Comme vous y allez. Le pauvre homme, ce n'est sans doute pas de sa faute.

— Bien sûr que si. On voit que vous ne connaissez pas Barthélemy. Il se sera jeté en plein danger sans même un couteau de cuisine pour se défendre. Je n'ai jamais vu quelqu'un d'aussi trompe-la-mort.

— Il faut garder les métiers d'armes aux nobles. Un manant bayle ! Et pourquoi pas une femme ?

— Oui, pourquoi pas ?

Le sire de Borne regarda Randon bizarrement et préféra ne pas poursuivre la conversation. Il se plongea dans son propre courrier. Randon lut la fin de la lettre :

« Je suis au désespoir et vous supplie de m'envoyer au plus vite vos instructions. Votre, Mascaronne. »

Il revit en pensée la silhouette d'Ysabellis telle qu'elle avait quitté le château au début de l'été.

« Et maintenant, que va-t-elle devenir ? Elle serait bien capable de m'empoisonner puis de se jeter dans la Loire », grommela-t-il. Il se sentit extrêmement fatigué. Il réclama un verre de vin, un parchemin. Il fallait répondre à Mascaronne.

Barthélemy avait été l'un des premiers à répondre à l'appel d'Anthonia, et le premier aussi à reconnaître dans le corps bouffi et gorgé d'eau les traits de Guionet de Beaulieu. Une bouffée d'angoisse l'envahit. Le moment longtemps différé était venu et, sous peu, il occuperait la place de l'assassiné. À quelques-uns, ils sortirent le corps de l'eau et l'étendirent sur les galets au bord de la rivière. À genoux près du corps, il chercha le cœur pour vérifier, comme s'il pouvait exister un doute, que Guionet ne vivait plus. Il secoua la tête et leva les yeux vers les visages qui guettaient le sien avec anxiété :

— Il est mort. Il faut prévenir le châtelain. Gardez le corps, j'y vais.

Des hochements de tête, des murmures d'assentiment, répondirent à son offre généreuse. Seul, il marcha vers le château.

Les portes étaient fermées. Depuis le premier incident à l'écluse, le châtelain ne prenait pas le risque de laisser des indésirables mettre le pied dans sa forteresse. Il cogna. Un soldat lui ouvrit, apparemment stupéfait que cet homme-ci ose encore frapper à cette porte-là.

— Je veux voir le châtelain.

— Pourquoi ça ?

— Un meurtre.

— Qui ?

— Vous verrez bien.

Le soldat obéit sans discuter et, quelques minutes plus tard, Huguenin de Rodde descendait dans la cour, de mauvaise humeur.

— Encore vous, Mazeirac ? Vous aimez les ennuis ?

— Ceux que j'apporte sont pour vous. Un corps vient d'être découvert dans l'écluse.

— Un corps ? Qui est-ce ?

— Guionet de Beaulieu.

— Le bayle ?

— Oui.

— Les layres ! Ils l'ont fait !

Il pâlit, ses tempes se couvrirent d'un voile de sueur.

— Et comme par hasard, c'est vous que je retrouve au milieu !

— Vous avez raison, ce n'est pas tout à fait un hasard.

— Qu'est-ce que ça veut dire ?

— Vous le saurez bientôt. Envoyez un message sans tarder à la vicomtesse.

— Je n'ai pas d'ordres à recevoir de vous.

— C'était un simple conseil.

— Gardez vos conseils ! Où est le corps ?

— On l'a sorti de l'eau. Il est encore sur la berge.

— Bon. Gherard, galope jusqu'à Polignac et mets la dame au courant. Qu'elle nous envoie quelqu'un, le plus vite possible. Je suis châtelain, moi, ce n'est pas mon rôle que de m'occuper de meurtres.

« Non, c'est le mien », songea Barthélemy, mais il se tut. « Pas encore. »

La nouvelle s'était répandue et, de tous les mas environnants, de petites files d'hommes, de femmes et d'enfants approchaient. L'assassiné avait été honni, mais, de sa mort, nul n'osait se réjouir, même secrètement. Chacun savait bien ce que ce meurtre risquait de coûter aux habitants du val d'Amblavès.

La foule s'écarta pour laisser passer Huguenin de Rodde, qui se pencha sur le corps en prenant soin de ne pas mettre le pied dans la flaque d'eau sale dans laquelle il baignait.

— Il est mort, ne put-il que répéter.

Les ex-prisonniers s'étaient regroupés autour d'un aulne, leurs regards vigilants allaient du bayle mort au châtelain, du châtelain au bayle, discutant à voix basse et précipitée. Que se passerait-il maintenant que quelqu'un avait commis l'irréparable ? Fallait-il se soumettre ou ne valait-il pas mieux jouer sa dernière carte ? Quitte à mourir, autant mourir en se battant pour ses terres, sa femme, ses enfants. Le châtelain, qui comprenait le sens de ces regards, transpirait de plus en plus abondamment, ne sachant que faire. Barthélemy intervint :

— Éloignez les enfants. Ce n'est pas un spectacle pour eux.

Quelques hommes semblèrent sortir d'une rêverie désagréable. Le châtelain le considéra d'un œil inquiet. Quel genre de spectacle ? Celui d'un notable noyé ou celui d'un notable que l'on assassine ? Guillelma, avec d'autres femmes, emmena les enfants par le chemin, au grand soulagement de Barthélemy. S'il devait se produire quelque chose, autant qu'elle n'en soit pas. Les hommes resserrèrent leur étreinte autour du châtelain et du corps. Barthélemy parla à nouveau :

— Anthonia, à quel moment es-tu arrivée à l'écluse ?

— Peu après le lever du soleil.

— Est-ce que quelqu'un est venu à l'écluse hier ?

Personne ne répondit. Le châtelain semblait frappé de mutisme.

— Personne ne sait s'il était déjà là hier soir ?

— Moi, je suis venu hier, annonça Gonet courageusement. Il n'y était pas, j'en suis certain.

— Donc il a été noyé cette nuit.

— Il a été noyé ? Il n'a pas pu se noyer tout seul ? interrogea Anthonia.

Barthélemy eut un sourire grinçant :

— Dans une si petite écluse ? Il faudrait qu'il ait été bien saoul. Non, c'est un meurtre.

Un long silence tomba sur l'assistance jusqu'à ce que Huguenin de Rodde explose :

— Dégagez ! Allez, dégagez ! Tous !

Mâchoires serrées ou moues perplexes sur le visage, les villageois refluèrent lentement. Barthélemy resta auprès du corps, et le châtelain n'osa pas le renvoyer. Deux moines approchaient en sens inverse, portant un brancard. Le premier s'adressa au châtelain :

— Nous avons été prévenus. Peut-être pourrions-nous l'emporter dans l'église en attendant les souhaits de sa famille.

— Bonne idée, approuva Barthélemy. Installez-le sur un autel bien éclairé. Je dois l'examiner avant tout.

Le moine leva sur lui des yeux stupéfaits, mais comme le châtelain ne disait rien, il acquiesça docilement. Huguenin de Rodde se tourna alors vers Barthélemy, une haine difficilement contenue lui déformant les traits :

— Je vais prévenir la famille. Ils sauront tout, vous pouvez me croire.

— Je vous crois.

Les moines couchèrent le corps sur un autel latéral de la petite église, entouré de cierges, et se retirèrent. Resté seul, Barthélemy ôta les vêtements du mort et l'examina soigneusement. Il ne portait pas de blessures graves, sauf un coup à la tempe, partiellement caché par ses cheveux. Dans l'aumônière, il découvrit le sceau du mandement, qu'il garda pour lui, et quelques pièces d'argent et de billon, qu'il laissa. Un peu trop malmené, le mort vomit une eau vaseuse qui inonda l'autel. Le prieur arrivait à grands pas.

— Que faites-vous là ?

— Plus rien, père prieur. J'en ai fini. Le corps de Guionet de Beaulieu refuse de me donner le nom de son assassin.

— Qui vous permet de prononcer des accusations pareilles dans mon église ?

— Je n'accuse encore personne. Mais regardez le corps de plus près. Il ne porte aucune blessure mortelle, simplement quelques persures qui montrent qu'il s'est débattu face à un ou des adversaires.

— Comment pouvez-vous en être certain ?

— Il serait stupide de nier l'évidence. Guionet de Beaulieu est mort et les manants sont sur le point de se soulever. La seule chose qu'il reste à sauver en val d'Amblavès, c'est la justice.

— Je pourrais vous demander en quoi votre opinion sur la justice peut bien compter dans le cas qui nous occupe. Mais…

Le prieur recula d'un pas pour mieux toiser l'étrange apprenti marchand, le locataire de la veuve Quintina, l'improbable prisonnier du châtelain.

— Qui êtes-vous, Barthélemy Mazeirac ?

— Avec tout le respect que je vous dois, vous venez de le dire. Merci de votre offre généreuse de prendre soin du corps. Je suis rassuré de savoir qu'il est entre de bonnes mains. Au revoir, père prieur.

Il s'inclina profondément et quitta l'église. Le prieur, d'ordinaire courtois, se contenta d'une sorte de grommellement indistinct, furieux envers ce Gabalitain, et plus furieux encore envers lui-même.

Barthélemy retourna à l'écluse pour y examiner les traces éventuellement laissées sur place par le meurtrier. Le piétinement des villageois avait tout effacé, si traces il y avait eu. Il examina le bois de la trappe, le mécanisme fraîchement réparé, mais ne put en tirer aucune conclusion. Il retourna au château.

Le soldat, cette fois, lui ouvrit la porte avec une sorte de révérence piteuse. S'il avait pu rentrer dans le sol, il l'aurait fait. Huguenin de Rodde était aux écuries, occupé à bouchonner son cheval. Il se retourna en entendant Barthélemy arriver :

— J'ai prévenu la famille de Guionet. Ils réclament justice.

— Il faut les faire patienter. La justice n'est pas la vengeance.

— Ce sont bien des paroles de vilain. Vous me devez des explications, Mazeirac.

— Je veux mon cheval. J'en ai besoin pour enquêter.

— Il est là. Il a été bien traité. Qui vous envoie ?

— Le vicomte.

— Avez-vous une preuve de ce que vous avancez ?

Un petit sourire joua sur les lèvres de Barthélemy :

— À votre avis ?

Il détacha Fauve, lui caressa le pelage avec plaisir et le conduisit hors de la stalle.

— Gherard n'est pas encore revenu ?

— Non.

— Je me rendrai au château de Polignac dès qu'il aura rapporté les nouvelles. D'ici là, ne faites rien. Je m'occuperai de l'enquête personnellement, et je ne veux aucune interférence.

— J'espère que vous êtes sûr de vous, Mazeirac, sinon je me ferai un plaisir de vous pendre de mes propres mains, vous pouvez me faire confiance.

— Je ne vous fais pas confiance, justement.

Gherard ne rentra qu'au soir tombé. La nouvelle du meurtre du bayle avait semé l'effarement. Un courrier avait été immédiatement envoyé au sire de Randon, en Angleterre. La dame avait semblé désemparée, et de nombreux conciliabules avaient eu lieu avant que ne soit finalement prise la décision de convoquer un conseil. Il aurait lieu après la messe de prime, tous les officiers et vassaux de la seigneurie y étaient convoqués. Barthélemy accueillit ces nouvelles avec satisfaction. Le moment était venu.

Avant le lever du soleil, des chevauchées venant de tout le mandement convergèrent vers la forteresse de Polignac, grimpant le chemin étroit qui conduisait au sommet du rocher et franchissant la barbacane. Les écuries furent rapidement débordées. Les chevaux furent laissés à pacager à l'intérieur des murailles, et un écuyer leur apporta du foin de la dernière récolte. Les hommes (et quelques femmes) entrèrent par petits groupes dans la chapelle. Rarement messe de prime au château avait été aussi fréquentée. Les résidentes, arrivées les premières, regardaient de sous leurs voiles et guimpes les hommes prendre place sur le côté droit de la chapelle. Quelques-uns avançaient avantageusement et se plantaient tout près de l'allée des femmes, l'air de ne pas remarquer leurs regards furtifs. D'autres, plus nerveux, se collaient dans un coin en attendant.

Le chapelain commença la messe, d'une voix monocorde. Pourquoi se mettre en frais, puisque les bavardages, de toute façon, couvraient sa voix ? Barthélemy s'était glissé dans l'église, écoutant les commentaires tous plus martiaux les uns que les autres.

— Il faut les écraser ! C'en est trop !

— Le vicomte s'est montré bien trop indulgent avec les manants jusqu'à maintenant. Il est temps de frapper fort !

— Le vicomte ? Le vicomte ? Depuis l'Angleterre ?

— Il faut d'abord choisir un nouveau bayle.

— Vous n'y pensez pas. On ne peut pas confier la recherche de l'assassin d'un officier de la seigneurie à un débutant !

— Que le bayle du mandement de Polignac s'en charge.

— Cet incapable ?

Il comprit que son investiture n'était peut-être pas gagnée d'avance. Et si l'assemblée profitait de l'occasion pour prendre ses distances vis-à-vis du seigneur absent ? La messe achevée, la plupart des femmes quittèrent la chapelle en un défilé de robes aux couleurs vives. Il chercha Ysabellis des yeux et la vit, derrière le chœur, une couronne de fleurs tressée à la main. Elle en couronnait une statue de bois, puis fit mine de s'agenouiller. Il secoua la tête, se demanda si quelqu'un d'autre que lui se rendrait compte qu'elle jouait la comédie de la piété. Mais, apparemment, personne ne faisait attention à elle.

Peu à peu, les officiers s'ordonnèrent. Des servantes et serviteurs apportèrent des bancs, qu'ils disposèrent des deux côtés de la nef. Une haute chaise fut disposée pour la dame, dos à l'autel. La demoiselle se tint dignement debout à ses côtés. Elle portait pour l'occasion sa robe de soie froissée, sur laquelle les vitraux du chœur peignaient des motifs baroques. La dame s'assit. À ce signal, tous l'imitèrent, sauf Barthélemy, qui n'avait encore aucun titre à ce faire. La dame semblait petite, pâle, fatiguée.

— Mes chers officiers et féaux, je vous ai réunis aujourd'hui pour faire face à une situation exceptionnelle. Hier, le bayle du val d'Amblavès a été retrouvé assassiné, noyé dans l'écluse que le vicomte faisait construire sur la Loire à hauteur du village de Volte. C'est un acte de rébellion extrêmement grave. Mes chers féaux, en l'absence de mon époux, le vicomte, je m'en remets à vos conseils.

Devançant tout le monde, ignorant les exclamations et les rappels à l'ordre, Barthélemy s'avança jusque devant la cathèdre de la dame et porta un genou en terre :

— Ma dame, j'ai l'honneur de vous demander de m'entendre avant toute autre chose.

— Qui êtes-vous ? Et que voulez-vous ?

— Je suis Barthélemy Mazeirac, de Marcouls-en-Margeride. Avant de partir en Angleterre, le vicomte m'a confié une mission. Il m'a donné ordre, en cas de troubles, de me présenter à vous et de faire état de ce parchemin, que voici.

Un peu interloquée, la dame prit le document, en vérifia le sceau, puis le décacheta et le lut. Une fois. Deux fois. Elle le retourna, pour vérifier qu'aucune supercherie ne s'y cachait, et releva les yeux vers Barthélemy :

— C'est un acte de la propre main du vicomte, revêtu de son sceau personnel. Vous êtes bien le Barthélemy Mazeirac dont il est question ?

— Oui, ma dame.

— Pourquoi ne vous êtes-vous pas présenté avant ? Les troubles ne datent pas d'hier.

— J'avais pour devoir de faire connaissance avec le pays et avec ses habitants avant tout.

Autour d'eux, le silence s'était installé, les étoffes seules bruissaient, trahissant les mouvements inquiets et curieux des nobles rassemblés.

— Je n'ai jamais entendu parler de vous. Êtes-vous un des vassaux du Gévaudan ? Ou un parent éloigné ?

— Ni un parent ni un vassal, ma dame. Je suis un homme lige, justiciable, corvéable et taillable aux cinq cas.

Barthélemy saisit alors la pleine signification de la cérémonie d'hommage que Randon lui avait imposée au début de l'été. Il crut entendre tinter, à distance, l'écho du rire de Randon.

— Ah ! C'est une situation singulière. Mais je dois m'en remettre totalement à la volonté de mon époux. Agenouillez-vous. De par la volonté du seigneur de Randon et de Polignac, Barthélemy Mazeirac, je vous investis de la fonction de bayle du mandement du val d'Amblavès. Vous pouvez vous relever.

Barthélemy obéit, tandis que les vassaux, chevaliers et officiers s'agitaient sur leurs bancs, pas certains de comprendre ce qui se passait, et encore moins sûrs d'apprécier.

— Ce manant, bayle ? On n'a jamais vu ça ! protesta Astorge de Mercœur.

— Si. Parfois, le corrigea Huguenin de Rodde, apportant à Barthélemy un soutien auquel il ne s'était pas attendu.

— Et quels talents avez-vous pour remplir ces fonctions ? interrogea le sire de La Tour, un homme dans la cinquantaine, à la barbe imposante.

Son voisin marmonna :

— Je crois que je sais. Vous vous souvenez, Grandrieu ? La disparition de cet officier royal qui avait fait tant de bruit ? Le sergent qui avait résolu l'affaire...

— C'était lui ?

— Et ce vilain crime de Pradelles, c'était vous ?

— C'était moi aussi, confirma Barthélemy.

Hugues de Chalencon siffla entre ses dents.

— En somme, vous êtes ici aujourd'hui en tant que maître ès meurtres ?

Barthélemy sourit en coin, sans relever l'offense.

— Vous pouvez dire cela.

— Et que comptez-vous faire, puisque vous êtes le nouveau bayle ?

— Découvrir le meurtrier de Guionet de Beaulieu me paraît, de toutes les tâches, la plus urgente.

— Vous ne craignez pas de finir comme lui ? s'inquiéta la vicomtesse.

— Cela pourrait arriver, ma dame.

— Voulez-vous des soldats ? lui proposa le châtelain de Volte.

— Non, merci. Le val d'Amblavès est au bord de soulèvements majeurs. J'ai vu la façon qu'avaient vos soldats d'agir.

— En tant que bayle, votre rôle est de trouver le coupable de ce meurtre ignoble, l'interpella le sire de La Tour, mais aussi de maintenir l'ordre dans le mandement. Comment le ferez-vous sans quelques soldats ? Surtout dans la situation présente ?

— Je crois que des soldats feraient plus de mal que de bien. Ma dame, je vous demande de faire grâce à la veuve de Jehan Chapade, mort sur le pilori, de l'amende de dix livres qui avait été infligée à son époux. Ce serait un geste de paix qui aiderait grandement à ramener le calme dans la vallée.

— Ce serait un déni de justice ! s'emporta la demoiselle.

— Ce serait nécessaire, insista Barthélemy.

— Je prendrai le temps d'y réfléchir, conclut la dame, avant de lever la séance, visiblement soulagée que son époux, même de si loin, puisse encore prendre la main.

Barthélemy se trouva aussitôt entouré d'une nuée de hauts personnages et pressé de questions. Certains se montraient hostiles ou distants. Quelques-uns tâtaient le terrain, cherchant à déterminer si le nouveau venu pouvait être conseillé ou manipulé.

Le sire de Mercœur l'observait à distance, un peu inquiet. Ce nouveau bayle ne manquait pas de prestance malgré ses vêtements raccommodés, il ne montrait aucun signe d'embarras et s'exprimait avec aisance. Était-il possible qu'il ne soit qu'un manant, ou était-ce encore un coup tordu du vicomte ?

Barthélemy, lui, regardait, écoutait, réfléchissait, parlait le moins possible. Sans montrer d'impatience, il répondit à de nombreuses questions, veillant à décourager toutes les tentatives des officiers et officiels d'empiéter sur son nouveau territoire. Il n'était pas certain d'avoir raison de refuser toute aide. Mais le sire de Randon l'avait voulu ainsi, et il était trop ignorant du monde de la chevalerie pour s'aventurer à désobéir sur ce point. Ceux à qui il pouvait faire confiance étaient les mêmes que ceux à qui Randon faisait confiance. Et aux dires du seigneur, ils étaient rares. D'un coup d'œil, il vérifia qu'Ysabellis était toujours dans son coin. Oui, personne n'aurait pu douter, en voyant la lueur brillant dans son regard noir, de la sincérité de sa prière. Lui et elle. Personne d'autre.

SIRVENTÈS*

Ysabellis quitta l'ombre de la chapelle peu de temps après le dernier chevalier. Les jours bénis de la sellerie étaient depuis longtemps passés, elle devait reprendre sa place parmi les femmes, qui s'attardaient à l'ombre fraîche d'un tilleul en un groupe coloré. Leurs regards s'égaraient furtivement sur les hommes, qui continuaient à discuter de la situation en attendant que l'on mette un tonneau en perce. Un banquet était prévu à la mi-journée, aussi fastueux qu'il était possible de le faire en si peu de temps. Un défilé d'hommes et de femmes franchissait la poterne du château portant poules, oies, canards, poissons, moutons, paniers de verdure, seaux de lait, tout ce qu'il fallait pour nourrir la centaine de présents. Un atelier de plumage avait été improvisé autour d'un chaudron d'eau chaude, devant la baraque des cuisines. Bientôt s'élèveraient les parfums subtils de la chair rôtie et des épices. Pour le moment, cela puait la plume ébouillantée et le viscère répandu.

— Il est beau notre nouveau bayle, chuchota la jeune Bertilde.

Ysabellis pivota, prête à foudroyer l'impudente, avant de se rappeler qu'elle ne devait pas faire état de ses droits sur le beau bayle. Et d'ailleurs, quels droits ? Aegida de Coubladour répondait déjà :

— Il sent quand même son manant. Cette façon de monter à cheval…

Quelques rires étouffés accueillirent la saillie. Ysabellis rougit de colère.

Sur un mot de la demoiselle, filles et femmes montèrent les escaliers du donjon, les joues plus roses, chuchotant avec animation. « Voilà l'effet que leur fait la mort d'un homme », songea Ysabellis avec rancœur. Elle s'assit à sa place habituelle et sortit de sa besace un coupon de lin qu'elle s'appliquait à broder. Après des semaines entières passées à filer, Marguerite était venue à sa rescousse et l'avait initiée à l'art de la broderie. La dame lui avait offert la pièce de lin en remerciement de services rendus (Ysabellis se demandait bien lesquels, d'ailleurs). Elle était maladroite et le résultat était probablement très laid, mais tant qu'elle brodait, elle pouvait prétendre être trop concentrée pour prêter attention à la conversation.

Elle s'était aperçue avec une certaine surprise que sa rude pénitence lui avait gagné quelques sympathies. Aegida de Coubladour, qui ne lui avait jamais adressé la parole jusqu'alors, lui avait même demandé un remède contre une maladie de peau. À sa suite, d'autres jeunes femmes lui avaient demandé, qui un onguent pour soigner un orgelet, qui un pessaire pour des maladies qui ne concernent pas les hommes. Elles aimaient les remèdes au miel, les pommades à l'huile de rose ou de violette, toutes médications qu'Ysabellis apprenait à préparer, dosant la cire et l'huile, faisant varier les temps de macération pour conserver le parfum le plus puissant possible.

Elle pouvait donc parfois s'évader du donjon, pour aller tantôt dans les potagers, tantôt dans la cuisine, sans jamais franchir le rempart. Elle se consolait en dressant l'inventaire des plantes, nombreuses, qui croissaient naturellement ou par la main de l'homme dans les espaces vierges du château. Les roses, fanées maintenant, avaient été superbes, et elle avait pu faire une grande provision de pétales, qui séchaient dans un coin du cellier.

La surveillance autour d'elle était devenue plus rigoureuse que jamais. Si elle commettait à nouveau le moindre faux pas, elle s'exposait aux peines fréquemment prononcées par l'Église : des mois ou des années de jeûne, voire même une séparation d'avec son époux. Elle pensait en grinçant qu'elle n'aurait pas la chance d'être condamnée à une peine de pèlerinage. Elle devait à tout prix ne pas attirer l'attention de l'Église pour des fautes vénielles pour que la redoutable institution ne s'intéresse jamais à ses activités les moins bénignes.

L'été filait sans elle. Les paysannes avaient dû, depuis longtemps, découdre leurs demi-manches et relever leurs cottes dans leurs ceintures. À peu près au même moment, celles du château avaient troqué leurs robes de laine épaisse contre des tenues plus légères, au décolleté plus large et aux manches teintes de couleurs vives, brodées de motifs de fleurs. Cette année, Ysabellis n'avait pas entendu les plaisanteries de saison sur la couleur des jambes des hommes quand ils abandonnaient le port des chausses. Elle n'avait ni coupé, ni lié, ni transporté les gerbes de blé jusqu'aux granges et aux aires à battre. La fête des moissons avait eu lieu sans elle, et elle ne s'était pas imaginé que cela lui manquerait autant.

Mais aujourd'hui, la trêve des récoltes semblait achevée. Et la bourrasque forçait la porte du donjon des femmes.

— La vieille Micha était à Beaulieu, aujourd'hui. Les gens n'y sont pas contents, commença Marguerite, de sa voix posée.

— Contents ? Les gens ne sont jamais contents, coupa la demoiselle. Au paradis, ils trouveront encore que la soupe est trop salée.

— Il y a de la soupe au paradis ? interrogea la petite Aybeline.

— Ça semble plus sérieux que d'habitude, continua Marguerite, en ignorant Aybeline. Il se trouve même des voix pour s'élever contre notre sire vicomte.

La dame tiqua :

— Quelles voix ?

— Micha ne l'a pas dit, mais…

— Des parents à ces Chapade, j'en jurerais, grogna la demoiselle.

— Les Chapade ? Il n'y a pas de Chapade à Beaulieu.

— Nous le savons, Marguerite, que vous avez de la famille à Beaulieu, intervint la veuve Guigona, d'un ton très légèrement narquois. Jusqu'à La Mure, même ?

La peau blanche de Marguerite se teinta d'un rose délicat. Elle baissa la tête sur son ouvrage, commença une série de points compliqués et ne parla plus. Mais les autres femmes n'abandonnèrent pas le sujet, prêtes à braver la demoiselle pour étancher leur soif de nouvelles. Aegida de Coubladour, qui n'était pas la plus sotte, releva le défi :

— Tout de même, il faut que justice soit rendue, ou ces manants se soulèveront.

— Se soulever ? Vous plaisantez, Aegida !

— J'aimerais plaisanter, demoiselle. Il n'y a pas que les Chapade pour protester, ces derniers temps.

— Qui d'autre ?

— Vous ne descendez jamais aux cuisines, demoiselle ? Les cuisiniers, les servantes, les lingères, tous en parlent. Il se disait, il y a moins d'une semaine, qu'un jeune homme, dans une taverne, avait insulté notre sire vicomte et que, l'apprenant, Guionet de Beaulieu l'avait fait battre si fort qu'il en avait perdu un œil.

— Est-ce que, par hasard, jeune fille, vous excuseriez ses assassins ?

— Pas du tout ! s'indigna Aegida. Bien au contraire. Il faut les punir.

— Aegida, une jeune fille sage et avisée devrait savoir que ces choses-là concernent les vassaux et les bayles, mais ne devraient pas être dites devant des enfants.

— Ce bayle, reprit Guigona, s'adressant à la dame, d'où vient-il ?

— De Margeride, répondit la dame d'une voix lasse.

— Croyez-vous qu'il sera à la hauteur ?

— Je l'ignore, mais c'est la volonté du vicomte qu'il occupe cette place.

Toutes se turent instantanément. Le vicomte les effrayait davantage que la demoiselle. Ysabellis étouffa une bouffée de rage en pensant à la stricte loi qui lui interdisait *de facto* de communiquer avec Barthélemy.

La cloche sonna enfin pour la messe de sixte. D'un seul mouvement, les femmes se dressèrent, rangèrent leurs coupons et aiguilles. Aybeline reçut une taloche pour avoir ri trop fort. La messe se déroula dans l'impatience. Enfin, elles sortirent de la chapelle, en file. Les hommes les attendaient avec gourmandise ; le marché matrimonial était ouvert. Le grand à l'air avantageux, c'était Martin de Coubladour, le frère aîné d'Aegida. Le sire de La Tour était venu en barbe et robe longue, comme l'homme important qu'il était. Le grand roux à la mine maussade était le vigier du val d'Amblavès.

— Il tire une mine de triste sire... Il convoitait depuis longtemps la place de bayle, chuchota Guigona à sa voisine.

— Mais il est de petite extraction, non ?

— Pas tant que ça. C'est le fils d'un coseigneur de Recours, mais sa mère est une bâtarde de Chalencon.

— Ça ne suffit pas, apparemment.

— Et ce Mazeirac ? D'où il sort, à ton avis ?

Chacun prit place, selon une hiérarchie rigoureuse tenant compte de l'alternance homme-femme. Alors que les pages apportaient l'eau pour les ablutions, maître Bourcesel entra en retard, la démarche lourde et le pourpoint chiffonné. Il s'excusa auprès de la dame et vint s'asseoir aux côtés d'Ysabellis, au bas bout de la table. De près, son visage était effrayant, les traits tirés, les joues bleuies, des cernes sombres sous les yeux. Ysabellis ne l'avait que peu vu depuis sa convalescence. Il ne passait plus qu'occasionnellement au château et n'y restait pas. Comme tous ceux de son art, il parcourait la campagne, allant au chevet de qui l'appelait, ou recevait chez lui les flacons d'urine de malades apportés par des domestiques. Ceux-ci repartaient ensuite, nantis d'un diagnostic et d'une prescription. Elle s'étonna de le voir surgir ainsi, lui qui mettait tant de soin à soigner sa mise.

— Un malade en mauvais état ? demanda-t-elle à voix basse.

— Un accouchement.

— Et ?

— Morts tous les deux. Le premier jumeau est vivant, mais il est si petit ! Il ne le restera pas longtemps sans le lait de sa mère.

— Il se présentait mal ?

— Par l'épaule.

Il se tut. Elle aurait juré qu'il avait pleuré. On apportait les premiers plats. De la pointe de son couteau, il découpa un morceau de viande et la lui tendit.

— Qu'aurais-je dû faire, à votre avis ?

— Vous avez tenté une manœuvre ?

— Plusieurs. Mais à chaque fois, il se tournait dans le mauvais sens. Deux jours que ça durait. Pour finir, le cœur de la mère a lâché. Vous vous y connaissez en accouchements ?

— Pas tellement. Je suis jeune, s'excusa-t-elle.

— La prochaine fois, je vous appellerai.

— Ce serait volontiers. Mais la demoiselle ne me laisse pas sortir.

— Vous n'êtes pas coincée ici à vie. Quand le sire vicomte sera de retour, vous pourrez rentrer chez vous. Ou rester par ici.

Il mangea un morceau, courbé sur son tranchoir, mâchant longuement, comme s'il n'arrivait pas à avaler. Il but longuement un vin clair coupé d'eau, reposa le hanap et s'essuya proprement la bouche sur la nappe.

— Il y avait aussi une sage-femme. Elle insistait pour couper l'enfant qui restait en morceaux. Elle disait qu'il y en avait bien assez d'un et qu'il fallait sauver la mère. J'ai refusé, j'ai dit qu'il fallait tenter encore une fois une manœuvre. Et c'est là qu'elle est morte. C'est de ma faute, à votre avis ? J'aurais dû la laisser faire ?

— Je ne sais pas.

— Pourquoi est-ce que vous ne dites pas que j'ai bien fait, qu'il fallait essayer et que leur vie était dans les mains de Dieu, ce qu'on dit habituellement dans ces cas ? s'énerva-t-il.

— Si vous voulez, mais quel bien ça vous ferait ?

— Je n'ai pas besoin de votre sollicitude, et perdez cette habitude irritante de vouloir faire du bien à tout le monde.

— Quand vous perdrez celle d'agresser votre prochain à tort et à travers, siffla-t-elle entre ses dents.

Il eut un petit sourire fatigué et tendit la main vers elle en un geste de paix :

— Topez-là. Soyez franche, qu'auriez-vous fait à ma place ?

— Il y a une manœuvre, mais je ne sais pas si elle aurait pu les sauver. Elle est douloureuse pour la mère.

— Et ça consiste en quoi ?

— Prendre les pieds de l'enfant et tirer doucement.

— Les pieds ? Directement dans la matrice ?

— Je l'ai dit que c'était douloureux.

— Mais oui, ça peut marcher. Vous l'avez déjà fait ?

— Non. Je l'ai vu faire deux fois.

— Si je l'avais su… Pourquoi est-ce que les femmes ne disent jamais ce genre de choses aux hommes ?

— Parce que les hommes ne les écoutent pas.

Le médecin découpa encore quelques morceaux de viande pour elle. Puis il baissa le ton et demanda :

— Et pour Armand ? Du nouveau ?

— Non.

— Et alors, qu'avez-vous fait ces derniers jours ?

— Rien, comme vous le savez parfaitement, bougonna-t-elle, laissant passer dans sa voix plus d'amertume qu'elle ne voulait en montrer. Vous feriez mieux d'aller vous coucher, vous ne valez rien dans cet état.

— Merci de croire que, reposé, je peux valoir quelque chose. Mais vous pourriez dormir, après « ça » ?

— Je préfère ne pas répondre. Vous risqueriez de croire que j'éprouve de la sollicitude à votre égard, et rien n'est plus éloigné de mes pensées.

— À la bonne heure. Mangez donc. Cette sauce est excellente.

Il trempa un morceau de canard dans la sauce verte et lui porta à la bouche, selon les us et coutumes des repas aristocratiques.

— Verjus, basilic, petite oseille, menthastre, pimprenelle… Vous voyez, moi aussi, je connais les bonnes herbes. Ysabellis ne put s'empêcher de sourire.

Les serviteurs, pour la plupart des jeunes gens venus en renfort des villages autour de Polignac, desservirent les plats du premier service. Un bruissement parcourut les tables, des chuchotements, des cris excités.

— Peire Camerosa ?

— Je ne savais pas qu'il était dans la région !

— Il chante divinement.

— La dernière fois, c'était pour les noces d'Aigline de Chalencon, vous vous souvenez ?

— De qui parlent-ils ? demanda Ysabellis à maître Bourcesel, qui peinait à garder les yeux ouverts.

— Peire Camerosa, je crois. C'est un troubadour.

— Ils vont faire chanter un troubadour, dans ces circonstances ? Un homme vient de mourir !

— Et une femme et son enfant… Mais rassurez-vous, il ne sera pas question de chants d'amour. Il va certainement chanter les sirventès moraux de Peire Cardenal. Très adapté.

— Il les chante admirablement, intervint la veuve Perola. C'est un digne interprète pour mon aïeul.

— Votre aïeul ? Vous êtes une descendante de Peire Cardenal ? interrogea Ysabellis, curieuse.

— Ma grand-mère paternelle était sa cousine. Ils ont grandi ensemble, et elle me racontait que, déjà enfant, il aimait les lais et les chansons. Puis il est parti à Toulouse, à Montpellier, et elle ne l'a plus jamais revu.

Un frisson parcourut la foule quand le troubadour entra, un sourire lumineux sur le visage. Une rangée de boucles noires un peu folles encadrait un visage jeune, sûr de son pouvoir de séduction. Ses yeux dépareillés, vert et marron, ajoutaient à son charme. Un jongleur aux cheveux gris le suivait, le corps athlétique moulé dans une tenue étroite. Il marcha jusqu'au centre des tables et s'inclina.

— Dame de Polignac, chers sires, damoiselles, je vous salue et espère vous divertir par ces quelques chants.

Il pinça les cordes de son rebec et entama les premières mesures d'un chant mélancolique :

Qui volra sirventes auzir
Tescut d'enuech, d'antas mesclat
A mi-l demant, qu'ieu l'ai filat
E-l sai ben volver et ordir
E sai ben los malvais cauzir
E conosc ben lur malvestat
E plazon me-l pros e-l prezat
E-ls fais e-ls messongiers azir

Sa voix était belle. Il accompagnait les vers d'une gestuelle savante, émouvante, tandis que le jongleur enchaînait sans sourire les figures les plus complexes. Nombre de jeunes et moins jeunes gens n'auraient pas refusé les chants les plus joyeux et dynamiques, mais le troubadour s'en tint intelligemment à des sirventès exaltant la continence, le renoncement, le vieil âge.

« Faites, pria intérieurement Ysabellis, que personne en val d'Amblavès ne sache que l'on donne des banquets avec des jongleurs alors que le bayle assassiné attend encore une sépulture et que tant de colère gronde. »

Le second service fut encore plus magnifique. Les plats les plus somptueux, les plus généreux, allaient à la table du centre, mais même les communs furent gâtés. D'une marmite couverte parvenait une odeur puissante d'épices. Girofle, cannelle, graine de paradis. Toutes les épices confortantes dont Ysabellis ne connaissait que le parfum, dans l'échoppe de l'apothicaire, envahirent sa bouche et son palais, éclosion de sensations brûlantes et suaves.

— Vous aimez ? interrogea le médecin.

— C'est divinement bon.

— Chut ! Vous passez déjà pour une piètre chrétienne, n'aggravez pas votre cas.

Le festin se poursuivit toute la journée et jusque dans la nuit, mais maître Bourcesel avait quitté la table bien avant. Des gens entraient et sortaient, richement vêtus ou en haillons, et nul ne savait vraiment qui était invité et qui ne l'était pas. Le banquet permettait d'échanger des paroles, des sourires, et même des caresses bien plus librement qu'à l'accoutumée. Ysabellis sursauta en reconnaissant, dans une silhouette, l'homme au chapeau à plume avec qui elle s'était accrochée chez Guillelma. Le temps d'un soupir, il avait disparu. Ou avait-elle rêvé ?

La dame semblait avoir retrouvé un peu de légèreté. Elle souriait et mangeait, semblait-il, d'assez bon appétit. Quelques-uns des vassaux de son mari profitaient de ce regain de bonne volonté chez elle pour lui exposer les problèmes de leurs domaines. Mais s'ils s'attendaient à des réponses ou à des conseils, ils repartaient frustrés. Aegida de Coubladour, entourée d'une petite cour de chevaliers, jouait de ses cils, de son sourire, tout en s'enquérant fort habilement des nouvelles des baronnies. Les chevaliers en venaient à lui raconter par le menu les séances des états du Velay, les rencontres avec les officiers royaux, les montants des dernières levées de taille. « Sans doute, songeait Ysabellis, aurait-elle fait une dame plus efficace que Mascaronne. » La doyenne, Perola, s'était endormie. La petite Bertilde lui avait apporté un linge plié en quatre pour qu'elle puisse appuyer sa tête. Guigona de Jabruzac tenait fermement sa place, buvant comme quatre, parlant de plus en plus fort. Des parents de son défunt époux en visite la traitaient avec déférence et affection. Marguerite, contrairement à ses habitudes, n'était pas seule. Son visage s'animait aux plaisanteries du vigier roux qui semblait avoir surmonté sa déception de la matinée. Aybeline courait entre les tables, ne mangeait que les morceaux les plus fins, chantait de petits bouts de lais à qui le lui demandait, et surtout entraînait avec elle les enfants, leur faisant visiter tous les coins et recoins du château.

Le lendemain régna une atmosphère un peu confuse. Le chapelain s'oublia pour la messe de prime. Le château, dès l'aube, fut envahi par toutes sortes de gens, villageois de Polignac et des alentours, fournisseurs, revendeurs. Les reliefs du repas, tranchoirs imbibés de jus pour le commun, morceaux de canard ou plats de bouillie pour les plus chanceux, étaient distribués ou vendus. Le donjon était exceptionnellement silencieux, les langues pâteuses s'abstenant de fonctionner, sauf pour déglutir difficilement un peu de salive. Une chaleur moite tomba sur le rocher et, même au sommet du donjon, la brise ne parvint pas à la chasser.

Après la messe de sixte, Ysabellis s'attarda un moment dans l'église. Elle caressa du regard la taille nette de la petite tombe grise d'Armand, que rien ne semblait pouvoir réchauffer. Quelle avait été sa vie ? Sa mort avait-elle été le fait d'une erreur, d'une volonté malfaisante ou le fruit d'un de ces innombrables maux qui accablent les enfants de toutes conditions ? Elle se retourna brusquement. Aegida était là, cherchant comme elle un peu de fraîcheur en cette journée caniculaire d'août.

— Malheureux enfant. Malheureux enfant. Je n'arrive pas à croire que je ne l'entendrai plus rire. Il m'arrive encore de sursauter quand je vois un petit garçon bouclé. Mais ce n'est pas lui. Même devant sa tombe, je n'arrive pas à le croire...

— A-t-il beaucoup souffert ?

— Oui ! Du temps de sa maladie, on habitait toutes à l'étage inférieur, mais, de là, on l'entendait pleurer, geindre, à travers le plancher... C'était atroce.

— Vous ne montiez pas le voir ?

— Si, plusieurs fois par jour. Mais il restait dans son lit, rideaux fermés. Il ne supportait pas la lumière.

— Quelle épreuve pour vous ! s'exclama Ysabellis avec compassion.

Le visage énergique d'Aegida se crispa sous l'effet d'une émotion contenue.

— Le pire, c'est qu'il est mort alors qu'il semblait être tiré d'affaire. Maître Bourcesel l'avait veillé jour et nuit pendant une semaine, tout le monde était épuisé. Et puis voilà que le petit baron reprend des couleurs, recommence à manger... Maître Bourcesel s'est alors absenté pour voir d'autres malades. Hélas, s'il était resté, peut-être aurait-il pu le sauver !

— Est-il mort pendant la nuit ?

— Il a rechuté un soir. Il a été mal toute la nuit. Il est mort à l'aube, malgré les remèdes et les potions.

— Des potions ?

— Oui, pour le soulager. Il souffrait tant !

— Est-ce maître Bourcesel qui les avait prescrites ?

— Je suppose que oui. Pauvre enfant, pauvre enfant. L'entendre gémir, appeler. Et puis, au bout d'un moment… plus rien. La dame s'est mise à pleurer, à crier… C'était…

Aegida écrasa une larme et prit dans son aumônière une petite boîte de bois d'où elle tira une pilule de la taille d'un grain de poivre.

— De quoi s'agit-il ?

— Ça ? Une *pilula aurea.* C'est un remède de grande valeur.

— En effet, dit Ysabellis à mi-voix. C'est encore une préparation du maître Bourcesel ?

— Non. C'est un cadeau.

Ysabellis quitta l'église troublée. Des potions, des remèdes… Tout le monde avait le sien, ou les siens. Était-il possible que, dans l'affolement de la rechute, on ait gavé l'enfant de médications ? Et que cet excès de substances l'ait tué au lieu de le guérir ? Elle marcha jusqu'aux cuisines.

La cuisinière en chef était une grosse et belle femme, aux seins généreux, au ventre débordant. Et perpétuellement ronchon. Elle prétendait être de meilleure humeur en hiver, quand le froid s'emparait des cuisines, mais même les jours de pluie, quand tous frissonnaient, elle continuait de se plaindre. Elle supportait les intrusions d'Ysabellis dans sa cuisine en bougonnant, mais acceptait de prêter ses poêlons et ses cuillers, et même que la guérisseuse se mêle de préparer des sauces particulières pour assaisonner les plats de la dame. Ysabellis choisit cette fois de préparer un onguent long et compliqué pour se donner le temps d'une bonne conversation. Elle avait cueilli un bouquet de menthe poivrée, qu'elle réduisait lentement à l'état d'une pâte verte, quand la cuisinière engagea la conversation.

— Encore un remède pour les escarres de la pauvre vieille Perola ?

— Non, cette fois, c'est pour la migraine de Guigona.

— Pour la migraine ? Vrai ? Et ça la guérit ?

— Disons que ça soulage.

— Et je pourrais en avoir aussi ? Juste un peu ? Je vous garderai un gâteau, si vous voulez.

— Même sans gâteau, je vous en donnerai bien volontiers. Vous le méritez bien, debout jour et nuit pour nourrir tout ce monde !

— Le jour seulement. La nuit, Dieu me bénisse, je dors.

— On m'a dit que la nuit où le petit Armand est mort, vous étiez debout, à préparer des potions.

— Ah, mais c'était une nuit particulière. Debout, oui. Il le fallait bien avec tous ces gens qui venaient chercher de l'eau chaude, de l'eau froide, de l'orgée, de la sauge... Mais je n'ai préparé aucune potion. Je ne suis ni apothicaire ni guérisseuse, moi.

— Ah ! Mais qui donc lui préparait les remèdes qu'il a pris cette nuit-là ? interrogea-t-elle de sa voix la plus ingénue.

La cuisinière ne sembla pas y voir malice.

— Il me semble que j'ai vu plusieurs de ces jeunes femmes... Marguerite, Aegida, la petite Bertilde. Il y avait la demoiselle qui faisait des allées et venues. Et même cette gamine qui traîne toujours partout au lieu d'apprendre ses lettres, Aybeline.

— Et qu'ont-elles préparé ?

— Pourquoi vous me demandez ça ?

Ysabellis prit son air le plus humble.

— Pour m'instruire, matrone. On m'a dit qu'il avait de la fièvre, mal à la nuque. Et qu'il craignait la lumière.

— Ah oui, il avait tout ça. Mais la nuit, c'était bien différent. Ça l'a pris aux boyaux. Enfin, aux entrailles. Là, quoi, dit-elle en montrant sa large panse. Il se tordait de souffrance. C'est ce qu'elles disaient toutes. Il vomissait.

Un rictus de douleur passa sur son visage rond, et elle récita une prière. Ysabellis pensa avoir appris de la cuisinière tout ce qu'elle pouvait lui dire. Façon de la remercier, elle enchaîna alors sur son sujet favori :

— Quelle chaleur, aujourd'hui !

LE NOUVEAU BAYLE

Un coup de trompette retentit sur la place de Volte. Une femme laissa tomber sa binette, s'essuya les mains sur son tablier et enjamba la planche de laitues qu'elle désherbait ; une autre posa le lourd seau qu'elle rapportait de la Loire. Une troisième emmaillota rapidement le bébé qu'elle venait de nourrir. Au second coup de trompette, elles étaient sur la place, avec les hommes et tous les enfants des environs. Quelques jeunes adolescents étaient montés sur la croix pour mieux voir. Des murmures conjecturaient ce que l'on allait entendre. Le châtelain était revenu ce matin même. Il y aurait du nouveau.

Gherard, sans descendre de cheval, emboucha une troisième fois sa trompette. Aux canards qui en jaillirent, les enfants sortirent les doigts de leurs narines pour se boucher les oreilles. Le sergent Esteve Blacheyre attendait, nerveux, aux côtés du soldat. Les auditeurs sentirent leur estomac se contracter. Rien, rien de bon ne pouvait sortir de la bouche de Gherard, de sa trompette, du rouleau que le sergent tenait à la main. C'est face à une foule rébarbative que le soldat récita :

— Par ordre du vicomte de Polignac, baron de Randon, seigneur de Rosières et autres places, est nommé bayle pour le mandement du val d'Amblavès à partir de ce jour le dénommé Barthélemy Mazeirac.

Ytier se tourna lentement vers Barthélemy et hurla :

— Layre !

— Taramentrant ! hurla Gherard, content d'avoir trouvé quelqu'un sur qui déverser sa bile. Tu...

— Taisez-vous, Gherard, le coupa Barthélemy. Cela ne vous concerne pas.

Guillelma posa la main sur le bras d'Ytier pour le retenir.

— Si vous ne les matez pas, ils vous tueront vous aussi, continua le soldat.

— Dans ce cas, je vous garderai une place en enfer. Ytier, je veux te voir dans une heure dans l'hospicio de la place.

Ytier tourna les talons sans répondre et quitta la place à grands pas. Barthélemy jeta un regard circulaire. En cet instant, tous savaient, Guillelma, les autres, qu'il leur avait menti pendant près de deux mois. Qu'il avait partagé leurs repas, leurs joies, leur travail, leurs confidences, leurs peines, sous un autre visage que celui qu'il montrait aujourd'hui. Il comprenait et excusait la colère d'Ytier. Il comprenait et appréciait moins le mépris cinglant du soldat Gherard. Il craignait de rencontrer le regard de Guillelma. Les figures affichaient encore une stupéfaction qui dans d'autres circonstances aurait été comique. À leur ébahissement, il constatait avec un brin de satisfaction qu'il avait bien su cacher son jeu. Les esprits les plus agiles tentaient déjà de démêler si cette nomination tenait de l'aubaine ou de la catastrophe, et réfléchissaient en accéléré aux conséquences les plus prévisibles.

— Dégagez, dégagez ! hurlait maintenant Gherard, sa trompette sous le bras.

Il devait répéter sa proclamation en tous lieux du mandement, parcourir tous les mas et chanter l'élévation d'un homme qu'il haïssait. Un travail fort désagréable.

Barthélemy laissa le soldat disparaître, le sergent à sa suite. Après un temps d'hésitation, les villageois l'entourèrent :

— Tu voulais t'établir, mais tu ne nous avais pas dit que ce serait de cette façon, lança Gonet, l'assistant de Guithona, d'un ton étrangement respectueux.

— C'est donc toi qui es chargé de maintenir l'ordre dans la vallée, intervint le jeune Verteil, ironique. Je comprends mieux certaines choses !

— Quelles choses ?

Verteil ne répondit pas. On pouvait polémiquer avec Barthélemy, mais avec le nouveau bayle ?

— Tu vas donc chercher qui a tué ce malheureux Guionet de Beaulieu ? interrogea une vieille femme.

— Oui. Ce sera ma tâche principale.

— Et pourquoi toi ? continua la vieille, posant la question que tous attendaient.

Barthélemy prit un moment pour réfléchir. Il n'était pas obligé de leur délivrer toute la vérité tout de suite. Et il n'était pas prudent d'apparaître comme l'homme lige du vicomte.

— J'ai été sergent, autrefois. Il m'est arrivé de résoudre des questions de meurtre.

— Le meurtre n'est pas du domaine des sergents.

— C'est vrai. Pourtant, je n'étais que sergent. Dans le besoin, la vicomtesse se sera rappelé mes anciens états de service.

— Et t'a nommé bayle. Comme ça.

— Oui, comme ça.

— Eh bien, j'espère que tu rendras une bonne justice ! Qu'on se le dise !

Et sur ces martiales paroles, elle leva un menton un peu crochu et toisa la foule.

Barthélemy ne put retenir un sourire amusé. Il y avait toujours, dans un village, des loyalistes et des rebelles. Son explication ne les convaincrait pas totalement. Mais il se sentait soulagé, débarrassé du poids de la dissimulation et pourvu d'une mission claire. Guillelma avait disparu de la place. Son cœur se serra à l'idée de perdre les soirées auprès d'elle. Il répondit encore à quelques questions, puis s'en alla prendre possession de l'hospicio de Volte.

En fait d'hospicio, c'était une petite maison à étage dont le rez-de-chaussée était occupé par un cordonnier. Un escalier extérieur permettait d'accéder dans la pièce supérieure, qui sentait le salpêtre et la moisissure. Un lit occupait la moitié de l'espace disponible. La grange avait été plus accueillante. Barthélemy n'avait ni balai ni seau pour nettoyer les lieux, mais peu de temps après, un serviteur du château vint apporter des draps pour garnir le lit, et, voyant l'état de la pièce, s'attela à un ménage sommaire.

À l'heure dite, Ytier se présenta à la porte, le visage fermé. Sans la lumière de son sourire, ses traits étaient plutôt dysharmonieux, grande bouche aux dents serrées, grands yeux, grand nez, cheveux fous.

— Dois-je vous appeler messire bayle ?

— Comme tu veux, Ytier, si ça peut te calmer.

— Me calmer ! Je ne suis pas énervé ! Mais quand je pense que…

— … Que tu as failli me dire quelques vérités qui ne doivent surtout pas tomber dans l'oreille d'un bayle.

Ytier se tut, dents serrées.

— Ne restons pas ici. Ce logis est sinistre.

— Où veux-tu m'emmener ? Au château ?

— Juste faire un tour au bord de la Loire.

Ils descendirent les escaliers et prirent le chemin conduisant au bord de l'eau. Ytier avait rentré sa tête dans ses épaules, et il n'adressa pas un geste à sa grand-mère quand il passa devant chez elle.

— Qu'est-ce que tu me veux ?

— Je veux savoir où tu étais le soir de la fête de la moisson.

— Ah ! de mieux en mieux ! Maintenant, tu vas m'accuser du meurtre !

— Tu es rentré tôt de la fête.

— Comment le sais-tu ? Tu es rentré avant moi. Ou alors tu t'es caché dans un coin pour m'espionner ? Est-ce que tu m'espionnes depuis longtemps ?

— Ytier, est-ce que j'ai déjà forcé ta confiance pour te soutirer des renseignements ?

Le jeune homme observa un temps de silence. Des pensées désagréables agitaient son front.

— Je ne te comprends pas toujours, grommela-t-il.

— Tu étais présent sur la place de Volte quand j'ai eu cette altercation avec Guionet de Beaulieu.

— Heureusement pour toi que j'y étais ! s'échauffa-t-il de nouveau.

— En effet. Tu m'as entendu le menacer.

— J'aurais dû te laisser t'expliquer avec lui !

— Je te rappelle, s'énerva Barthélemy, que je n'aurais pas besoin de te poser des questions auxquelles tu ne réponds pas s'il n'y avait pas eu meurtre !

Ytier se renfrogna. Ils étaient arrivés au bord de la Loire, boueuse et gonflée d'eaux tombées la veille sur le haut Vivarais.

— Alors, où étais-tu ?

— Chez moi.

— Qui peut l'affirmer ?

— C'est toi qui l'as menacé, c'est toi qui as quitté la fête le premier !

— C'est moi qui pose les questions. Est-ce que quelqu'un peut affirmer que tu es resté chez toi ?

— Interroge-les tous, tu verras bien.
— C'est comme ça que tu le prends ?
— Notre amitié est morte, Barthélemy.
— Je n'ai pas dit mon dernier mot.

Un vent tiède balayait la place de Volte, retroussant les tuniques fendues des petits enfants. La veuve Quintina semblait s'attendre à sa visite. Par son volet ouvert, la lumière entrait à flots dans l'ouvroir, mais elle s'était placée dos à l'entrée et son visage restait dans l'ombre. Elle souriait et l'accueillit de quelques mots aimables, bien qu'un brin formels.

— Je pense que vous êtes venu me dire que je n'ai plus de locataire.

— En effet, maîtresse Quintina. Les puces de l'hospicio ont été ravies de voir arriver enfin leur déjeuner.

— Bien. Le foin est tassé, à présent. Je ne devrais pas avoir besoin d'héberger d'autre aspirant marchand avant l'année prochaine. Je vous donne congé bien volontiers, d'autant que je pense depuis notre première rencontre que vous méritez mieux que ma grange. Y a-t-il autre chose ?

— J'aimerais savoir qui était présent sur la place de Volte le matin qui a suivi la mort de Jehan Chapade.

— Vous voulez dire, quand vous avez menacé Guionet de Beaulieu de mort et qu'il a tenté de vous tuer ?

— En résumé, oui.

— Vous étiez seuls sur la place.

— Oui. Mais vous m'avez entendu. Les autres commerçants m'ont entendu, probablement. Ensuite, d'autres sont arrivés, qui m'avaient entendu, eux aussi. Je veux savoir qui.

— Vous craignez que l'idée de noyer le bayle votre prédécesseur ne soit venue de vous.

Barthélemy s'assombrit.
— En effet.

Elle plissa le nez, se composant une expression indéchiffrable.

— Eh bien, j'étais avec maîtresse Chapola, et nous vous avons toutes deux fort bien entendu.

— Maîtresse Chapola ?

— Elle est intendante au château de Volte.

— Je ne l'ai jamais rencontrée.

— Elle sort peu. Mais le châtelain l'envoie quand il n'aime pas venir en personne.

Barthélemy leva un sourcil, et, répondant à la question muette, Guithona poursuivit :

— Quand il s'agit d'obtenir davantage de produits rares et précieux, sachant que le montant des redevances perçues par le château ne leur permettra jamais de les payer.

— Oh, je vois. Vous connaissez ce genre de détails ? Le montant des redevances perçues par le château ?

— Évidemment. Je serais ruinée depuis longtemps si je ne connaissais pas ce genre de « détails », comme vous dites. Vous le sauriez si vous étiez vraiment marchand. Mais vous êtes bayle.

— Êtes-vous déçue ?

— Un peu fâchée. Je m'en veux de ne pas avoir envisagé plus sérieusement le fait que vous puissiez être autre que ce que vous annonciez. Bayle… C'est un fait nouveau auquel il va falloir songer. Mais pourquoi pas ? Cela pourrait convenir.

— Convenir ?

— Vous vouliez savoir qui était sur la place ce jour-là…

Une première liste d'une dizaine de noms et de nombreuses questions en tête, il marcha jusqu'à une toute petite bicoque sans fenêtre au toit vétuste devant laquelle la grand-mère d'Ytier était assise, un peu recroquevillée. Elle gardait la porte ouverte en permanence, pour chasser la fumée et faire entrer la lumière.

— Mes respects, grand-mère, la salua Barthélemy. Il faudra dire à Ytier de refaire ce toit avant qu'il ne s'écroule sur votre tête.

— Le pauvre garçon travaille déjà comme quatre pour assurer notre subsistance à tous les deux. Le toit attendra.

— Vous n'avez pas de terres ?

— Seulement cette maison, si on peut appeler ça une maison, et un morceau de jardin au bord de la Loire. Inondé une année sur deux. Je vais vous chercher un peu de vin.

— Ne vous donnez pas cette peine !

— Si, si ! Que dirait-on de moi ?

Et marchant avec peine, elle alla tirer d'un petit tonneau posé dans la pièce un pichet d'un quasi-vinaigre.

— Grand-mère, où était Ytier le soir de la fête des moissons ?

— Mon petit-fils m'a ramenée, oui.

— Est-ce qu'il est resté auprès de vous ?

La vieille femme tourna vers lui un large sourire ridé :

— Vous ne pensez quand même pas que je vais vous dire qu'il était en vadrouille pendant qu'on assassinait votre prédécesseur ? C'est un bon garçon, mon Ytier. Un bon garçon. Vous me tueriez si vous me le preniez, messire, sachez-le…

Barthélemy avait retrouvé Fauve avec plaisir, d'autant plus que, ses blessures étant en bonne voie de résolution, il pouvait galoper sans souffrir mille morts. Il descendit la Loire, qui reflétait le gris du ciel et des pierres de son lit. Les pêcheurs assermentés du vicomte le saluèrent avec déférence sans lâcher leurs filets. Le notaire Sabatier s'était installé dans son jardin, face au fleuve. Il écrivait à toute vitesse sur un registre minuscule.

— Mazeirac ? s'étonna-t-il. Je vous ai reçu un peu froidement, la dernière fois, j'en suis sincèrement désolé. Que puis-je faire pour me racheter ?

— Me dire ce que vous m'avez caché lors de notre précédente conversation. Quelles ventes vous avez en préparation et qui devront attendre le retour du seigneur ou la signature réunie du châtelain de la Dame et de…

Il fit une pause, un peu surpris de ce qu'il allait dire :

— De moi-même.

— Quelqu'un a-t-il requis votre signature ?

— Non, personne encore.

— Savez-vous signer ?

— Non. J'ai le sceau du mandement.

— Je peux vous l'apprendre. Mais « Barthélemy Mazeirac », c'est un peu long.

— Nous verrons plus tard les leçons d'écriture. Vous obtiendrez plus facilement pardon en répondant à mes questions.

Maître Sabatier se racla la gorge sans cacher son embarras. Il prit un petit couteau avec lequel il ébarba une plume neuve.

— Eh bien, je suppose que les choses ont changé et que je peux vous répondre.

Ses doigts secs envoyaient les barbilles voler dans la brise.

— Deux ventes ont subi l'opposition du bayle votre prédécesseur. Un ouvroir, ou plutôt un hospicio, devrais-je dire, dans le castrum de Recours, qui devait être vendu par Berthonet Besson à Benoît Valier de Beaulieu.

— Pour quelle raison est-ce que cet hospicio n'a pas été vendu ?

Le notaire écarta ses mains tachées d'encre :

— Les redevances ne sont pas les mêmes pour un ouvroir ou pour un hospicio. Dans ce cas, Guionet de Beaulieu craignait sans doute que la seigneurie ne se découvre perdante en n'encaissant qu'une redevance de maison pour quelque chose d'aussi lucratif qu'un ouvroir.

— Ce Berthonet Besson, c'est le vigier du mandement ?

— Lui-même.

— Hum.

— Oui, pour un membre du personnel de la seigneurie, le bayle aurait pu faire un effort.

— Ne parlez pas mal du mort. L'autre vente ?

— Une parcelle de bois que voulait acquérir Simon Taramentrant.

— Taramentrant ? S'agit-il de la famille d'Ytier Taramentrant ?

— Son cadet. Son demi-frère, devrais-je dire. J'ai dressé moi-même son contrat de mariage.

— Je ne savais pas qu'il avait un frère suffisamment aisé pour pouvoir acquérir un bois.

— Si, les Taramentrant ont du bien. Deux maisons, une grange et au moins trois sétérées* de bonnes terres à blé, des prés et même une vigne. Tout cela a été réparti par contrat il y a longtemps déjà entre Simon et Esteve, le plus jeune.

— Et rien pour Ytier ?

— Ytier n'a obtenu que les biens dotaux de sa mère décédée, à savoir un jardin et quelques sous.

— Est-ce bien légal ?

— Ytier a donné quittance à ses frères de sa part sur l'héritage. Je conserve cet acte dans mes registres.

— À quel moment ?

— Il y a dix ou douze ans.

— Il avait donc une dizaine d'années.

— Oui, je concède que le procédé n'était pas très juste. Il a cédé sa part d'héritage contre le droit d'aller vivre chez sa grand-mère, le plus loin possible de sa belle-mère. Une faiblesse d'enfant. Vous voyez, je ne vous cache rien.

Barthélemy croisa les bras :

— Il y a de quoi garder de la rancune. Mais cela n'explique pas pourquoi Guionet de Beaulieu a refusé la vente de ce bois ?

— Parce que la forêt appartient à la réserve du domaine. Que votre digne prédécesseur ne voulait pas aliéner sans l'assentiment du seigneur.

— Un bois, une maison... Je peine à croire que ces raisons soient suffisantes pour pousser quelqu'un au meurtre.

— Je ne vous le fais pas dire. Merci de ne pas raconter partout que je vous ai divulgué tous ces renseignements.

— Rassurez-vous, je serai aussi muet que Jehan Chapade, Gerenton Chayrol et Guionet de Beaulieu !

À Vorey, il fut retenu par une foule de gens qui prétextaient avoir des instructions à recevoir ou des rapports à lui faire, qui l'entraînèrent dans les maisons et les tavernes et l'abreuvèrent de bien plus de vin qu'il n'aurait voulu en absorber. Le soir et une petite pluie fine tombaient quand il quitta le bourg. Dégrisé par la chevauchée, le ventre creux, il dessella Fauve, le bouchonna et l'entrava puis, ayant considéré d'un air dégoûté la façade de son hospicio, frappa quelques portes plus loin.

Guillelma ouvrit. Le chagrin avait semé son visage d'ombres et d'angles. Elle s'effaça pour le laisser entrer :

— Je ne savais pas si tu allais venir, mais, dans le doute, je t'ai laissé un bol de lentilles.

Chaviré de reconnaissance, Barthélemy lui sourit :

— Merci de me recevoir.

— Je n'allais pas faillir au devoir d'hospitalité une fois de plus.

— Une fois de plus ?

— Le soir de la mort de Jehan, j'ai chassé cette guérisseuse qui est venue, sans même un morceau de pain ou une gorgée de vin. Aelis, c'était son nom. J'en ai... terriblement honte.

Barthélemy ne sut que répondre. Ysabellis ne lui avait pas parlé de ça. Guillelma ne semblait pas attendre de ces paroles de réconfort un peu maladroites que l'on prononce dans de telles circonstances. Elle suivait le fil de ses pensées, ayant à peine besoin d'un interlocuteur pour les dérouler :

— Elle l'avait soigné. C'est un soulagement de savoir qu'il n'est pas mort sans soins, dans cette prison puante, comme un chien. Il paraît qu'au château, ils l'ont punie pour être restée à Volte après la tombée de la nuit.

— Ah bon ?

— Ils l'ont mise en pénitence. Trois jours de jeûne et de prière, dans la chapelle.

— Comment le sais-tu ?

— Ma cousine, qui lave le linge au château, me l'a dit. Elle disait que le traitement avait été tellement rude qu'il avait fallu deux hommes pour la porter hors de la chapelle et qu'ensuite elle était restée une semaine entière au lit !

Une semaine de lit ? Ysabellis ? Barthélemy se laissa tomber lourdement sur le banc, la conscience tourmentée. Guillelma lui tendit une écuelle et s'assit en face de lui. Les enfants dormaient déjà, tous entassés dans le lit familial. Le plat de lentilles maigre (jour de poisson) le réconforta grandement. Guillelma parlait de Jehan d'une voix rocailleuse, qui lui évoquait les galets de la Loire crissant les jours de crue.

Ainsi s'acheva sa première journée de bayle du val d'Amblavès.

Dès l'aube, Esteve Blacheyre frappait à la porte de l'hospicio, le dos droit et le menton en avant.

— Bonjour. Je suis venu…

Il ne dit pas « prendre mes ordres », mais Barthélemy se rappela que le sergent, dès lors, serait placé sous sa responsabilité. Encore une étrangeté. Lui-même, comme sergent, n'avait entretenu que des rapports lointains avec le bayle de la châtellenie. Il l'accueillit d'un sourire chaleureux :

— Vous avez bien fait. Nous avons beaucoup de travail devant nous.

— Le meurtre du bayle ? Je veux dire, de Guionet de Beaulieu ?

— Vous pensez à autre chose ?

— Non !

— Alors le meurtre seulement. Si on allait s'asseoir quelque part ? Par exemple, devant la porte de la maîtresse Martina, si son vin est toujours aussi bon.

— C'est une belle promotion que vous avez eue. Est-il vrai que vous étiez sergent autrefois ?

— C'est vrai.

— On dit aussi que vous avez été nommé par ordre direct du vicomte. On dit que le vicomte ne serait pas vraiment en Angleterre, mais caché dans un de ses châteaux, attendant de voir qui lui reste fidèle et qui conspire contre lui en son absence. Qu'en pensez-vous ?

— Une rumeur de plus. On pourrait remplir des aunes et des aunes de parchemin avec ce genre de discours.

Il faillit ajouter : « D'ailleurs, comme je connais Randon, il enragerait de rester cloîtré dans un château sans bouger », mais il se retint. Ils avaient atteint la petite taverne. Il faisait frais à cette heure de la matinée. Barthélemy commanda un verre de vin pour chacun, ainsi qu'un morceau de pain.

— Autant avaler un morceau, la journée risque d'être longue.

Le sergent paraissait toujours mal à l'aise. Il trempa ses lèvres dans un vieux résidu de tonneau et interrogea de nouveau :

— Si vous étiez connu de la vicomtesse, pourquoi vous êtes-vous laissé emprisonner ?

— Aujourd'hui, je suis bayle. Hier, je ne l'étais pas. C'est toute la différence.

— J'ai cru…

— Que ce n'était qu'une visite de courtoisie, pour me familiariser avec les lieux ?

— Pas vraiment. Vous avez porté les marques de coups pendant des semaines. Mais depuis hier, on ne parle que de vous. Chacun y va de sa petite théorie, et encore, je sais que je n'entends pas le quart de ce qui se raconte.

— Ce sera votre première tâche, d'ailleurs.

— Laquelle ?

— Écouter les rumeurs. Remonter aux sources. Faites la part de la curiosité naturelle et de la volonté délibérée de rassembler des informations.

— Mais pourquoi ?

— Je ne sais pas encore si l'on a tué Guionet de Beaulieu ou le bayle du mandement. Si c'est le bayle, le meurtrier va s'intéresser à moi de très près.

— Ah ! Vous faites la chèvre attachée au piquet, en quelque sorte. Vous n'avez pas peur de finir noyé vous aussi ?

Barthélemy balaya la pensée désagréable d'un geste de la main. Il but en grimaçant une gorgée du vinaigre en se disant qu'il était tombé bien bas aux yeux de la belle Martina.

— On ne sait jamais, je pourrais peut-être voir le visage du meurtrier avant de tomber à l'eau.

— Je verrai Peire Chayrol, il m'a semblé bien informé.

— Cette histoire de noyade dans l'écluse m'intrigue. Guionet de Beaulieu a été assommé, puis transporté jusqu'à l'écluse pour y être noyé. Son assassin s'est donné beaucoup de mal. Pourquoi ?

— Une vengeance d'un des prisonniers ?

— Ou quelqu'un qui aimerait que l'on croie à une vengeance. De toute façon, ça ne fera pas de mal de savoir ce que les prisonniers, ceux qui ont réchappé à la poursuite après leur exploit à l'écluse et ceux qui étaient sur la place le lendemain de la mort de Chapade, ont fait le soir de la fête des moissons.

— Mais cette histoire de Guionet de Beaulieu vous attaquant a couru dans toute la vallée ! Tout le monde est au courant.

— Je le sais bien. Mais il fallait être présent pour comprendre que cela pouvait être une véritable raison de tuer Guionet de Beaulieu. Et pas une phrase en l'air.

— C'est juste. D'accord, je vais interroger tous ceux que je pourrai.

— C'est bien.

Il se leva et surprit un regard coulé du sergent sur sa mise.

— Eh bien ? Qu'est-ce qu'il y a ?

— Je ne sais pas, rien. Vous n'avez pas d'autres vêtements ? Barthélemy regarda sa cotte, terne et fripée.

— Non, je n'ai rien d'autre.

— Vous êtes vraiment un…

— Un manant, oui. Justiciable, taillable et corvéable, comme tant d'autres.

— Sous quel régime, la taille ?

— Les cinq cas. Allez. Voyez Verteil et Chayrol ce matin. On se retrouve après la messe de sixte, devant l'église.

En interrogeant ceux qui tenaient boutique autour de la place, il apprit que la plupart des prisonniers du châtelain avaient été présents le jour de son altercation avec le bayle assassiné, eux ou de proches parents et amis. Les noms recoupaient ceux donnés par la veuve Quintina. À ce point, il aurait pu interroger les hommes les uns après les autres, étant admis qu'un homme musclé comme Guionet de Beaulieu n'avait pu se faire occire par une femme. Il y renonça. Il ne savait pas trop s'il lui était difficile d'interroger comme de vulgaires suspects ceux qui avaient été pour lui des compagnons de cellule ou s'il souhaitait avant tout répondre au désir du sire de Randon de rechercher ses ennemis avant toute autre chose. Et puis il suspectait quelques corrélations, et cela le troublait. Que faisait cet homme au chapeau à plume partout où la colère grondait ? Il n'aimait pas l'idée que quelqu'un, en val d'Amblavès, en savait plus que lui, cherchait comme lui, manipulait plus que lui. Le meurtre du bayle l'avait forcé à se dévoiler… L'autre en profiterait pour prendre l'avantage. Si cet autre existait vraiment, ce dont il n'était même pas certain.

REMÈDES

Peire Camerosa séjourna quelque temps au château de Polignac, distribuant libéralement œillades et sourires, prolongeant l'animation provoquée par le conseil des vassaux. Un temps, les repas furent plus gais et plus variés. Les conversations plus vivantes. Le troubadour cabotinait allègrement, et il fallait l'œil exercé d'Ysabellis pour remarquer le pli désabusé de ses lèvres quand il échangeait des compliments acides avec Aegida de Coubladour ou quelque autre des jeunes filles. Les soirées se poursuivaient en chuchotements jusqu'à une heure avancée, et seule Bertilde restait insensible au charme du chanteur. Elle préférait fermer les yeux pour s'imaginer entre les bras puissants du frère d'Aegida. Quand il quitta les murs de la forteresse, il emporta avec lui la joie, quelques larmes et beaucoup de regrets.

Avec le départ du troubadour, Ysabellis se remit à espérer trouver enfin un moyen de se rendre à Volte, revoir Barthélemy comme il le lui avait demandé et comme elle en brûlait. Mais la dame se portait beaucoup mieux depuis le séjour du chanteur, et elle n'avait pas eu l'occasion de lui concocter un remède cher et compliqué qui lui eût demandé de se ravitailler en ingrédients rares chez la veuve Quintina.

Elle réfléchissait encore aux diverses préparations qu'elle pouvait proposer, quand, à son grand désappointement, la veuve en personne franchit les portes du château. Elle montait une vieille jument tranquille et portait une robe de drap d'une grande simplicité, bleue rehaussée d'un simple liseré jaune. Une tenue taillée avec soin pour mettre en valeur sa féminité, sans aucune ostentation dont ses nobles clients auraient pu prendre ombrage. Elle la suivit du regard alors qu'elle traversait la cour et demandait audience.

La dame la reçut en privé, dans la chapelle. C'était l'heure la plus chaude de la journée, après le dîner. Les femmes musardaient en retardant le plus possible le moment de regagner la chambre du donjon, étouffante malgré les feuilles d'iris dont le sol était jonché. Aybeline profitait de la récréation pour courir, intrépide, après les oies. Guigona s'installa dans l'herbe au pied du vieux tilleul agité d'une timide brise. La demoiselle, transpirant dans sa robe d'une indéfinissable couleur foncée, semblait sur le point de défaillir de fatigue et de chaleur. Bertilde et Aegida étaient montées sur les remparts, bravant le soleil pour gagner un peu d'intimité. Au bout de la moitié d'une heure, la dame et la veuve Quintina quittèrent la chapelle. La marchande s'inclina et s'en fut au pas mesuré de sa jument. La dame ne fit pas mine de remonter immédiatement au donjon et la demoiselle ne fit aucun geste en ce sens. Ysabellis rejoignit Marguerite autour de la citerne, où elle puisait un peu d'eau pour se rafraîchir le front.

— La veuve Quintina a été reçue par la dame. Que venait-elle faire ?

— La marchande ? Elle vient ici, de temps à autre. Elle apporte des épices en personne et bien d'autres choses, qu'elle fait venir de loin pour l'usage du château.

— Quelles choses ?

— Des pommes d'alkékenge, par exemple. Elle est venue plusieurs fois, il y a quelque temps. Elle voulait acheter un bois, au-dessus de Volte. Le bois de Clergeade. Mais la dame a refusé, elle a dit qu'elle n'aliénerait aucune part du patrimoine sans l'accord exprès du vicomte, même s'il ne s'agissait que d'un bois. Une autre fois, elle a apporté du zédoaire d'Orient.

— Du zédoaire ? Du vrai ?

— Je suppose, oui. D'ailleurs, qui, ici, est en mesure de vérifier ? Pour ce que j'en sais, ça aurait pu être des feuilles de hêtre teintées artificiellement et trempées dans un parfum…

Marguerite cueillit une pousse d'orge sauvage, l'égrena et dispersa les graines dans le vent. Ses longs cheveux noirs retombaient de chaque côté de son visage austère.

— Le zédoaire est une médecine. Est-ce qu'elle en livre aussi ?

— Je l'ignore. Il faudrait demander ça à la dame ou à la demoiselle.

— Pourquoi à la demoiselle ?

— Elle la rencontre parfois en privé.

— La dame la reçoit à chaque fois ?

— Oh, non. La plupart du temps, elle livre directement les épices aux cuisines. Elle ne demande à voir la dame que lorsqu'elle doit réclamer paiement.

— Ah tiens ? Ce n'est pourtant pas la saison du règlement des dettes ?

— Il y a tant de retard dans les paiements du château que la saison ne compte pas. D'après ce que j'ai compris, la dame lui doit le prix des épices pour les deux années écoulées… Et ça dure depuis des années comme ça.

— Tout de même. Comment paie-t-elle les Vénitiens, si le château ne règle pas ses dettes ?

— Elle doit s'arranger, répondit Marguerite, indifférente.

Une semaine après le passage de la veuve Quintina, le temps changea. Des pluies sur les hauteurs apportèrent un air frais et une légère brume au matin, qui déposait sur la paille sèche des prés une rosée bienvenue.

Maître Bourcesel réapparut un soir, sa première visite depuis le banquet. Il prit le pouls de la dame, examina ses yeux, ses urines, la couleur de sa peau, la souplesse de son ventre et secoua la tête :

— Vos humeurs sont déséquilibrées, ma dame. La bile prend le pas sur les trois autres, étouffe votre teint et vous fait souffrir. Il faut vous purger.

Mascaronne soupira à cette perspective, mais hocha la tête en signe de soumission. Les cloches sonnèrent et les femmes se levèrent pour se rendre à la dernière messe d'avant la nuit, qui précéderait le repas.

— Je vais vous assister, maître Bourcesel, si vous le voulez bien, proposa Ysabellis.

La demoiselle se figea et se retourna. Maître Bourcesel avait déjà accepté :

— Je n'ai pas besoin d'assistance, demoiselle Aelis, mais si vous souhaitez vous instruire, restez.

— Ma dame, souhaitez-vous que je reste aussi ? interrogea la demoiselle, avec un regard venimeux en direction d'Ysabellis.

— C'est inutile, merci.

Et quand la demoiselle eut descendu les marches :

— Elle ne vous aime pas, c'est sa faiblesse. Mais peut-être devriez-vous faire un effort ? C'est une femme d'une grande vertu.

Ysabellis préféra ne pas commenter. Le médecin prit dans son sac un sachet de poudre et ordonna :

— Allez donc préparer une boisson émolliente à la manière de Galien. Vous savez laquelle ?

— Que préférez-vous ? Hysope, thym, pouliot, origan ?

— Ce que vous trouverez. Avec beaucoup de miel. Et rapportez-moi aussi un bassin.

— Bien.

Ysabellis courut jusqu'au potager, cueillit plusieurs branches d'hysope, qu'elle emmena aux cuisines, où elle eut peine à se faire un peu de place pour faire bouillir sa préparation. Sans s'attarder, elle remonta tout en haut du donjon. La dame était assise, l'air las, le médecin à ses côtés lui tenait la main d'un geste tendre. Ysabellis se figea.

La dame se tourna vers elle, un peu absente. Le médecin lui lâcha la main, et elle ne sut plus si ce qu'elle venait de voir avait existé ou n'était que le seul produit de son imagination enflammée par sa longue séparation d'avec l'homme de ses pensées. Elle tendit un bol de décoction d'hysope toute chaude au médecin, qui versa dedans une part de sa poudre.

— Qu'est-ce ?

— De l'hellébore.

— Attention, n'en mettez pas trop !

— Je sais doser les poisons, guérisseuse Aelis.

Il la toisa, puis ses yeux s'écarquillèrent. Elle ferma un instant les paupières.

— Pas trop, vous avez raison, marmonna-t-il.

La dame but le bol en entier, sans rechigner. Le miel était généreusement dosé. Quelques minutes après, elle fut prise de haut-le-cœur. Elle grimaça, son front s'humidifia. Ysabellis approcha le bassin pendant que maître Bourcesel tenait le front de la dame, qui, en trois jets, vomit tout le contenu de ses entrailles. Maître Bourcesel lui tendit un linge, avec lequel elle s'essuya la bouche. Elle se pencha une dernière fois sur le bassin, mais ne réussit qu'à cracher un peu de salive. Avec satisfaction, il en examina le contenu :

— Voyez toute cette bile jaune. Il était temps de vous purger. Il y a beaucoup de colère en vous.

À sa grande surprise, Ysabellis vit la jeune dame se redresser et regarder son médecin avec défi :

— Oui, je suis en colère. Mon fils me manque chaque fois que je respire, rien n'apaise cette douleur, je crois que j'aimerais mieux être morte. Je le serrerais encore une fois dans mes bras…

Elle plongea la tête dans ses mains, ses épaules furent secouées de sanglots. Maître Bourcesel s'approcha d'elle, profondément affligé.

— La vie vous sourira à nouveau. Ne perdez pas espoir.

— Je ne veux pas de cette vie-là. Je ne veux qu'Armand, et rien ne me le rendra plus.

— Non. Armand est mort, et vous êtes vivante. Vous avez survécu et vous connaissez le fond de la douleur. Revenez parmi nous. Son esprit n'ira jamais plus loin, maintenant.

— Son esprit ! Mais ce n'est pas ce que je veux de lui. Je veux son corps, son rire, ses bras ! Parfois, j'oublie son visage. Ça me remplit d'effroi.

— Vous seule pouvez vous souvenir de son rire, et de ses bras… C'est pour cela que vous devez vivre. Qui entretiendra sa mémoire si vous vous laissez aller ?

Frappée par ces paroles, la dame se redressa.

— Vous avez raison. Il est là, murmura-t-elle.

— Venez. Il vous faut prendre un peu de nourriture.

— Je n'ai pas faim.

— Au moins pour vous oter de la bouche le goût de bile.

Elle sourit faiblement.

— Souhaitez-vous que je vous monte votre repas ici ? proposa Ysabellis.

— Oui. Bonne idée. Merci.

La dame mangea lentement, faiblement, en mastiquant chaque morceau, se forçant à avaler. De l'étroite fenêtre ne venait plus qu'une rare lumière. Les crapauds s'entr'appelaient de leur petite voix flûtée et harmonieuse. Peu à peu, la respiration de la dame se fit plus ample. Au bout d'un moment, elle ferma les paupières, repoussa l'écuelle, but lentement le contenu de son hanap et poussa un soupir. Ysabellis et maître Bourcesel échangèrent un regard.

— Ce vin miellé est le plus beau jour de ma vie.

Le médecin alluma une chandelle dont la mèche pétilla. Mascaronne délaça ses chaussures, ramena ses genoux entre ses bras et appuya son dos au mur. De claires larmes roulaient sur ses joues sans altérer l'expression songeuse de son visage. Rien ne bougeait que la petite flamme chahutée par l'air de la nuit. Au bout d'un temps très long, la rumeur de rires, de paroles, le grincement du bois des échelles, enflèrent au pied du donjon. La dame se redressa, essuya ses joues humides et regarda ses compagnons :

— Vous devriez aller manger, vous aussi.

— Vous ne préférez pas que nous restions ?

— Non. Je saurai me débrouiller. La médecine était meilleure que je ne l'aurais pensé.

Sans rien ajouter, Ysabellis et le médecin attendirent que les femmes soient montées dans la pièce et descendirent à leur tour. La demoiselle, de sa voix forte, pressait tout le monde de se déshabiller sans tarder et sans bavarder.

La cuisinière achevait de ranger son atelier, couvrait le feu, nourrissait les chiens avec les restes. Elle fronça les sourcils en constatant qu'il y avait deux retardataires, mais elle leur donna un tranchoir garni de suffisamment de fèves pour qu'ils passent la nuit sans faim. Ils sortirent et s'assirent sur les marches mangées de mousse et de sedum à l'entrée de la chapelle.

— Mangez vite, ordonna le médecin. Ou la demoiselle va encore se mêler de l'élévation de votre âme.

— Je donnerais n'importe quoi pour pouvoir vous dire « allez au diable », mais hélas, vous avez raison.

Elle avala une bouchée avec plus d'appétit qu'elle n'en avait montré depuis bien des jours.

— Vous avez fait allusion à un poison, dans la chambre de la dame. Qu'avez-vous appris ?

— Saviez-vous que la nuit de sa mort, les femmes ont donné à Armand plusieurs remèdes ?

— Lesquels ?

— C'est ce que je ne sais pas.

— Vous pensez que... Mais bien sûr ! Les remèdes pour adultes peuvent être de vrais poisons pour un enfant de deux ans malade.

— Vous avez dit qu'il était jaune ?

— Jaune, oui. Un excès de bile dans le sang, selon toute probabilité. Qui s'est mêlé de lui faire prendre des médications ?

— Si je pose cette question, demain, c'est moi que l'on retrouve empoisonnée. Mais sauf vous et moi, ici, personne ne sait préparer de médecine. La substance vient donc d'ailleurs. En sachant d'où, on saura peut-être qui l'a donnée. Qu'avez-vous prescrit à ces dames et demoiselles ?

— Je vous vois venir. Ce n'est pas parce que la demoiselle vous hait que vous devez supposer qu'elle a attenté à la vie d'Armand.

— Et ce n'est pas parce qu'elle a un faible pour vous qu'elle est forcément innocente, répliqua Ysabellis.

Maître Bourcesel eut un petit rire. Il mordit dans son tranchoir et prit le temps de mâcher avant de répondre :

— Je l'ai toujours connue totalement dévouée à la dame.

— Je n'aime pas ce genre de dévotion.

— Elle n'avait aucune raison d'en vouloir au petit Armand.

— Là, je suis bien forcée d'être d'accord avec vous.

— Elle peut vous faire plus de mal que vous ne l'imaginez.

— J'en ai déjà eu un aperçu.

— Je me demande à quoi pensait le vicomte en vous envoyant sans autre sauf-conduit ici. Il aurait été plus simple et moins dangereux de me demander à moi de faire cette enquête.

— Il devait se méfier de vous.

— Vous avez raison. Je ne suis qu'un Vellave. Et vous ?

— Moi quoi ?

— Vous avez aimablement fait remarquer qu'avant votre arrivée j'étais le seul ici à pouvoir fournir la préparation. Si nos soupçons ne sont pas que des élucubrations de gens sur lesquels le soleil d'été a tapé un peu fort, je suis responsable de la mort d'Armand. Alors je ne comprends pas comment vous pouvez rester ici à bavarder tranquillement. Vous n'avez pas peur de moi ?

Ysabellis sourit, moqueuse :

— Qui sait ?

— Il y a des questions qu'on devrait s'abstenir de poser.

— Et puis vous n'êtes pas le seul à fournir des remèdes, ici.

— Ah tiens !

— On m'a dit que la marchande de Volte, maîtresse Quintina, pourvoyait parfois les occupantes de diverses douceurs en provenance d'Orient. Comme du zédoaire. Et j'ai vu chez elle des boîtes qui ressemblent à celles que l'on utilise pour conserver des remèdes.

Maître Bourcesel fit la moue.

— On s'est bien gardé de me le dire.

Un moment, ils écoutèrent le chant des crapauds mêlé à celui des grillons. Dans le donjon, les lampes à huile avaient été soufflées. Hommes et femmes devaient dormir. Ysabellis croqua ses dernières fèves puis s'étira.

— Fatiguée ?

— Non. Juste lasse de ne rien faire d'autre que filer et broder. La nuit est belle. Croyez-vous qu'il soit juste d'enquêter sur la mort de son enfant sans faire part de nos soupçons à la dame ?

— « Juste », encore des grands mots. Vous aimez ça, les grands mots ? Dites-moi plutôt à quoi cela servirait de lui faire part de soupçons tant que ce ne sont que des soupçons ?

— Elle était auprès de son enfant. Elle sait ce qui lui a été donné et pourquoi.

— Ne semons pas le doute inutilement dans son esprit.

— Vous êtes bien comme la demoiselle. Vous la traitez comme une enfant. Mais elle ne l'est plus. C'est la vicomtesse, après tout.

— C'est la vicomtesse, mais c'est aussi une toute jeune femme. Elle n'a pas été élevée pour de telles responsabilités. Elle n'est pas comme vous…

— Je crois que vous vous trompez. (Elle soupira.) Aidez-moi encore un peu. Quels médicaments avez-vous donnés dans le château ? Et à qui ?

Maître Bourcesel se pencha en arrière et regarda le ciel de septembre. La douce lumière de la lune donnait à sa peau brune une nuance argentée. Une étoile filante traversa la Voie lactée.

— Faites un vœu.

— Sortir d'ici.

Il sourit. Puis ses lèvres se mirent à murmurer des mots latins. Ysabellis attendit patiemment. Enfin il dit :

— Pour les maux de ventre de la petite Bertilde, j'ai prescrit de l'*Antidotum emagogum*. Il y a de cela plus de trois ou quatre mois.

— C'est un remède de cheval.

— En effet. Si elle s'est mêlée d'en donner à l'enfant, il ne faut pas chercher plus loin les causes de sa mort. À la jeune Aegida de Coubladour, j'ai donné de la *Benedicta*. C'est inoffensif.

— Elle prend aussi des pilules *Aureum*, qu'elle a reçues en cadeau.

— Vous parlez d'un cadeau ! Je me demande combien de remèdes circulent dans ce château ! Il y a longtemps, j'ai aussi prescrit du *Diantos* à Marguerite de Beaulieu. Mais je ne sais si elle en a pris. Elle est trop pauvre pour pouvoir se payer de tels remèdes.

— Et l'idée ne vous est pas venue de lui proposer quelque chose de meilleur marché ? Par exemple, une simple décoction de millepertuis ?

— Par exemple ! Mais si je lui donne une herbe des champs, elle ne croira jamais que ça puisse lui faire de l'effet, et, par voie de conséquence, les humeurs qui sont en elle n'y prêteront aucune attention.

— Drôle de raisonnement, grommela Ysabellis. Et quoi d'autre ?

— Je ne me rappelle pas de tout ce que j'ai donné à la vieille Perola. Une apothicairerie ambulante.

— Quelque chose qui puisse endommager le foie ? *Diarodon abbatis*, par exemple ?

Le médecin se tourna vers elle, les yeux perçants, comme s'il cherchait à lire au travers du grand front lisse de la jeune femme :

— Comment faites-vous pour connaître toutes ces préparations sans jamais les utiliser ?

— J'ai passé tant d'heures à les réciter que je ne peux plus les oublier.

— Sans compter tous celles que vous avez apprises par la bouche de guérisseurs et que vous ne me confierez jamais. Il ne vous manque plus que de savoir lire.

— Apprenez-moi !

Il se mit à rire. Ysabellis se renfrogna :

— C'est tellement ridicule ?

— Non, ce n'est pas ridicule. Mais vous m'en demandez trop.

Il se leva, bâilla.

— C'est tout ce dont je me souviens. La plupart du temps, je prépare les remèdes moi-même et je les administre, comme ce soir. Vous devriez aller vous coucher. Moi je vais faire de même.

— Pourquoi est-ce que c'est trop vous demander ?

Il la regarda avec un petit sourire hermétique, peut-être vaguement ironique, puis détourna les yeux vers la lune.

— Apprendre à lire prend du temps. Toutes ces heures en tête à tête avec vous… Votre mari finirait par m'assassiner.

Ysabellis se dressa sur ses pieds. Le médecin lui tournait le dos.

— Qu'est-ce que vous dites ?

— Vous n'auriez pas un peu tendance à sous-estimer les gens ?

— Et vous n'auriez pas un peu tendance à donner des leçons à tort et à travers ?

— Un partout. L'apothicaire de la rue des Tables se souvient bien d'une certaine guérisseuse Ysabel Pastressa, qui officiait au Puy à une certaine époque.

— Et quoi d'autre ?

— On la voyait rarement sans un certain Barthélemy Mazeirac. Notre jeune bayle, je crois. Je vous félicite pour votre choix. Enfin, si vous avez eu le choix.

— J'ai eu le choix.

— C'est donc bien vous.

— Évidemment que c'est moi. À qui avez-vous raconté ça ?

— À personne. Je suis attristé de voir que votre confiance a ses limites.

Il se tourna vers elle et passa sans transition de l'ironie à la gravité :

— Je ne suis probablement pas le seul à savoir que vous êtes l'épouse de l'enquêteur particulier du vicomte. Et sachant cela, il n'est pas difficile de deviner que la santé de la dame n'est pas l'unique raison de votre présence ici. Je vous en conjure, soyez prudente.

— Je ne vois pas comment je pourrais l'être plus.

— Trouvez les réponses. Le danger vient du secret, si secret il y a. Quand il n'y aura plus rien à cacher, personne ne vous menacera plus.

— Vous voulez dire, quand le sire reviendra.

— On dit qu'il pourrait revenir cet automne.

— Je le croirai quand je le verrai, dit-elle tristement.

Maître Bourcesel se tourna vers le ciel comme s'il pouvait entendre le froissement des ailes du Cygne.

— Je vous admire de parvenir à rester aussi calme face aux perpétuels reproches de la demoiselle. Il faut l'excuser. C'est une femme qui a beaucoup souffert.

— Et qui s'applique à beaucoup faire souffrir, en bonne chrétienne partageuse qu'elle est, n'est-ce pas ?

— C'est un peu vrai, sourit-il. Mon Dieu ! À quoi pensait le sire en vous envoyant ici ! Tout cela est totalement opposé à votre tempérament et à vos habitudes. Pardon si je vous ai rendu les choses plus difficiles.

— Cela n'est rien. Mais j'ai manqué tant de cueillettes !

— Rentrez maintenant. Et prenez soin de vous.

— Bonne nuit.

Il partit à grands pas vers la porte. Ysabellis marcha le plus silencieusement possible jusqu'au donjon et monta les échelles en veillant à ne pas faire grincer les barreaux. Seules Bertilde et peut-être la veuve Perola avaient eu en main un remède susceptible de provoquer la mort de l'enfant. Qu'en avaient-elles fait ?

FILS D'ARAIGNÉE

Août tirait à sa fin, les orages se faisaient plus nombreux. Chaque matin, des brumes s'élevaient en volutes de la Loire, recouvrant les prés et les chaumes d'un fin voile tourbillonnant. La tonte des moutons s'achevait alors que commençait le battage, tâche des plus ardues, que l'on effectuait en groupe et en rythme. De petites pommes véreuses tombaient des arbres. Les rivières, après des semaines d'étiage, avaient retrouvé un peu de débit. Esteve Blacheyre essuya les gouttelettes qui imprégnaient le banc devant la taverne de Martina, s'assit et commanda un pot de vin. Le bayle arrivait à grands pas pour entendre son rapport. La tavernière avait renoncé à les abreuver de sa plus méchante piquette.

— Alors ?

— Pas grand-chose, s'excusa Blacheyre. J'ai rencontré à peu près tout le monde à propos de vos, hum, compagnons de cellule. Je n'ai pu trouver personne qui me certifie qu'Ytier Taramentrant, le jeune Bertrand, Peire Chayrol ou même ce Verteil étaient bien dans leur lit cette nuit-là.

— Diable. Pourquoi l'appelez-vous « ce Verteil » ?

— Verteil tout court, je devrais dire. C'est un drôle de personnage.

— Pourquoi ?

— Il est indépendant et possède une bonne aisance… enfin, pour un paysan. Mais il ne s'est pas marié. Au lieu de ça, il travaille jour et nuit et achète tout ce qu'il peut trouver comme terres. Avec une préférence pour les vignes. Tout le monde se demande ce qu'il a en tête.

— Et quelle est l'opinion la plus répandue ?

— Une histoire d'amour, c'est ce qu'on dit. Il faudrait demander aux femmes, elles savent ce genre de choses.

— Et Ytier ?

— Il m'a quasiment insulté quand je lui ai posé la question. Et sa grand-mère n'a pas voulu décrocher un mot.

— Je n'en attendais pas moins d'elle.

Barthélemy soupira, but une gorgée de vin. Un petit courant d'air se coulait désagréablement dans son dos.

— Peire Chayrol n'était pas impliqué dans l'affaire de l'écluse. C'est à cause de la mort de son frère que vous le suspectez ?

— Oui. Du vivant de Gerenton, c'est à peine si on parvenait à les distinguer. Deux brutes. Quand ils étaient jeunes, ils étaient de tous les mauvais coups. Ils s'étaient un peu assagis avec l'âge. Du moins, je le croyais.

— Mariés ni l'un ni l'autre ?

— Peire est veuf. Il affirme être resté chez lui, mais il habite tout seul dans sa boria maintenant. Personne ne l'a vu rentrer. Ce n'est pas une preuve, ni dans un sens ni dans l'autre.

— Et Gonet Bruyeyra ?

— Lui ? Je ne me suis pas renseigné. Il arrive à trouver l'entrée de sa bouche quand il lève son verre, c'est donc qu'il a un cerveau. Sans quoi, on pourrait en douter.

— Même un sinistre abruti peut servir à quelqu'un.

— Il est dévoué à la maîtresse Quintina. Je ne pense pas qu'il puisse servir quelqu'un d'autre.

— Et maîtresse Quintina, en bonne commerçante, n'aime pas le désordre. C'est tout de même une étrange coïncidence qu'on ne puisse trouver trace d'aucun d'entre eux cette nuit-là. Plus qu'une coïncidence, certainement.

— Il faudrait en faire parler au moins un.

— Oh ! mais aucun ne le fera.

— Sauf si on les contraint.

Esteve Blacheyre fit une sorte de moue, comme quand on doit manger un jour de grand faim un brouet déjà moisi.

— Vous n'aimez pas cette perspective ? Moi non plus. On trouvera un moyen plus civilisé de savoir.

— Ce n'est pas clair ?

— Non. Je doute, sergent Blacheyre.

— La famille de Guionet de Beaulieu s'impatiente. Je crois qu'ils tenaient à ce que je vous le dise.

— Merci. Mais ça ne change rien.

— Alors je vous laisse chercher. On dit que vous avez déjà résolu des énigmes bien plus ardues, alors je vous fais confiance.

Barthélemy tiqua :

— Est-ce que vous savez qui se renseigne sur moi ?

— Tout le monde s'intéresse à vous, maintenant. Mais j'ai appris que le récit de vos exploits vient directement du château de Polignac.

— Par quel biais ?

— Simon de Bertrande, le meunier de La Mure. Il est le fils bâtard d'un des coseigneurs de Beaulieu. Sa sœur, sa demi-sœur plutôt, la fille légitime du sire en question, loge au château. Ils se voient, de temps à autre, et la servante de la famille leur passe les nouvelles.

Barthélemy eut un sifflement de surprise :

— Vraiment ! Vous avez des sources précieuses, sergent Blacheyre. Tout cela est très curieux... D'autres canaux ?

— Un autre fil remonte au château de Mercœur. Je l'ai appris par un garçon d'écurie qui y travaille.

— Mercœur. Oui, je vois. Un petit homme un peu grassouillet vêtu de velours.

— Un petit homme... Mercœur ! C'est un seigneur important par ici !

— Je n'en doute pas. Je trouve étrange que la noblesse s'intéresse tant à moi.

— C'est que vous n'êtes pas sorti de leurs rangs, pardonnez-moi.

— Je vous pardonne, mais ce n'est certainement pas la seule cause.

— Il n'y a pas que la noblesse qui s'intéresse à vous. Je serais surpris que la veuve Quintina ne mette pas son réseau à contribution. Les commerçants ont leurs propres moyens d'avoir des nouvelles. Et je sais que trois hommes sont arrivés il y a deux jours pour travailler avec elle.

— Elle fait venir de la main-d'œuvre ? C'est habituel ?

— Je ne suis pas sûr qu'il s'agisse de main-d'œuvre au sens habituel du terme. Peut-être des commis, ou des porteurs de nouvelles. Ils viennent du Rouergue, c'est tout ce que je sais.

— Encore des Rouergats. Les réseaux des commerçants sont moins faciles à percer que ceux des nobles.

— Vous l'avez dit. Mais vous-même...

— Ne cherchez pas, tout ce que j'ai jamais vendu dans ma vie, c'est la laine de mes brebis.

— Dommage.

Martina les resservit. Ils burent en silence. Barthélemy avait toujours aimé l'été, la saison des grands travaux, du remplissage des garde-manger, des nuits courtes et de la chaleur. Il le découvrait différemment, au fil de longues marches et de courses à dos de cheval, enchaînant découvertes et rencontres. À son grand regret, chaque jour un peu plus, la saison s'effilochait. Il but la dernière goutte de son vin en songeant qu'ici, bientôt, les vendanges allaient commencer. Encore une nouveauté pour lui.

— Que dois-je faire maintenant ?

— Continuez dans cette direction. Et gardez les yeux et les oreilles ouverts. Le meurtre n'explique pas tout ce qui se trame en val d'Amblavès.

— Que voulez-vous dire ?

— Cette agitation des manants, des nobles, cet échange de nouvelles, et jusqu'aux menées de maîtresse Quintina... C'est diffus, mais je ne suis pas tranquille.

— Il y a toujours beaucoup d'allées et venues en cette saison, et je trouve les manants plutôt calmes.

— Justement.

— Dans ce cas, pourquoi ne pas en arrêter deux ou trois ? Les faire parler coûte que coûte ?

— Tout ça ne servira à rien tant qu'on n'aura pas compris ce qui se passe vraiment. Il faut s'y s'atteler, sergent Blacheyre, il n'y a rien de plus urgent : comprendre.

Le sergent était reparti perplexe et désemparé face à des ordres aussi flous. Tout en sellant Fauve, Barthélemy se le reprochait. Blacheyre connaissait tout le monde, était apprécié de la plupart. Mais faute de faire comprendre ce qu'il voulait, il le cantonnait à des tâches de vérification vouées à l'échec. La pluie fine de la nuit avait détrempé le chemin, et le cheval faisait voler la boue dans toutes les directions. Le moulin de La Mure était installé sur un petit cours d'eau à présent presque à sec, qui ne coulerait sans doute suffisamment que les premières pluies de l'automne venues. Barthélemy jubila. Le meunier, fils bâtard d'un coseigneur de Beaulieu, était le même homme au chapeau à plume qu'il avait vu à l'écluse et qui prêchait la révolte chez Guillelma. Pour l'heure, loin de colporter des rumeurs sur le nouveau bayle, il était occupé à démonter et nettoyer les rouages de son moulin.

— Simon de Bertrande ?

— Oui, maître bayle ?

— Vous me connaissez, cela simplifie les choses.

— Tout le monde vous connaît. Ou croit vous connaître. Que puis-je faire pour vous ?

— Simplement me dire où vous étiez la nuit où mon prédécesseur a été assassiné.

— C'était quel jour ?

— Mercredi, il y a dix jours. Vous devez vous en souvenir, c'était le soir de la fête des moissons.

— Dix jours, déjà. La nuit, je dors.

— Qui peut le confirmer ?

— Comme vous le voyez, je n'ai pas de voisins. En outre, je vis seul. Vous devrez donc vous contenter de ma parole.

— Dommage, ce n'est pas suffisant. Quelqu'un vous a vu ce soir-là, et ce n'était pas dans votre lit.

— Eh bien, cela prouve que quelqu'un me veut du mal.

Tout en répondant aux questions de Barthélemy, il frottait minutieusement chaque pièce de mécanisme d'un chiffon enduit de graisse et la reposait ensuite sur une planche à côté de lui.

— Vous étiez aussi à l'écluse, le jour où elle a été brisée. Pour un meunier, c'est plutôt étrange.

— Puisque vous y étiez aussi, vous devez savoir que je n'ai en rien participé à la destruction de cette écluse.

— Non, en effet. Vous êtes prudemment resté en arrière.

— Alors que me reprochez-vous ? Cette affaire a été jugée, les responsables punis. Voulez-vous recommencer le procès ?

— Vous êtes bien vif pour quelqu'un à qui l'on pose de simples questions.

Le meunier déposa une roue dentée sur la planche et s'essuya les mains sur son tablier de grosse toile.

— Vous êtes nouveau, ici. Si vous connaissiez le mandement comme je le connais, vous sauriez qu'on ne s'adresse pas à moi de cette façon.

Barthélemy partit d'un petit rire :

— Ciel, je suis intimidé ! Le mandement est plus compliqué qu'un rouage de moulin, maître Simon de Bertrande. Mais je saurai quelle place vous tenez dans le mécanisme.

Il remonta en selle. Le meunier le suivit des yeux, impassible, jusqu'à ce qu'il ait tourné le coin.

De La Mure, tout un paysage de sucs et de monticules se dressait devant lui. Fauve l'enlevait par les chemins et sentiers sans effort apparent, heureux, lui semblait-il, de donner libre cours à sa puissance. Pour la seconde fois, il se retrouva devant le rocher de Polignac, au pied duquel le village paraissait petit et écrasé. Il engagea son cheval sur le chemin qui montait jusqu'au château et l'attacha à l'intérieur des remparts. Une grosse cuisinière jetait un seau d'eau sale devant la porte des cuisines, un bâtiment en bois qui paraissait sur le point de s'écrouler. Quelques femmes en guimpe sortaient de la chapelle, suivies par un petit chapelain rondouillard à la large tonsure. Une petite fille courait dans la poussière de la cour, en robe rouge et pieds chaussés. Une servante maussade la suivait de loin. Cette dernière accepta de demander une audience à la dame et disparut par la porte d'entrée du donjon. Un moment plus tard, elle revenait et conduisait Barthélemy à travers les pièces jusqu'en haut du donjon où se tenait la vicomtesse.

La scène qu'il découvrit était d'une affligeante tristesse. Les femmes rassemblées ici étaient assises en rond, veuves en guimpe d'un côté, jeunes filles cheveux dénoués de l'autre. Ysabellis filait sa quenouille, le visage inhabituellement pâle. La dame occupait un siège devant la fenêtre. À ses côtés se tenait une femme d'âge mûr, la mâchoire carrée, les yeux petits et scrutateurs. Il s'inclina.

— Bienvenue, Barthélemy Mazeirac. Quelles nouvelles du val d'Amblavès ?

— Les récoltes n'ont pas été à la hauteur des espérances, et la collecte des redevances a donné lieu à bien des contestations. Malgré tout, le mandement est calme, pour le moment.

— Vous n'êtes guère rassurant. Y a-t-il lieu de s'alarmer ?

— Non, ma dame.

— Bien. Et qu'en est-il de l'enquête sur la mort de votre prédécesseur ?

— Le sergent et moi avons interrogé tous ceux qui peuvent être impliqués. La méfiance est grande, il faudra du temps avant de voir émerger la vérité.

Il esquissa un sourire, un peu gêné de devoir se montrer si évasif devant la vicomtesse.

— Le temps, poursuivit la dame sans remarquer son embarras. N'en prenez pas trop. La justice non rendue attise les désordres.

— Et la justice mal rendue embrase les populations. J'en suis conscient.

— Bien. Souhaitez-vous quelque chose en particulier ?

— Oui. Je voudrais consulter dans les archives les expéditions les plus récentes.

— Comme vous voudrez.

— J'aurais également voulu poser quelques questions à votre guérisseuse.

La dame leva les sourcils, étonnée. Barthélemy s'expliqua :

— Elle est la dernière à avoir vu Gerenton Chayrol vivant.

La vicomtesse hocha la tête avec une sorte de frisson, et sa dame de compagnie plissa les lèvres en une moue dégoûtée. Ysabellis posa sa quenouille avec une expression d'intérêt poli sur le visage. Les autres femmes s'entre-regardaient, entre curiosité et jalousie.

— Sur les remparts, lui murmura Ysabellis alors qu'ils descendaient l'échelle.

Il choisit volontairement le lieu le plus éloigné du donjon. Du haut des murailles, l'horizon était dégagé sur des milles à la ronde. La hauteur, sous ses pieds, était impressionnante. Mais ce panorama ne lui inspirait que chagrin.

— Comme tu ne venais pas, j'ai trouvé un prétexte. J'étais inquiet. On m'a dit que tu avais subi une pénitence si sévère que tu avais dû passer une semaine au lit.

— Deux jours auraient suffi. On m'avait installé une couche dans la sellerie, et comme personne ne m'attendait, j'y ai prolongé mon séjour. Pour échapper un temps à « ça ».

Elle accompagna ses paroles d'un petit geste de la tête vers le haut du donjon, d'où des yeux devaient les observer.

— Et personne ne s'en est rendu compte ?

— Non, personne n'est venu me rendre visite. Sauf le médecin et c'est... un ami.

— Un ami ? interrogea Barthélemy, les sourcils froncés.

— Je crois, oui.

— Sois prudente !

— Je ne fais que ça, s'énerva-t-elle. Pardon. Je suis à bout.

— Tu as l'air fatiguée, constata Barthélemy. J'espérais un peu qu'avec le temps on en soit venu à te mener la vie moins dure. Veux-tu que je te trouve un moyen de quitter ce château ?

— Je ne peux pas. Je suis tenue par cette promesse que j'ai faite à Randon. Et puis, il y a cette énigme que je voudrais résoudre. Pour l'enfant.

— As-tu découvert quelque chose ?

— Oui, je pense que c'est un remède qui l'a tué. Je cherche lequel, et qui l'a donné.

— Un remède. Donné intentionnellement ? Pour le tuer ?

— C'est ce que je ne sais pas.

— Je ne suis pas d'accord. Je trouve que c'est prendre beaucoup trop de risques. Je tiens à toi, Ysabellis.

— Tout le monde se doute déjà que je travaille pour le seigneur, même s'ils ne savent pas ce que je fais exactement. Si quelqu'un avait voulu m'éliminer, il l'aurait déjà fait. Et sans difficulté, je ne compte pour rien ici.

Elle se tourna vers la campagne. Barthélemy savait que là où il voyait des chaumes, des moulins, des meules, son regard à elle s'égarait du côté des bordures, le long des ruisseaux marécageux où fleurissait l'ulmaire, aux frontières des pâturages hérissés d'achillée et de millepertuis sauvage.

— Il y a des moyens de te faire du mal sans recourir au meurtre.

— Je sais.

— Je veux te sortir de là. J'en prendrai la responsabilité face à Randon.

— Non. Ne fais pas ça. Barthélemy, tu n'as que peu de temps, et j'ai appris des choses qui peuvent t'intéresser.

— Je t'écoute, dit-il doucement.

— La veuve Quintina fournit le château en divers produits. Tu le sais ?

— Oui.

— Elle n'est pas payée régulièrement. La dame a même de fortes dettes envers elle. Cependant, on lui a refusé le droit d'acheter un bois au-dessus de Volte.

— Un bois… J'étais au courant pour une pièce de terre, mais je ne pensais pas qu'elle puisse avoir besoin de bois. À moins qu'elle n'ait des projets de charbonnerie que je ne connaîtrais pas. Quel est son nom ? Le sais-tu ?

— Le bois de Clergeade. D'autre part, le vigier du mandement convoite le titre de bayle depuis longtemps.

— Besson ? Un grand roux ?

— Oui, lui-même.

— C'est un nigaud. Mais un nigaud ambitieux. S'il a tué Guionet de Beaulieu pour la place, je dois m'attendre à le rencontrer un de ces jours sur mon chemin.

— Ne te fais pas tuer, que me resterait-il ?

— La vie.

— Une dernière chose. Certains savent déjà que je suis ta femme.

— Qui ?

— Le médecin. Mais il n'est sans doute pas le seul.

— Je me doutais que le secret ne tiendrait pas éternellement. Cela m'inquiète. Et méfie-toi de ce médecin. Il en sait trop pour ma propre tranquillité.

Barthélemy soupira, puis pencha la tête comme pour remercier et prendre congé. Ysabellis adopta le même jeu de mimiques. Quand, dans une conversation normale, ils en seraient arrivés à « merci, au revoir », il dit :

— Y a-t-il des nouvelles d'un retour du seigneur ?

— Non, rien encore, dit-elle avec tristesse.

— Tu me manques. Garde-toi bien.

— Tu me manques aussi.

Elle fit une petite révérence et le regarda marcher jusqu'au donjon. Un clerc l'attendait au rez-de-chaussée, devant un coffre long et bas. Avenant, l'ecclésiastique ne se fit pas prier pour lui ouvrir et lui lire à haute voix le contenu des parchemins.

Plusieurs semaines moroses avaient passé depuis la visite de Barthélemy, mais la demoiselle continuait d'afficher à l'égard d'Ysabellis une froideur totale. Septembre était déjà bien avancé, la chaleur était tombée, mais rien ne venait améliorer l'ambiance du donjon, tout spécialement en cette matinée. Les jeunes femmes, craignant que la foudre ne s'abatte sur elles, se tinrent particulièrement tranquilles jusqu'au premier repas de la journée. Les veuves s'en donnèrent alors à cœur joie, et l'on eut le sixième récit (Ysabellis les avait comptés) de la fois où le fils de Guigona, à peine sorti des langes, avait attrapé un serpent à main nue.

Alors qu'elles se rendaient à la messe de none, elle fit mine de remarquer pour la première fois la rougeur que Perola portait au pli du coude :

— Mais qu'avez-vous là ? Comme ça doit vous faire souffrir !

Perola se retourna vers elle, tout sourire :

— Que dites-vous ? Oh oui. C'est terrible. Jour et nuit !

— Maître Bourcesel ne vous a pas proposé quelque remède pour cette affection ?

— Je n'ai pas pensé à lui demander !

— Et n'en avez-vous pas d'ancien qui puisse faire l'affaire ?

— J'en ai, mais je ne me souviens jamais des noms, et encore moins de la façon de les utiliser. Alors je les garde précieusement.

— Vous faites bien. On n'est jamais trop prudent. Voulez-vous que je vous prépare un cataplasme émollient ?

— Eh bien… s'il vous plaît.

La préparation du cataplasme à base de cerfeuil, de violettes, d'huile d'olive et de graisse de bouc lui prit deux bonnes heures, ce qui porta l'exaspération de la demoiselle à un niveau jusque-là jamais atteint. Ses mains, tachées par l'âge, se crispaient sur leur ouvrage, et elle se piqua plusieurs fois les doigts, ce qui n'ajouta pas à sa bonne humeur. L'inquiétude principale d'Ysabellis n'était pour autant pas tournée vers elle. Elle abordait un aspect difficile de son enquête. Elle ne pouvait faire autrement que de se renseigner sur les médicaments en circulation. Quelles réactions allait-elle éveiller chez ceux ou celles qui s'étaient mêlés de soigner l'enfant ? Cela la rendait nerveuse.

Sa dernière rencontre avec Barthélemy l'avait troublée. Elle l'avait trouvé changé, un peu étranger. Bayle. Chargé du maintien de l'ordre dans ces riches mandements. Elle avait dû s'en tenir à quelques mots rapides, alors qu'elle aurait tant voulu lui confier son dégoût, ses craintes, et se reposer un moment auprès de lui de ses multiples inquiétudes. Combien de temps encore devrait-elle attendre avant de le revoir, réellement, et pas en mimant un interrogatoire ?

Peu avant l'heure du second repas, elle se proposa pour accompagner Aybeline dans la cour. La petite, qui avait peiné sur son abécédaire pendant une bonne heure avec la dame, poussa des petits cris de plaisir. La demoiselle, qui n'attendait que cette occasion de faire couler sa bile (sans assistance de maître Bourcesel), haussa la voix :

— Aybeline ! Quels sont ces cris ! Venez ici !

La petite, terrifiée, s'approcha de la femme, qui s'était emparée du faisceau et l'agitait, les yeux presque exorbités :

— Combien de fois devrai-je vous dire de vous tenir modestement, de ne pas crier ? Vous êtes une noble, et pas une vilaine ! Soulevez votre robe !

Aybeline s'était mise à pleurer et ne bougeait plus, paralysée par la peur. La demoiselle lança un regard en coin à Ysabellis, juste le temps d'un éclair, mais Ysabellis comprit. C'était à elle que s'adressait cette colère. À elle que ce châtiment était destiné. Quel genre de pensée tortueuse la demoiselle avait-elle développée sous sa guimpe qui lui desquamait le cuir chevelu ? Elle l'ignorait, mais n'en pouvait plus des regards malveillants, de la désapprobation muette. Elle releva le défi. Elle s'agenouilla aux pieds de la vicomtesse :

— Ma dame, je vous en supplie, faites grâce à Aybeline ! Ce n'est qu'une enfant heureuse de sortir !

— Il est du devoir de la demoiselle de maintenir la paix ici. Ce n'est pas à vous d'en juger, Aelis.

La demoiselle empoigna Aybeline avec une expression de méchanceté vertueuse qui glaça la jeune femme. Un coup s'abattit sur les fesses de l'enfant, qui se mit à hurler.

— Ma dame, elle est si petite ! insista Ysabellis. Puis, après un temps d'hésitation : Si cela avait été Armand, l'auriez-vous laissée faire ?

La demoiselle suspendit son geste, la dame redressa la tête, sidérée. Des larmes inondèrent ses yeux en un instant. La demoiselle repoussa Aybeline et, d'un ton venimeux, siffla :

— Je vous interdis, interdis, vous m'entendez, d'évoquer l'enfant ici ! Et pour vous apprendre la politesse, vous souffrirez d'une semaine supplémentaire de pénitence !

Ysabellis se retourna lentement vers elle, ses yeux noirs dangereusement enflammés :

— Ah vraiment ? C'est cela que vous aviez en tête ?

— Taisez-vous, ou je double la pénitence !

— Non, cette fois vous allez m'entendre. Vous prétendez aimer et protéger votre maîtresse, mais vous lui interdisez la seule consolation qui lui ferait du bien, parler de son enfant !

— Il est mort ! Il est mort et ne reviendra pas ! Dieu l'a repris et il faut se résigner !

— Je ne crois pas que Dieu nous demande de nous réjouir quand il reprend un enfant ! Sinon nous accompagnerions sa dépouille mortelle avec des chants et des danses !

— Oh ! fit la demoiselle, scandalisée.

— J'ai été envoyée ici pour apporter à la dame réconfort et soutien dans son deuil, et vous n'avez cessé de m'interdire de lui prodiguer des soins. Vous voudriez la faire mourir de désespoir, vous n'agiriez pas autrement ! Vous n'êtes qu'une sotte nuisible !

La demoiselle resta muette, dépassée par la fureur qu'elle avait elle-même provoquée. Elle se retourna vers Mascaronne pour y chercher un appui, mais ne rencontra que des yeux pleins de larmes, un visage dévasté de détresse. Elle ouvrit la bouche, aucun mot n'en sortit. Ysabellis vit la panique s'emparer d'elle.

— Non… elle ne peut pas… elle n'a pas raison. Je ne peux pas le croire ! Venez !

Elle prit le bras de la vicomtesse courbée sous les sanglots, la fit lever d'un geste brusque et la conduisit à l'extérieur. Dame et demoiselle tanguaient sur l'échelle puis disparurent, avalées par les étages. Un silence total régnait dans la pièce. Les femmes n'osaient même pas se regarder. La demoiselle venait de se faire traiter de sotte sans répliquer.

Ysabellis se leva à son tour. Rien ne la retenait au sommet du donjon, et c'était l'heure de la récréation d'Aybeline. Elles descendirent les échelles sans voir trace de la dame. L'enfant mit sa petite main toute chaude dans la sienne. Ses fesses se ressentaient encore cruellement de l'unique coup de fouet.

— Tu m'emmènes à l'église ? Je dois prier, parce que j'ai eu de mauvaises pensées.

— Oui, je viens avec toi.

— Elle est méchante la demoiselle.

— Ne dis pas ça. Elle te frappera encore plus fort la prochaine fois.

— Tu vas aller en pénitence ?

— Je crois, oui.

— Comme la dernière fois ?

Ysabellis grimaça.

— J'en ai peur.

— Est-ce que ça te rend meilleure ?

— Aybeline, ce n'est pas à moi qu'il faut demander ça. Je suis ignorante de ces choses.

— Tu n'es pas ignorante. Maître Bourcesel a dit que tu étais très savante. C'est vrai que tu es mariée ?

— Allons, où est-ce que tu as encore entendu ça ?

— C'est la cuisinière qui parlait de toi avec Johana.

— Qui est Johana ?

— Une servante de Beaulieu. Elle apporte à Marguerite des nouvelles de sa famille, et Marguerite lui en donne.

— Des nouvelles de sa famille, oui, mais moi je ne suis pas de sa famille !

— C'est vrai, ça.

— Tu me montreras cette Johana, la prochaine fois qu'elle viendra faire un tour par ici !

— D'accord.

LE SECRET D'YTIER

Barthélemy garda une puissante nostalgie de sa courte visite à Ysabellis. Il était malheureux de ne pas pouvoir lui apporter le réconfort qu'elle attendait de lui. Mais comment la rassurer alors qu'il percevait autour d'elle le piège impalpable et mortel dans lequel on voulait l'entraîner ? Quelqu'un, il en était certain, tissait patiemment la toile dans laquelle elle s'engluait. Mais qui ? Et dans quel but ? Cette question le rendait fou. Le soir même, alors qu'il prenait son repas chez Guillelma, il demanda :

— Où se trouve le bois de la Clergeade ?

— Au-dessus de Bistour.

— Est-ce que ce bois a quelque chose de particulier ?

— Pas à ma connaissance.

Guillelma le laissa finir son brouet, puis s'assit en face de lui.

— Tu es bien taciturne, ces jours-ci.

— Pardon. C'est un de mes vieux défauts.

— Ne t'excuse pas. Je ne suis pas très drôle moi-même.

— Tu viens de perdre ton mari !

— Est-ce que tu as vu Ytier, ces derniers temps ?

— Non. Il m'évite.

— Moi non plus, je ne le vois pas.

— Ça, c'est moins normal.

Dès le lendemain, il arpenta le bois de la Clergeade dans tous les sens. Il y rencontra de petits et de grands chênes, des pins, un certain nombre de charmes et même des pruniers. Mais rien d'autre que des arbres, sur un terrain très pentu, difficile d'accès et sans doute ardu à exploiter. Rabattant son manteau sur ses genoux, il chercha une pierre suffisamment confortable et s'assit pour réfléchir.

Depuis qu'il avait obtenu le pouvoir d'interroger, il avait perdu celui d'écouter. Et depuis qu'il se consacrait à élucider le meurtre de Guionet de Beaulieu, il n'entendait plus comme auparavant la rumeur du mandement. On répondait à ses questions avec une agressivité tout juste contenue. On lui faisait sentir la rancœur, mais s'adressait-elle à lui, Barthélemy Mazeirac, ou au bayle du mandement, membre tout juste recruté d'une équipe d'officiers honnis ? Ses anciens « compagnons de cellule », comme les appelait Esteve Blacheyre, les insurgés de l'écluse, étaient ceux qui avaient pris le plus mal sa nomination au poste de bayle. Là encore, il y avait plusieurs explications. Ils pouvaient lui en vouloir personnellement, parce qu'avec eux il avait noué des liens plus directs, des liens d'amitié, et que son manque de franchise les avait blessés. Ou ils mûrissaient des projets dans lesquels un bayle n'était pas le bienvenu. Il ne savait laquelle de ces raisons prédominait.

Le jeune Bertrand ne sortait quasiment plus de chez lui. Sa famille avait réagi à sa comparution devant le tribunal en décidant de le marier très vite, bien qu'il n'ait pas encore tout à fait atteint l'âge requis. N'étant pas l'aîné, il travaillait à gagner une part de sa dot. Verteil se terrait à Beaulieu. Peire Chayrol souffrait visiblement de la mort de son frère. Il restait dans sa boria, travaillait beaucoup, se fatiguait vite. Pour accomplir les tâches de Gerenton, il embauchait des manouvriers à la journée. Ytier passait chez lui un jour sur deux, transportant des gerbes sur son dos, trayant les vaches, nettoyant l'étable, tondant les moutons de l'aube jusqu'au coucher du soleil. Barthélemy le voyait parfois revenir chez lui à la nuit tombée, la démarche lourde de fatigue, un sifflotement aux lèvres.

Guillelma avait raison. Ytier lui manquait, sa bonne humeur, les longues discussions autour d'une chopine. Il avait aimé le val d'Amblavès pour les rencontres qu'il y avait faites, les cris des enfants jouant sur la place de Volte, les chants, la taverne de Martina. Il en viendrait à le détester si tout cela s'écroulait durablement.

Avec effort, il ramena ses pensées aux éléments matériels. Le sceau du mandement n'avait pas été volé dans l'aumônière du bayle mort, il n'avait pas été emprunté non plus. Aucun acte au château n'en portait la marque, il l'avait vérifié dans les archives du château de Polignac. Il n'avait pu trouver la trace d'un quelconque concurrent de la veuve Quintina suffisamment acharné pour éliminer son prédécesseur. D'ailleurs, si cela avait été le cas, il aurait, lui, reçu des offres, or ce n'avait pas été le cas. Cette piste tournait court.

Ysabellis avait suggéré que l'on avait pu en vouloir à l'office, et simplement à l'office. Dans ce cas, il devait s'attendre à être assassiné dans son lit ou lors d'une de ses courses journalières. Cette perspective ne l'empêchait pas de dormir. Mais il se devait de la vérifier.

Il chercha Besson, le vigier, et le trouva au château de Volte, qu'il ne quittait plus guère. Les collectes s'étaient si mal passées cette année qu'il risquait à chaque instant de trouver sur sa trajectoire un homme ou une femme susceptibles de le rosser. Sa tâche présente était de tenir la comptabilité et de préparer la dernière vague de rentrées, les redevances fixes perçues à la Saint-Michel. Le grand roux releva la tête avec agressivité à son arrivée :

— Alors, cette enquête ? On dirait que ça n'avance pas !

— Dites-moi donc ce que vous faisiez la nuit où mon prédécesseur a été assassiné.

— Moi ? Vous ne voulez pas dire que vous me soupçonnez moi ?

— Et pourquoi pas. Il est de notoriété publique que vous convoitiez le poste que j'occupe.

— Et alors ? répliqua Besson, mordant. Il est également de notoriété publique que le vicomte me prend pour un parfait crétin et qu'il ne me confiera jamais ce poste. Vous êtes content ?

— C'est l'opinion que le vicomte a de vous ?

— Et même pire, gronda le vigier.

Il replongea le nez dans le registre des redevances, ignorant Barthélemy, qui ne se découragea pas :

— Je vous ai posé une question. Où étiez-vous le soir de la fête des moissons ?

Besson planta ses yeux dans les siens, une lueur sardonique et revancharde dans le regard :

— Au même endroit que Taramentrant, Chayrol et les autres.

— Que voulez-vous dire ?

— Cherchez !

Il lui tourna le dos et s'en alla à grands pas. Barthélemy croisa les bras. Plusieurs paroles lui revenaient en mémoire. « On a des appuis qu'il ne sait pas »… mais quels appuis ? Il enrageait de ne pas savoir ce qui se préparait dans le mandement. Et ses chances de le découvrir avant que l'orage n'éclate étaient aussi légères qu'une graine de pissenlit. Huguenin de Rodde sortit des bâtiments d'habitation sur ces entrefaites, seul et portant un chapeau de velours piqué de plumes. Il chassa un jars de son passage, à quoi l'animal répondit en tentant de mordre les houseaux de cuir du chevalier.

— Mazeirac ? dit-il, la lippe dédaigneuse. Vous n'avez toujours arrêté personne ?

— Je n'arrêterai que l'assassin.

— Ils ne parleront jamais si vous ne les cuisinez pas un peu.

— Mais si.

— Vous êtes un naïf, vous ne resterez pas bayle bien longtemps.

— C'est le cadet de mes soucis.

— À moins que vous ne soyez de leur côté.

— Ah ? C'est une guerre ? Vous avez raison, je suis naïf. Voyez-vous, je pensais qu'il s'agissait de retrouver un meurtrier. Et je pensais même que vous auriez pu m'aider. Après tout, cette écluse n'est qu'à un jet de pierre du château. Qu'avez-vous vu cette nuit-là ?

— Cette nuit, je n'ai pas quitté l'abri de ces murs. Les esprits étaient échauffés, comme vous le savez très bien. Si j'étais sorti, vous auriez trouvé mon corps, et non celui de Guionet de Beaulieu, dans cette écluse.

— Et qu'en est-il de la vente de la boria de Gerenton Chayrol ?

— De quoi parlez-vous, cette fois ? C'est une enquête pour meurtre, je vous rappelle.

— Les meurtres ont souvent des motifs très sordides.

— Cette vente ne s'est pas faite.

— Non plus que celle de l'ouvroir de Recours.

— Je ne vois pas le rapport.

Le jars s'était mis à criailler. Une troupe d'oies répondit à son appel, entourant les deux hommes.

— Il n'y en a peut-être pas. Mais mon prédécesseur n'acceptait pas facilement que l'on vende ou que l'on achète des biens.

— J'en ignore la raison, je n'étais pas intime avec lui.

— Demandait-il des épices ?

— Les lods et ventes.

— Rien d'autre ?

— Rien que je sache.

— Tout de même, toutes ces ventes qui ne se sont pas conclues, c'est du bon argent perdu pour la seigneurie, tenta Barthélemy.

— J'espère que cette remarque n'a pas de sens caché, Mazeirac.

— Et à quel genre de double langage pensez-vous ?

— Un moment, j'ai cru que vous m'accusiez d'avoir tué votre prédécesseur pour empocher davantage de lods et ventes.

— Mais non. Les lods et ventes, ce n'est rien. Les épices, par contre…

Le châtelain ouvrit la bouche, la referma et répliqua calmement :

— Vous me croyez vénal. Mais Guionet de Beaulieu avait parfaitement raison d'opposer un refus aux ventes que vous mentionnez. Ces terres-ci, affermées à ce prix-là, c'était beaucoup d'argent perdu pour la seigneurie.

— Comment le savez-vous ?

— J'écoute ce qui se dit aux foires, aux marchés. Je sais ce qui va rapporter, ce qui ne va pas rapporter. Il faut être bien dissimulateur pour avoir des projets que je ne sais pas. Rappelez-vous-en.

Barthélemy observa un moment le visage un peu mou d'Huguenin de Rodde. Mou ? Il l'avait mal jugé, parce qu'il l'avait jugé dans l'action. Au repos, c'était sans doute un calculateur fort intelligent.

— Je m'en rappellerai, répondit-il avec plus de respect qu'il n'en avait montré jusqu'alors.

Le soleil inondait encore la campagne, mais il avait pris une teinte dorée de fin de saison. Il était pourtant bien assez chaud pour les hommes occupés à battre sur l'aire. Cinq solides jeunes gens, torse nu et en cadence, s'aidant du rythme d'une chanson, frappaient les épis à tour de rôle. Ytier était parmi eux, ses cheveux aussi blonds que la paille dépassant de son bonnet de lin blanc. Un sixième, attendant son tour, chantait en frappant du pied. Barthélemy sentit dans le creux de sa main, qui s'adoucissait à force de chômer, la texture et le poids d'un manche de fléau, la moiteur et le rythme imprimés dans son corps depuis qu'il était en âge de lever l'outil au-dessus de sa tête.

Il n'avait plus parlé à Ytier depuis l'interrogatoire qu'il lui avait fait subir le jour de la proclamation, et c'était déjà plusieurs semaines auparavant. Cette fois, il ne pouvait plus différer. Trop de fils aboutissaient à l'aîné des Taramentrant. Il remarqua qu'il n'était pas seul à s'intéresser à lui. Une jeune fille ou une grande adolescente lui jetait des regards brûlants à chaque fois qu'il levait son fléau pour l'abattre avec violence sur l'aire. Il se retira dans l'ombre pour mieux observer la scène. Ytier n'était pas beau par ses traits, mais sa vitalité, sa volonté, lui conféraient un puissant pouvoir de séduction qui, Barthélemy le devinait, grandirait encore avec la maturité. C'était déjà bien assez pour la jeune fille. Elle ne devait pas avoir plus de dix-sept ans, une robe de ce bleu délavé tellement courant dans les campagnes, relevée avec art dans la ceinture, laissant apparaître les plis blancs de sa chemise de lin. Il sembla à Barthélemy qu'il y avait autre chose dans l'adoration de la jeune fille, dans le soin avec lequel elle avait ordonné les plis de son vêtement, que l'admiration pour un jeune homme en plein effort physique. « Cette fille en sait plus que moi sur les activités d'Ytier. Mais elle ne me dira rien volontairement, et je n'aime pas piéger les jeunes filles. »

Il attendit qu'Ytier cesse le travail, qu'il enfile sa chemise, le torse luisant de sueur, pour l'aborder.

— Ytier. Je voudrais te parler.

— Qui parle ? J'avais cru entendre une voix, mais j'ai dû me tromper.

— Ne joue pas à ça avec moi. Ou je vais croire que tu préférais l'ancienne manière, façon de Beaulieu, avec visite de l'intérieur de ce machin qu'ils appellent une prison.

— Cette fois, c'est toi qui tiens la clé !

— Oui. C'est plus confortable.

— Et c'est aussi toi qui cognes ?

— Je préférerais t'offrir un verre.

— Bon. C'est bien parce que j'ai très soif.

— La boisson te mènera à ta perte. C'est ce que disait le prieur au prêche de dimanche.

Ils prirent place devant la taverne. Martina leur servit sans parler un pichet plein de marc.

— Mmh. Alors, que veux-tu que je te dise ? Que j'ai assassiné le vicomte en faisant croire qu'il était parti en Angleterre ? Je ne crois pas, mais comme je suis somnambule, je ne peux jurer de rien.

— Tu es vraiment somnambule ? demanda Barthélemy, intéressé.

— Pourquoi ?

— Tu te lèves la nuit ?

— Juste pour pisser. Je ne suis pas un possédé, moi.

— Alors quand tout le monde dort et que tu te lèves, si tu n'es pas somnambule, qu'est-ce que tu fais avec Simon de Bertrande, Peire Verteil, Chayrol et quelques autres ?

Ytier sursauta. Barthélemy n'avait besoin de rien de plus, sauf arracher au jeune homme la date de la prochaine rencontre, ce qu'ils faisaient quand ils se rencontraient en secret et ce qu'ils préparaient... Mais là, c'était le contraire du somnambulisme : un rêve éveillé.

— Tu as l'imagination fertile, Barthélemy. Tu aurais dû faire troubadour, assura Ytier avec ce qu'il pouvait rassembler de nonchalance en si peu de temps.

— Tu sais ce que je trouve étrange ? C'est qu'aucun d'entre vous n'ait dénoncé les autres. Pour le soir où le bayle a été tué. Ce qui peut vouloir dire deux choses. Soit vous êtes tous très liés, et vous préférez affronter une accusation de meurtre plutôt que de vous trahir les uns les autres. Admirable. Soit vous vous y êtes tous mis.

— Tu dis de plus en plus n'importe quoi.

— Tu sais bien que non.

Ytier vida son verre sans se décider à quitter la table.

— Et moi je saurai pourquoi et comment tu es devenu bayle.

— Si tu le comprends, tu seras plus fort que moi.

— Je t'aurais plutôt vu à nos côtés.

— « À nos côtés. » Tu devrais être plus prudent.

— Pourquoi, tu veux me mettre en prison, toi aussi ? Ou au pilori ?

— Tu n'es pas si désespéré que ça.

— Et qu'en sais-tu ? répondit Ytier, les dents serrées.

Et, en effet, sans l'air enjoué qui lui était familier, les aspérités de son visage dévoilaient chez lui des ombres, des recoins, des pièces fermées. Lequel des pans de sa personnalité prendrait le pas sur l'autre ? Barthélemy choisit d'être optimiste :

— Tu sifflotes quand tu rentres chez toi. Pourquoi est-ce que tu me provoques ?

— Je me demande si tu serais capable de m'arrêter ?

— Ce n'est pas un jeu, Ytier.

— Je le sais ! dit-il avec violence. Jehan était mon ami.

— Tu fomentes quelque chose. Mais je ne te laisserai pas faire.

Ytier se leva d'un geste brusque et posa les deux poings sur la table :

— J'aimerais le voir ! Si tu te mets en travers de mon chemin, je te montrerai de quoi je suis capable.

— Nous verrons, répondit Barthélemy avec calme. Que vaut-il mieux pour toi ? Que je te croie capable de meurtre ou que je t'en croie incapable ?

Ytier le toisa un bref instant, comme indécis lui-même, puis il fit volte-face et quitta la place. Barthélemy finit tranquillement son verre. L'adolescente suivait toujours le jeune homme du regard.

LE COMPLOT

Ce jour-là, la récréation d'Aybeline dura jusqu'au repas du soir et Ysabellis resta avec elle. La petite fille, ravie de cet intermède inattendu, lançait des cailloux, chantait des chants de toile, courait en tous sens. Ysabellis la conduisit au pied des remparts, lui montra les plantes folles qui y poussaient, lui en expliquant les propriétés et les façons d'en tirer parti. L'enfant poussait des « oh » d'émerveillement, se demandant sans doute pour combien de temps encore elle pourrait disposer d'une adulte rien que pour elle.

Ysabellis, de son côté, trompait son angoisse en jouant avec l'idée de franchir les portes pour ne plus jamais les repasser. Et pourquoi pas ? La demoiselle, si elle s'était remise du choc, devait être en train de considérer qu'une semaine de pénitence n'était pas une punition suffisante face à l'offense subie et de réfléchir à une vengeance plus raffinée. La jeune femme n'avait aucune envie de jouer les martyres et de courber passivement l'échine sous les coups. Pourtant, même si ses chances d'élucider les circonstances de la mort d'Armand étaient devenues quasiment nulles avec son éclat de la matinée, elle ne pouvait pas abandonner. À l'heure du repas, elle entra dans la salle, sans être certaine d'être autorisée à manger. Mais nul ne l'inquiéta, nul ne l'arrêta.

C'était mauvais signe. Ni la dame ni sa demoiselle ne réapparurent jusqu'au soir. Elle dormit mal cette nuit-là.

Au matin, la demoiselle avait repris sa place, figure blanche et mâchoires serrées, l'air de ne pas avoir dormi de la nuit. Elle arrêta Ysabellis d'un seul geste impérieux :

— Non, guérisseuse Aelis. Votre place n'est pas ici, parmi les dames. Restez en bas, où vous attendrez que l'on vous signifie le prix de vos fautes. Bien entendu, vous ne quitterez pas le château, j'y ai veillé.

Ysabellis battit donc en retraite, soulagée de n'avoir pas à subir pour la matinée les odeurs d'urine de la vieille Perola, incontinente après ses douze grossesses, les odeurs de pet qui ne manqueraient pas de fuser après le plat de fèves aux oignons de la veille au soir, les odeurs de transpiration et de méchanceté. Soucieuse, pourtant. Si la demoiselle avait besoin d'un délai, c'est qu'elle avait convoqué quelque personne extérieure pour la juger. Et ce quelqu'un ne se déplacerait pas pour la gratifier d'une petite tape sur l'épaule et d'un « allez et ne péchez plus ! » Malgré elle, l'angoisse la gagna.

À l'heure de sa récréation, Aybeline vint la rejoindre, la compagnie la plus agréable qu'elle pouvait espérer. Comme il pleuvait, elles se réfugièrent toutes deux sous un auvent, contre le rempart, où étaient remisés des outils de jardinage, houe, binette, quelques pots de céramique et même un arrosoir. Le lieu ou l'ambiance devaient replonger l'enfant dans un souvenir évocateur. Elle s'accroupit, dessina dans la poussière des canaux pour conduire l'eau de pluie et, soudain, releva la tête :

— Tu sais, Aelis, je m'ennuie depuis qu'Armand il est mort.

— Tu l'aimais bien ?

— Oui, j'avais le droit de jouer avec lui. Mais quand il est tombé malade, elles m'ont toutes oubliée. Et maintenant, plus personne ne joue avec moi.

— C'est parce qu'elles étaient inquiètes pour lui. Mais elles ne t'ont pas oubliée vraiment.

— Oh si ! Je n'avais plus le droit de dormir en haut, avec la dame ! Et tu sais quoi ? Elles m'ont laissée en bas sans même ma poupée !

— Sans ta poupée… elle a dû te manquer. Qu'as-tu fait ?

— Je l'ai demandée. Mais elles ne m'écoutaient même pas. Alors j'y suis allée.

Ysabellis se tourna vers elle. Aybeline avait la mine boudeuse, mais les yeux brillants.

— Dans la chambre ? Chercher ta poupée ?

— Oui. Elles m'ont même pas vue. Elles étaient toutes autour de lui, à vouloir lui donner des choses, des jus, du bouillon…

— Vraiment ?

— Mais la dame ne voulait pas.

— Elle a bien fait. Un petit enfant, c'est fragile, surtout s'il est malade.

— Moi, je me suis cachée derrière le lit, entre le rideau et le mur. Je n'osais plus sortir.

Ysabellis retenait son souffle.

— Et alors ?

— Et alors, je me suis endormie. Je me suis réveillée quand la cloche a sonné. La demoiselle a dit à la dame d'aller à la messe, qu'elle veillerait sur le petit.

— Tu t'es retrouvée toute seule avec la demoiselle dans la chambre ?

— Oui. J'ai eu peur. J'étais sûre qu'elle me frapperait si elle me voyait. J'ai eu envie de pleurer, mais je me suis dit qu'il valait mieux pas. Alors je me suis faite encore plus petite, je me suis cachée sous le lit.

Et puis Armand s'est réveillé, il s'est mis à pleurer. La demoiselle est venue vers moi, et j'ai eu très peur. J'ai cru qu'elle m'avait vue, qu'elle allait me dire que c'était de ma faute s'il pleurait. Mais non, elle a juste fouillé dans son coffre et pris quelque chose. Après, j'ai entendu que Armand tétait quelque chose. Elle lui disait :

« C'est du bon tiriac, du bon tiriac. » Elle avait une drôle de voix, presque gentille. Elle disait : « C'est bien, c'est bon, du bon miel », et moi j'avais faim.

— Et après ?

— Après, elle a rangé la chose dans son coffre, juste à mes pieds. C'était une petite boîte avec une fleur dessus. La dame est remontée de la messe avec deux autres. Et pendant qu'elles étaient toutes autour du lit, je me suis glissée dehors.

— C'était quel jour ?

— La nuit où il est mort.

Ysabellis resta immobile, abasourdie. Un témoin. Il y avait eu un témoin. Elle aurait dû s'en douter. Tout, dans ce château, se déroulait sous les yeux d'autrui. Elle posa les deux mains sur les épaules d'Aybeline :

— Petite fille, ne répète ça à personne, tu m'entends ? À personne !

— Mais pourquoi ? De toute façon, personne ne m'écoute. Sauf toi.

Ysabellis sourit. Aybeline mit le nez dehors pour voir où en était la pluie :

— Il ne pleut plus.

— La messe va bientôt commencer.

— Tu veux y aller ?

— Non, je n'irai pas. Mais toi, si.

— Oh ! je ne peux pas rester avec toi ?

— Non. Je reviendrai tout à l'heure.

Le chapelain arriva à ce moment. Il sonna les cloches. Les femmes répondirent à l'appel. Toutes, sauf Perola. Ysabellis gravit rapidement les échelles. Perola était assise à sa place habituelle. Elle ronflait. Tout comme Aybeline quelques mois auparavant, Ysabellis se hissa dans la pièce sans un bruit et passa derrière le grand lit de la dame. Au pied, un vaste coffre contenait ses affaires. Un coffre plus petit était posé au fond de la chambre. Non verrouillé. Elle l'ouvrit et fouilla dedans. Pour une femme aussi austère, le coffre était dans un singulier désordre. Deux guimpes de rechange, la robe de soie froissée, des manches, des chemises de lin. Et tout au fond, la petite boîte marquée d'une fleur dont Aybeline avait parlé. Une fleur d'iris. Elle la glissa dans son aumônière et redescendit les barreaux sans réveiller Perola.

La boîte avait contenu l'équivalent de deux châtaignes de produit. De thériaque, comme Aybeline l'avait dit. À l'odeur, il s'agissait plus vraisemblablement d'un purgatif aussi rare que puissant, noyé dans le miel. La demoiselle avait dû en prendre une noisette sur le doigt et la faire téter à l'enfant. Et, sur le petit corps affaibli, cette quantité avait été fatale.

Elle l'avait tué. Par malveillance, stupidité ou jalousie, la demoiselle avait tué l'enfant de sa maîtresse. Voilà ce qui aigrissait son cœur, crispait ses mains. Voilà ce qui expliquait sa haine envers Ysabellis.

L'enfant avait été assassiné. Même Randon n'avait pas pu (pas osé ?) formuler une hypothèse aussi monstrueuse.

La demoiselle savait-elle réellement ce qu'elle avait fait ? Le savait-elle quand elle avait tendu son doigt couvert de miel à la petite bouche de l'enfant ? Sinon, l'avait-elle compris, plus tard, repassant, au fil d'interminables nuits sans sommeil, le geste qui avait été fatal à la jeune vie ?

Ysabellis sentit la panique la gagner. La boîte tremblait entre ses mains. Elle se força à respirer lentement. Jusque-là, elle n'avait pas réellement cru à cette possibilité. Elle avait côtoyé ces femmes et ces jeunes filles pendant des semaines, avait lu leurs grandeurs et leurs bassesses, les haines recuites par le temps et les préjugés tout frais, les jalousies, les blessures, les chagrins. Mais à aucun moment elle n'avait pensé l'une d'elles capable de commettre le sacrilège suprême, attenter à la vie d'un enfant.

Même à présent, la tête bourdonnant, la boîte serrée entre ses doigts, elle ne parvenait pas encore à l'admettre. Pas elle, pas la vieille demoiselle de compagnie, dure et froide, drapée dans sa fierté, mais si pitoyable, si lâche au fond.

Et parce qu'elle ne l'avait pas cru, elle n'avait pas pris la menace au sérieux. Malgré les mises en garde de maître Bourcesel, elle avait gravement sous-estimé l'adversaire. L'adversaire, elle, n'avait pas commis cette faute. Dès son arrivée et tout au long de son séjour, elle l'avait isolée, déconsidérée. Piégée.

La cloche de la fin de la messe allait sonner. La demoiselle s'apercevrait sous peu que la boîte avait disparu. Sa contre-attaque serait féroce.

— Aelis ! Oh ! Aelis !

La voix de la petite Aybeline tentait de la tirer de son cauchemar éveillé.

— Aelis !

L'enfant lui tirait la manche :

— Tu m'avais demandé de te montrer Johana.

— Johana ? Ah ! La servante de Beaulieu !

— Elle arrive ! Elle va dans la cuisine. Elle va encore boire du lait. Moi, quand j'en demande, on ne m'en donne pas. Méchantes.

— Merci de m'avoir prévenue. Continue à jouer, fillette.

Les pensées encore en désordre, Ysabellis marcha le long des remparts. Une rafale de vent lui souleva la robe. La pluie du matin n'avait été qu'une mise en bouche. Un orage se préparait. Elle se faufila derrière les bâtiments de la cuisine et se hissa sur le tas de bois, au niveau du toit. Les planches étaient tellement disjointes qu'elle pouvait voir et entendre ce qui se passait dans la cuisine. Tant pis pour l'indignité du procédé.

Johana était une femme assez âgée et très essoufflée. Elle avait fait tout le trajet depuis Beaulieu à pied. Elle s'en plaignait, et aussi de son souffle court, de ses dartres, de son travail incessant. À quoi la cuisinière répondait par des exclamations compatissantes. « Une brave personne, cette cuisinière », songea Ysabellis. Enfin, une petite fille vint dire qu'elle avait prévenu Marguerite et qu'elle arrivait. La cuisinière resservit du lait à la servante et, aimablement, leur laissa la place.

— Johana ! l'accueillit Marguerite avec émotion, en enlaçant la vieille domestique. Comment vas-tu ? Pardonne-moi de te faire faire tout ce trajet, je sais que tu vieillis. Mais je ne peux faire confiance qu'à toi.

— Mes pieds ne sont pas si vieux qu'ils ne puissent me porter jusqu'au château. Comment allez-vous ?

— Comme d'habitude. C'est monotone, ici.

— Vous êtes pâle.

— Je suis toujours pâle. On dit « un teint de lait ».

— Moi je dis « pâle », parce que vous n'êtes pas en bonne santé.

— Allons, donne-moi les nouvelles !

— Votre frère dit que c'est pour ce soir.

— Qui viendra ?

— Tous. Ils auront des fourches, des piques.

— Est-ce qu'ils ont préparé le terrain ?

— Oui, c'est ce que votre frère dit.

— Qui commandera ces hommes ?

— Je ne sais pas ! On ne me dit pas ces choses-là, à moi ! Les yeux de Marguerite brillaient d'excitation, de fièvre même.

— Enfin ! Enfin ! J'ai tant attendu !

— Oui, vous serez votre propre maîtresse.

— Peire en est ?

— Oui, le malheureux.

— Ne l'appelle pas « le malheureux ». Il aura un bel office.

— Ce n'est pas un office qu'il veut, c'est vous.

— Moi j'épouserai le prochain vicomte, Johana. Le vicomte ! Pas un fils de paysan un peu enrichi !

— Vous l'aimiez, autrefois.

— Tais-toi un peu. Il sera bayle. À la place de ce Gabalitain.

— Alors ils vont le tuer ?

— Je pense que oui.

La vieille Johana gémit.

— Allons, ne fais pas cette tête.

— Mais c'est que c'est un bel homme. Et très courtois. Je n'aimerais pas le savoir mort. C'est vrai alors ? Il est l'époux de cette guérisseuse ?

— Je l'ai entendu dire. Cette fille n'est pas du genre à raconter ses secrets. Mais j'ai toujours trouvé un peu louche que le vicomte l'envoie ici, surtout avec maître Bourcesel dans les parages.

— Elle ne risque pas de vous faire des ennuis ?

— Elle ? Dès ce soir, elle sera en pénitence, et le chapelain parle de la mettre au cachot. Alors elle ne nous causera pas grand mal. Au pire, je lui apporterai moi-même son repas. Bien assaisonné.

— Oh ! dit Johana, scandalisée.

— Mais non, c'est une plaisanterie. Tu sais bien que je ne ferais pas de mal à une mouche.

— N'empêche, le vicomte, quand il reviendra... il ne risque pas de porter la guerre ?

— Pas si la moitié de ses châteaux sont déjà tenus contre lui. Pas si les manants se sont levés en masse pour le chasser.

— Je n'aimerais pas que l'on meure à cause de moi, gémit la servante. Je suis sûre que le Seigneur ne me le pardonnerait pas.

— Tu fais ton devoir. Allons, file. Dis à mon frère que je préviens le sire de Mercœur. Il se tiendra prêt. Où doivent-ils se retrouver ce soir ?

— Dans les bois au-dessus du château de Volte. Ils prendront le château dans la nuit. Et au matin, les seigneurs interviendront.

— Chut ! Moins fort.

Elle baissa la voix, consciente d'avoir elle-même parlé trop fort dans une pièce pleine de courants d'air. Ysabellis retint son souffle. En chuchotant, elle poursuivit :

— Mange un morceau et va-t-en. Ça ira ? Tu ne seras pas trop fatiguée ? Dis à mon frère que je l'embrasse. À Verteil... ne dis rien.

— Il croit que...

— Qu'il continue de croire jusqu'à demain.

La servante étreignit Marguerite, qui l'embrassa chaleureusement. Elle but son verre de lait et repartit à petits pas. Ysabellis respira plus aisément. Plus question d'affronter la demoiselle, la vérité sur la mort d'Armand devait être mise entre parenthèses, elle devait prévenir Barthélemy, quoi qu'il dût lui en coûter. Mais comment ? Elle regarda autour d'elle. La muraille, bâtie sur le rocher pour empêcher quiconque d'entrer, l'empêcherait aussi de sortir. Les portes, gardées.

C'est alors qu'elle aperçut maître Bourcesel qui montait à pied depuis le village. Le garde le salua d'un petit geste aimable. Après une seconde de réflexion, elle se posta à quelques pas des écuries et siffla doucement pour attirer son attention. Il se retourna et la vit. D'un geste, elle l'invita à la suivre. Il poursuivit son chemin comme s'il ne l'avait pas vue puis, après un large détour, la rejoignit dans la sellerie.

— Vous aimez cet endroit, dirait-on.

— Non, je le hais. Maître Bourcesel, j'ai besoin d'aide.

— Qu'y a-t-il encore cette fois ?

— J'ai entendu des nouvelles. Je dois partir d'ici.

Le médecin fronça les sourcils :

— Ce serait une erreur. Un ecclésiastique doit venir ce soir même pour vous entendre. Si vous faites défaut, vous vous attirerez de graves ennuis.

— Laissez-moi en juger moi-même.

— Qu'avez-vous appris qui vous mette dans cet état ?

— Rien qui vous concerne.

— Vous ne voulez pas sortir, vous cherchez à fuir. Pourquoi ?

— Allez-vous m'en empêcher ?

— Vous connaissez la raison. Vous savez comment est mort Armand et vous ne voulez pas me le dire.

— M'aiderez-vous ?

— Dites-moi d'abord ce que vous savez.

Ysabellis se planta devant lui, le dardant de ses yeux noirs :

— Maître Bourcesel, pour une fois, aidez-moi sans condition.

Le médecin soutint son regard. Il y lut l'urgence, la détermination. La peur. Une rafale de vent lui ébouriffa les cheveux tandis qu'il l'examinait tout entière, comme s'il la voyait pour la première fois. Le cœur d'Ysabellis s'emballait. Qui avait préparé le faux thériaque ? Qui l'avait donné à la demoiselle ? Maître Bourcesel laissa le silence s'installer. Un pli amer lui tordit les lèvres.

— Je vous ai toujours aidée sans condition, ingrate. Que dois-je faire, cette fois ?

Ysabellis soupira.

— Attirez le garde à la porte assez loin pour que je puisse passer. Aybeline vous y aidera.

— Cette gamine ? Vous faites confiance aux enfants ?

— Plus qu'en bien des adultes. Appelez-la. S'il vous plaît.

Une minute après, la petite était là, écoutant les instructions d'Ysabellis avec une lueur de malice dans le regard.

— Tu as compris ?

— Oui. Je crie, je fais semblant d'être coincée, et maître Bourcesel va chercher le garde. Et tous les deux, ils me tirent de là.

— Il faut que ça dure un peu. Merci, Aybeline. Vas-y maintenant.

— Quand est-ce que tu reviens ?

— Je ne sais pas.

— Je ne veux pas que tu partes.

— Je regrette de te laisser, Aybeline.

L'enfant fila à l'opposé de la porte. Ysabellis écouta ses petits pieds s'éloigner et se tourna vers le médecin.

— Merci.

— Est-ce une simple escapade, ou allez-vous fuir définitivement ?

— Je n'ai pas encore eu le temps d'y penser.

— Vous allez retrouver votre mari ?

— Je l'espère.

— Il a bien de la chance. Vous feriez mieux de ne pas revenir.

— J'ai promis au sire de Randon d'être là à son retour. Maître Bourcesel, je…

Il lui posa l'index sur les lèvres :

— Chut ! Partez en silence.

Il tourna les talons et rejoignit Aybeline, qui criait, loin de la porte. Un instant plus tard, le garde vint leur prêter main-forte. C'était le moment. Bénissant l'esprit vif de la petite fille, elle courut le long du mur, franchit la porte et s'enfuit sans être remarquée. Elle traversa le village de Polignac d'un pas tranquille et se remit à courir dès qu'elle eut atteint les premiers champs. Courir, marcher, courir encore. Le soleil baissait dangereusement. Les insurgés devaient affûter leurs piques. Le souffle court, elle maudit ces longs mois passés au château à filer et broder des ouvrages qu'elle ne porterait jamais.

Les cloches de vêpres sonnaient quand elle amorça la descente dans la vallée de la Loire. Il lui fallait encore une heure. Bondissant dans les feuilles mortes, courant, elle parvint au pont. L'eau avait monté et léchait presque le tablier à ses extrémités. Un vent précurseur d'orage soufflait en rafales, agitant la cime des arbres. De lourds nuages assombrissaient le ciel. Elle prit une minute pour reprendre son souffle, se recoiffer avec les doigts, récupérer un peu. Puis elle franchit le pont.

— Barthélemy Mazeirac ? demanda-t-elle à un passant.

— Je ne sais pas. Toujours par monts et par vaux. Ou peut-être chez Guillelma.

Elle frappa à la porte de Guillelma. La jolie veuve n'avait pas vu Barthélemy. Ysabellis commençait à s'énerver. Où était-il, quand le val d'Amblavès menaçait de se soulever ? N'était-il pas le bayle ? L'hospicio qu'il habitait était vide, froid, complètement impersonnel. Seule, l'odeur de l'homme qu'elle aimait témoignait de ce qu'il occupait les lieux, de temps à autre. Le soleil se couchait et les cloches résonnaient encore une fois quand il surgit, l'air passablement fatigué, monté sur Fauve. Il la vit et descendit à bas de sa monture. Elle parla avant qu'il ait eu le temps d'ouvrir la bouche pour s'étonner :

— Barthélemy, le val d'Amblavès entre en révolte ce soir. Les conjurés doivent se rencontrer dans les bois au-dessus de Bistour pour ensuite marcher sur le château. Demain, les seigneurs prendront le relais.

— Comment ? Comment le sais-tu ?

— C'est une femme qui fait le lien entre tous. Une brodeuse hors pair. Elle a donné ses ordres tout à l'heure, et je l'ai entendue.

— Une femme ? La sœur de Simon de Bertrande ?

— Elle s'appelle Marguerite de Beaulieu.

— Alors c'est elle.

Elle lui résuma succinctement le dialogue qu'elle avait entendu.

— À quelle heure ont-ils dit ?

— Au coucher du soleil.

Il leva les yeux vers le ciel, envahi de nuées noires.

— C'est maintenant.

— Attends ! Je sais comment l'enfant est mort !

— Raconte-moi.

— La demoiselle lui a donné un remède qu'elle avait. Un thériaque*.

— Le thériaque, ça n'existe pas.

— En fait un purgatif. Qui venait de chez la maîtresse Quintina. Elle l'a donné à l'enfant, qui en est mort.

— Pourquoi lui a-t-elle donné ? Pour le soigner ou pour le tuer ?

— Je n'en suis pas sûre. Pour le soigner, je dirais.

— Selon toi, c'est donc elle, la demoiselle, qui aurait dû mourir ?

— Sans doute.

— C'est diabolique. Je te confie Fauve, j'y cours.

En un instant, il fut parti. Ysabellis resta seule, la longe de Fauve en main. Elle marcha lentement jusqu'au bord de la Loire, à la recherche d'une pâture pour le beau cheval, mais l'eau montait encore. Le fleuve formait des tourbillons, roulait des vagues couleur caramel. Elle resta plusieurs minutes à le contempler, fascinée, puis ramena Fauve à l'hospicio. Le cheval en sueur semblait avoir bien mérité quelques soins. Elle lui ôta la lourde selle, le mors, et le bouchonna d'une poignée de paille ramassée sur l'aire à battre. La nuit tombait.

Au son de sabots, instinctivement, elle se dissimula dans l'ombre de la ruelle. Un homme approchait, l'air passablement mécontent. Le garde qu'elle avait feinté au château.

« Déjà ! », pensa-t-elle. Il passa devant elle sans la voir, et héla un moine qui sortait du prieuré.

— La guérisseuse Aelis ? Non, je ne l'ai pas vue. Oui, je vous préviendrai.

Elle attendit que le garde fut passé, puis attacha Fauve à la porte de l'hospicio. En hâte, elle monta les marches et considéra un instant la pièce nue que l'ombre de Barthélemy habitait encore. Elle n'y resterait pas. Le garde pouvait avoir appris, puisque le bruit s'en répandait, qu'elle était aussi l'épouse du bayle. Elle s'enveloppa dans le manteau de Barthélemy et sortit, refermant la porte derrière elle.

Et maintenant, que faire, où aller ? Rentrer, affronter la fureur de la demoiselle et celle, légitime cette fois, de la dame ? Chaque minute qu'elle passait loin du château alourdissait sa dette. Bientôt, elle n'aurait plus qu'à fuir. Quitter le Velay pour toujours, rejoindre un groupe de pèlerins et partir vers Rome, Tours ou Compostelle. Ou même Jérusalem.

Quelle que soit sa décision, elle attendrait d'abord le retour de Barthélemy. S'il rentrait. Déferlèrent alors devant ses yeux les images que les paroles de Johana avaient fait naître dans son esprit et qu'elle avait repoussées jusque-là. Le rassemblement des émeutiers, les fronts déterminés, les larges mains serrées sur des piques aiguisées de longue date. Devant ses yeux de plus en plus sombres passa la vision d'un Barthélemy étendu mort tandis qu'une troupe lui marchait sur le corps pour aller en découdre avec d'autres hommes, des murailles, des soldats. Elle se vit elle-même, portant la guimpe des veuves, brodant jusqu'à la fin de ses jours dans la haute pièce du donjon, soumise à l'autorité malveillante de la demoiselle, et se pinça pour se ressaisir.

Venait-elle d'envoyer Barthélemy à la mort ? Avait-elle vraiment cru qu'il pourrait, tout seul, arrêter une révolte préparée de longue date ? Écrasée d'horreur, elle ajusta le manteau de Barthélemy d'une main lourde et maladroite et courut se réfugier dans la forêt. Les premières gouttes s'écrasaient dans la poussière, creusant des impacts larges comme sa main. Elle pensa à la nuit où son père était mort de la peste. Une nuit un peu semblable à celle-ci, le genre de nuit dont on n'attend pas de fin. À la nuit où elle avait perdu l'enfant qu'elle portait. Cette nuit, elle perdrait peut-être aussi l'homme qu'elle aimait. Elle regarda le ciel, illuminé par intermittence, souhaitant fugitivement qu'un éclair vienne décider pour elle et la soulager du poids d'une vie de combats perdus.

CONJURATION

« Oh non, soupira Barthélemy, une fois de plus, je suis sans arme… » Les séditieux convergeaient en petites bandes silencieuses dans le crépuscule, portant des fourches, des pics, des houes à bout ferré. Des armes dangereuses, maniées par les bras qui avaient été capables de battre des setiers de blé peu de temps auparavant. « Et qu'est-ce que je pourrais bien faire de toute façon, avec une arme, alors que je suis seul ? Ce n'est pas avec une épée que je ne sais même pas manier que je les arrêterai ce soir… » Il s'avança courageusement parmi les premiers arrivés. Besson, le vigier, le reconnut :

— Lui ! C'est ce bayle ! Nous sommes trahis !

Des cris étouffés, des bruits de course, répondirent à son appel. Barthélemy mit les mains sur les hanches, affichant un air serein qu'il était assez loin de ressentir. Son cœur battait à toute allure. Dès que le soutien autour de lui fut suffisant, le vigier s'approcha, une courte dague en main, qu'il pointa sur le ventre de Barthélemy :

— Ce genre d'arme est interdit dans le mandement, Besson. Un vigier devrait le savoir.

D'autres arrivaient en courant. Des hommes de Volte, du Cros, de Beaulieu, de Bichaix, de la Chazorne. Sans réfléchir, deux d'entre eux empoignèrent

Barthélemy, qui s'abstint de gaspiller ses forces en une vaine lutte.

— Qu'est-ce qu'on fait ? demanda un très jeune d'un ton angoissé.

— On le tue. Tant pis pour lui ! coupa un homme court et râblé qui était cirier à Larcenac.

Barthélemy le fixa droit dans les yeux :

— Je t'ai fait du mal, pour que tu veuilles m'assassiner, toi ?

Le cirier, mal à l'aise, détourna le regard. Il y eut un flottement, des mouvements, tandis que de nouveaux venus s'approchaient. La petite foule s'écarta soudain, les deux hommes le lâchèrent. Ytier approchait à grands pas. D'un coup d'œil, il jugea la situation :

— Je t'avais prévenu de ne pas te mettre en travers de mon chemin, Barthélemy.

— Je suis têtu, tu devrais le savoir.

— Têtu, mais pas idiot. Tu es à un contre cent.

— C'est un peu ce que me disait le châtelain le jour où on a été arrêtés.

— Et ça ne t'a pas porté chance.

— À toi, si.

— Tu ne t'en tireras pas si bien ce soir.

— Laisse-moi te parler avant de me trucider.

— Oh oui, tu vas parler. Si tu es là, c'est que quelqu'un t'a averti. Tu vas me dire qui.

— Aucun des tiens, rassure-toi.

— Qui t'a prévenu ?

— Tu ne me croirais pas.

Venant du bas de la colline, une petite troupe rejoignit les hommes déjà assemblés, portant le total à une cinquantaine. Parmi les nouveaux arrivants, malgré la pénombre, Barthélemy reconnut Simon de Bertrande, Verteil, Peire Chayrol et quelques autres parmi les anciens prisonniers. Celui qui l'avait empoigné le premier, un certain Sambat, qu'il n'aurait jamais imaginé dans le rôle de l'émeutier, s'ébroua de colère.

— On n'a pas de temps à perdre. Est-ce que tu es seul ?

— Tu le vois bien.

— Qui t'a prévenu ? Réponds ou je cogne !

Sans attendre, il frappa Barthélemy au menton, d'un coup de sa grosse main potelée. Barthélemy essuya d'une main le sang qui coulait de sa lèvre et de l'autre répondit à Sambat d'un coup de poing qui l'envoya rouler par terre. Ç'aurait pu être le début d'une bagarre qui n'aurait laissé aucune chance à Barthélemy, mais Ytier s'interposa, autoritaire :

— Arrêtez ! Sambat, ce n'est pas en le frappant qu'on obtiendra quelque chose de lui, croyez-moi. Écartez-vous.

Sambat et les autres obéirent et firent cercle autour d'Ytier et lui, à distance raisonnable, se lançant des coups d'œil contrariés. Barthélemy se redressa. Grâce à Ytier, il était toujours vivant. C'était encourageant. Il jeta un regard circulaire aux conjurés assemblés dans la clairière. La détermination qui les animait était perceptible, même dans la pénombre du sous-bois. Quelques regards, pourtant, trahissaient la crainte de ce qu'ils s'apprêtaient à accomplir, le doute de la justesse de leur action. Sous peu, l'exaltation prendrait le pas sur tous les autres sentiments, ils deviendraient une foule que rien ne raisonne ou ne contrôle. Il ne disposait que de très peu de temps. Il parla suffisamment fort pour que tous l'entendent :

— Je suis venu sans arme. Écoutez ce que j'ai à vous dire, ensuite vous déciderez de ce que vous voulez faire. Si vous voulez me tuer, je veux que ce soit Ytier qui le fasse. D'ailleurs, il me l'a promis, n'est-ce pas Ytier ? En souvenir de notre ancienne amitié ?

— Tu es fou, Barthélemy. Je ne voulais pas en arriver là. Comment as-tu su ?

— Je te le dirai. Mais je te dirai d'abord ce qui les amène, eux, à te suivre, dit-il avec un mouvement de menton en direction des séditieux. Simon de Bertrande, par exemple. Depuis le début, il vous harcèle, vous pousse à vous rebeller. Vous le croyez sincère, mais il agit par calcul.

— Calcul ?

— Toutes les belles paroles dont il vous rebat les oreilles depuis des mois lui sont soufflées par sa sœur, Marguerite, qui est brodeuse au château de Polignac.

— Et pourquoi est-ce qu'elle ferait ça ?

— Parce qu'elle a imaginé qu'elle pouvait, à la faveur d'une révolte, démettre le vicomte et installer à sa place un de ses cousins. Qu'elle épouserait, bien entendu.

Verteil poussa un cri de rage.

— N'importe quoi ! Il dit n'importe quoi !

— Verteil, continua Barthélemy, imperturbable, voudrait bien épouser ladite sœur, dont il est amoureux depuis longtemps. Vous le savez tous. Mais elle est noble et pas lui. Alors, pour lui plaire, il a rejoint vos rangs, lui qu'on ne voyait guère hors de ses champs et de ses vignes. Il se peut qu'elle lui ait caché ses projets de mariage avec un autre.

— Comment est-ce que tu sais ça ? demanda Ytier, perplexe.

— J'ai des yeux et des oreilles. Ce n'est pas tout. Parlons de Besson.

— Ça suffit ! Faites-le taire ! grogna Besson.

— Oh non, on l'écoute, au contraire, trancha Ytier, dont les narines frémissaient.

Plusieurs conjurés s'interrogeaient du regard, partagés entre l'exaspération et la perplexité.

— Besson. À la fois officier de la seigneurie et en révolte contre cette même seigneurie ? Drôle de mélange, non ?

— Il nous a obtenu des appuis.

— Je n'en doute pas. Mais il a pensé à lui avant de penser à vous. Pourquoi vous a-t-il aidés ? Il convoite depuis longtemps l'office de bayle. Il ne l'a pas obtenu quand Guionet de Beaulieu a été nommé, il ne l'a pas eu quand j'ai été nommé... Si je meurs, la place sera une fois de plus toute chaude. Et si je ne meurs pas, il compte sur le fait que la vicomtesse ne gardera pas un bayle aussi incompétent que moi, qui laisse les manants se révolter. Vous le voulez à ma place : continuez comme ça.

— Espèce de rat ! hurla Besson.

Barthélemy remarqua que ses voisins s'étaient imperceptiblement écartés de lui.

— C'est tout ? interrogea Ytier, ignorant le vigier.

— Non. L'office de bayle a été promis en lot de consolation à Verteil. Deux hommes pour une place. Mettez-vous d'accord avant de m'éliminer. Et puis il y a Peire Chayrol, qui crie vengeance pour la mort de son frère. Pour toi, Peire, je n'ai rien à dire, continua-t-il avec un peu de tristesse. Sinon que la vengeance ne te rendra pas Gerenton.

Peire pencha la tête involontairement, plissant les yeux pour retenir les larmes qui menaçaient d'en jaillir. Il voulut répondre, mais se méfia des tremblements de sa voix.

— Et moi ? interrogea Ytier, avec un rien de sarcasme.

— Toi, c'est différent. Tu crois à ce que tu fais. Tu es honnête et désintéressé. Tu ne t'es peut-être pas demandé pourquoi ils te suivaient ?

— Ils me suivent parce qu'on a le même but.

— Non. Chacun poursuit son propre but, mais toi, tu sais trouver les mots pour les mettre d'accord. C'est pour ça qu'ils te suivent.

Ytier fronça les sourcils et regarda les hommes en cercle, comme s'il comprenait pour la première fois la nature de l'ascendant qu'il avait pris sur eux. Jusque-là, il n'avait fait que poursuivre l'œuvre de Chapade, déployer son énergie pour les rallier, encourager les anciens et gagner de nouvelles têtes à sa cause. Ce soir, il prenait pleinement conscience d'être devenu leur chef. Tout autour de lui, les conjurés attendaient, muets. Et leur silence même donnait raison au bayle qui avait été son ami. Un éclair illumina les visages. Quelques-uns montraient une grande résolution, d'autres l'irritation. Peu d'exaltation. Les hommes qui étaient venus n'étaient ni des moutons ni des imbéciles. Des jeunes, des vieux, des presque riches, des miséreux. Tous étaient prêts à risquer la mort sur les fourches patibulaires pour le suivre, parce qu'il avait su affûter les arguments qui les avaient convaincus. Il portait la responsabilité de les conduire ou non à la révolte. Et à l'heure du choix, il lui semblait que sa détermination vacillait. Un souffle agita les peupliers. Quelques feuilles tombèrent à ses pieds. Il fallait qu'il sache. Il se tourna vers Besson :

— C'est vrai ce qu'il dit. Tu veux sa place. C'est toi qui as tué l'autre bayle ?

Barthélemy retint son souffle, mais Besson protesta énergiquement :

— Pas du tout ! Je ne suis pas un assassin. Il ment !

— Il ne ment pas. D'ailleurs, je me demande ce que tu fais ici. Ah oui, tu devais faire le guet… Tu ne veux pas trop te mouiller, hein ?

— Si j'étais bayle à la place de celui-là (il fit un mouvement du menton méprisant en direction de Barthélemy), vous n'auriez pas tous ces ennuis.

— Déjà ! laissa tomber Ytier pour tout commentaire. (Il regarda Verteil dans les yeux.) Et toi ? C'est cette femme qui te tient ?

— Oui, c'est pour elle que je suis là. Et alors ?

— Et alors elle ne t'épousera jamais, pauvre cruche. Tu veux toujours te battre ?

— Oui.

— C'est bien. Mais celui-là, je ne le veux pas.

Il désigna le meunier de La Mure.

— Et pourquoi ? s'insurgea Peire. On n'est pas trop nombreux, on ne peut pas se permettre de rejeter les uns ou les autres juste sur ses accusations ! Il cherche seulement à sauver sa peau !

— Chayrol ! Réfléchis ! On ne va pas prendre d'assaut le château et, quand il sera pris, réclamer chacun notre récompense ! Il faut se mettre d'accord avant.

— Surtout, insinua Barthélemy, qu'au cœur du combat, il est si simple de donner un petit coup de couteau au chef pour avoir les mains libres ensuite...

Des menaces, des cris, s'élevèrent du cercle d'hommes, mêlés au roulement du tonnerre, qui se rapprochait du nord et de l'ouest. De larges gouttes s'écrasèrent au sol, sur les capuchons, les épaules. Ytier ne blêmit pas, il ne tempêta pas. Il leva lentement la main et le silence se fit. Barthélemy observait, captivé, ces hommes en colère trahis par une pomme d'Adam montant et descendant, un doigt grattant instinctivement une cuisse, un orteil raclant le sol. Et tous les yeux tendus vers Ytier, attendant qu'il se prononce.

— On ne part pas sans se mettre d'accord.

Il y eut des murmures, un début de rébellion. Une voix se détacha des autres :

— Se mettre d'accord sur quoi ? On a déjà longuement parlé. Ça suffit, maintenant, il faut y aller.

— Se mettre d'accord sur ce qu'on fait de lui, répondit Ytier, en désignant Barthélemy.

Instantanément, tous les regards se tournèrent vers lui. Un court silence se fit.

— Il faut le noyer, comme l'autre, proclama une voix.

— Qui veut me noyer ? Montre-toi !

Un homme s'avança, petit et sec.

— C'est moi, et te planter un couteau dans le ventre ne me fait pas peur non plus.

— Tu es un des frères de Jehan Chapade ?

— Oui. Et je le vengerai.

— Ce n'est pas Barthélemy qui l'a tué, gronda Ytier.

— Oui, mais il nous a tous vus. Il sait ce qu'on a l'intention de faire. On n'a plus d'autre choix. Il faut le tuer tout de suite et continuer.

— Bien sûr que vous avez le choix, expliqua Barthélemy avec calme. Vous ne serez pas jugés sur ce que vous avez l'intention de faire, mais sur ce que vous avez fait. Pour le moment, il n'y en a qu'un ici qui puisse avoir maille à partir avec la justice, et c'est Besson. Pour porter illégalement une arme dans mon mandement.

Besson agita sa dague devant ses yeux.

— Quand elle sera dans ton estomac, tu verras si tu nous menaceras encore !

Chapade éclata de rire :

— Tu veux dire que tu nous laisserais simplement rentrer chez nous, sans rien dire ?

— C'est vrai ! renchérit Sambat. Si on le lâche, il ira chercher des soldats, et on se retrouvera tous en prison. Et cette fois, ils ne se contenteront pas de coups ! Il y aura des morts !

— Qui va croire une faribole pareille ?

— Moi je le crois, dit tranquillement Ytier. S'il avait voulu venir avec des soldats, ils seraient déjà là.

Les voix se turent. Stupeur et incrédulité se lisaient dans les yeux écarquillés, dans le relâchement des mains. Barthélemy pensa fugitivement qu'ils allaient se rebeller contre leur chef et tuer Ytier en même temps que lui. Il en conçut une grande amertume. Il n'avait jamais eu l'intention de conduire Ytier à la mort. Chayrol brisa le silence :

— D'accord ! C'est vrai ! Mais on ne va pas s'arrêter maintenant ! Pas après tout ce qu'on a fait. Pas après tout ce que tu nous as dit, Ytier !

— Paix, Chayrol. Je n'ai pas dit qu'on renonçait à tout. Mais on ne peut pas partir à l'assaut du château avec autant d'incertitudes.

— Croyez-vous que nos alliés attendront notre bon vouloir ? cria Simon de Bertrande. Ils n'attendent que nous pour se soulever. Demain, on ne pourra plus compter sur leur appui.

— Et tant mieux ! dit sauvagement Ytier. Je ne servirai pas de petit soldat à une conspiration de nobles !

Simon de Bertrande, les yeux étroits, siffla :

— Tu te laisses embobiner par ce bayle, Ytier. Moi, je vais le faire taire une bonne fois pour toutes.

Il se précipita sur Barthélemy, dague en l'air. Ytier lui retint le bras.

— Non !

— On avait dit qu'on tuerait ceux qui se mettraient en travers de notre chemin ! lui rappela quelqu'un.

— Je sais. S'il faut le tuer, je le ferai. Mais seulement si vous êtes tous d'accord. Décidez maintenant.

Barthélemy croisa les bras, regardant les hommes les uns après les autres. Les séditieux fuyaient son regard, aucun ne paraissait décidé à endosser la responsabilité de son assassinat. Le jeune Bertrand, qui n'avait rien dit jusque-là, parla en évitant les yeux de Barthélemy :

— Moi je ne porte pas la main sur lui, bayle ou pas. Il est le seul à avoir essayé de faire quelque chose pour nous, quand nous étions retenus au château. Sans son intervention, je n'en serais pas ressorti vivant. Toi non plus, Ytier. Je ne porte pas la main sur lui.

Ytier pâlit légèrement. Son regard croisa celui de Barthélemy, l'homme qui l'avait soutenu quand il s'était montré tellement pitoyable, dans la prison. Une bouffée de haine mêlée d'admiration l'envahit. Quelle force aurait représentée un homme comme lui dans leur révolte ! Verteil avait pris la parole, d'une voix hachée :

— Je suis d'accord avec Bertrand. Mais ce n'est pas une raison pour se laisser embobiner. On perd du temps, une pareille occasion ne se retrouvera pas.

— Bien parlé, Verteil, intervint Chayrol. Barthélemy, on t'a écouté. Maintenant, tiens ta promesse. Qui t'a prévenu ? Et qui as-tu averti ?

— J'ai appris votre rendez-vous de ce soir directement par le château de Polignac.

Des exclamations fusèrent :

— Du château ?

— Un mouchard ? Mais qui ?

— Et pour ma part, je n'ai averti personne. Mais ça ne veut pas dire que personne n'est au courant.

Des grimaces, des grincements de dents, des grommellements, suivirent cette double annonce. Il profita de la confusion pour pousser son avantage :

— Vous vous croyez libres de décider de prendre les armes ou non, mais d'autres, dans les châteaux, profitent de votre colère pour vous manipuler. Savez-vous vraiment ce que vous voulez obtenir par la force ? Et ce que vous obtiendrez réellement ? Des morts, et encore des morts. La peste n'en a-t-elle pas pris assez ? Toutes les révoltes que j'ai vues se sont terminées par des supplices, des pendaisons, sans compter ceux qui sont morts en prison. Voulez-vous vraiment finir votre vie de cette façon ?

Il s'interrompit un instant pour donner plus de poids à ses paroles.

— J'ai une proposition à vous faire. Réunissez-vous en quelque lieu public. Appelez à vos côtés un notaire, ou quelqu'un qui sache écrire. Réfléchissez à vos doléances, à ce que vous voudriez voir changer dans ce mandement, et faites inscrire le tout dans une lettre. Je la porterai moi-même à la vicomtesse, ou au vicomte puisqu'il paraît qu'il sera bientôt de retour.

Un grand silence accueillit ses derniers mots. Chacun réfléchissait, mettait en balance ses motivations, ses espoirs et les risques encourus.

— Une lettre ? Une lettre vengera nos morts ?

— Je n'ai pas parlé de vengeance, Peire.

Ytier se taisait, le visage noyé dans l'obscurité.

— C'est tout ce que j'avais à dire. Si personne ne me retient, je m'en vais. Je ne vous embobine plus. Vous me trouverez au château de Volte. Prenez la décision qui vous semblera la plus sage.

Personne ne le retint. Ytier le regarda partir jusqu'à ce qu'il eut disparu dans le noir, en rage, mais soulagé au dernier degré de n'avoir pas eu à le tuer. Un peu déconcerté aussi par la façon dont il avait, en si peu de mots, mis à mal le soulèvement préparé de longue date. Tout compte fait, il était assez fier d'être l'ami d'un ennemi de ce genre.

Barthélemy marcha longtemps dans la forêt déjà détrempée, le cœur battant à toute vitesse, les jambes molles. Jusqu'à la dernière seconde, il s'était attendu à recevoir un couteau entre les omoplates, mais rien n'était venu. La pluie crépitait sur ses épaules, sur la Loire gonflée et boueuse. Il était vivant. Les portes du château de Volte étaient grandes ouvertes, les soldats et la plupart des domestiques absents. Même la volaille avait quitté l'enceinte de la cour… Il appela. Le châtelain descendit, tout habillé en guerre.

— Où sont les soldats ?

— En quoi cela vous regarde ?

— En tant que bayle. Je veux savoir pourquoi ce château n'est pas gardé.

— Je suis là.

— Je vois. Eh bien ! Je ne vous aurais pas imaginé en conspirateur. Je me suis beaucoup trompé sur vous.

— Vous vous trompez sur tout. Insignifiant personnage ! Mais peu importe, vous ne resterez plus bayle très longtemps.

— C'est ce que vous croyez ?

Huguenin de Rodde sourit sardoniquement.

— Oui, je le crois.

— Eh bien, vous feriez mieux d'aller vous coucher. Apparemment, la veillée ne réussit pas à votre cerveau.

— Mêlez-vous de ce qui vous regarde.

— C'est que… vous attendiez peut-être quelqu'un ? Ou quelques-uns ? Je crois qu'ils ont changé d'avis.

Le châtelain blêmit. Barthélemy lui adressa un sourire d'excuse et fit volte-face, assez satisfait. Il n'avait pas le pouvoir d'arrêter ou de démettre un châtelain, il ne pouvait pas non plus faire le tour des châteaux pour arrêter les séditieux les uns après les autres. D'ailleurs, il n'avait aucune envie de s'exposer une fois de plus. Il devait compter sur la sagesse d'Ytier et sur la poltronnerie de beaucoup d'autres.

Il ne savait toujours pas qui avait tué Guionet de Beaulieu. Mais s'il ne se trompait pas, il le saurait avant peu. Si l'échec de la révolte se confirmait, l'assassin devrait abattre ses dernières cartes ou il ne pourrait plus accomplir son projet avant le retour du vicomte. Demain, il tendrait ses filets. Il rentra dormir un peu. L'hospicio était désert. Il avait espéré qu'Ysabellis l'y attendrait. Étrangement, elle avait emporté son manteau. Ce détail l'inquiétait. Pourquoi avait-elle jugé nécessaire de prendre un manteau d'homme ? Est-ce que cela voulait dire qu'elle n'était pas rentrée à Polignac ? Il s'allongea sur son lit en écoutant la pluie s'écraser sur le toit au-dessus de sa tête. Où était-elle ? Il eut du mal à trouver le sommeil.

LE JUGEMENT DU FLEUVE

Au matin, Ysabellis n'était pas revenue à l'hospicio, au grand dépit de Barthélemy. La pluie était tombée toute la nuit et continuait de s'abattre en un rideau régulier, illuminé de temps à autre par un coup de tonnerre. L'eau dévalait des bois noirs, creusait des rigoles dans les chemins, s'écoulait partout, inondant le rez-de-chaussée des maisons les plus proches de la Loire. Le village était tranquille, les villageois à l'abri sous leurs toits de chaume. Le manteau d'Ytier était pendu devant la porte de la baraque de sa grand-mère.

Barthélemy sella Fauve qui, pour une fois, renâcla. Mercœur, Recours, Beaulieu, Ceneuil... il parcourut le territoire dans tous les sens pour s'assurer de sa tranquillité. La Loire avait enflé, elle débordait largement sur les pâturages et n'était plus franchissable qu'en un seul point, le pont de Volte. Mais les châteaux étaient calmes. Pas de doute, la tentative de soulèvement avait avorté. Les seigneurs n'avaient pas osé prendre la tête d'une rébellion qui n'était pas certaine d'aboutir. En fin d'après-midi, rassuré, il rentra à Volte. Il était trempé, avait faim et froid, mais il était rassuré. Seule l'absence de nouvelles d'Ysabellis assombrit son retour. Il espéra sans y croire qu'elle était rentrée à Polignac et acheta au boulanger un pain tout chaud : c'était jour de cuisson.

Le plafond de nuages se leva légèrement aux alentours de none et la pluie s'éclaircit. Les habitants de Volte, le Verdier, le Cros et de tous les mas situés au bord de l'eau profitèrent de l'accalmie pour ranger en hâte ce qu'ils avaient laissé dans le lit majeur du fleuve, bateaux, outils, et ramener les troupeaux en hauteur. Le pont voyait défiler les habitants les uns après les autres, qui venaient mesurer la hauteur des eaux. Guillelma vint peu avant le coucher du soleil, un enfant à chaque main.

— L'eau risque-t-elle de monter encore ? l'interrogea Barthélemy.

— Oh oui. Mais tant qu'elle monte régulièrement, il n'y a pas grand danger.

— Elle peut monter brusquement ?

— Oui. C'est comme une grosse vague qui déferle et démolit tout sur son passage. Je l'ai déjà vu.

— C'est fréquent ?

— Des crues, il y en a une fois par an, à l'automne ou au printemps. Mais celle-ci arrive tôt. Et elle promet d'être exceptionnelle.

— Pourquoi ?

— Il a beaucoup plu en Vivarais, ces derniers jours. Ici, on a l'habitude, tu sais.

— Je ne savais pas. Ça m'effraye.

— Moi, c'est la crue humaine qui m'effraye.

Barthélemy la regarda avec curiosité. Elle poursuivit :

— Il paraît que tu as empêché les hommes de se soulever, hier soir. Tu as du cran.

— C'est juste que je n'avais pas eu le temps de réfléchir avant.

— C'est drôle que tu aies vécu jusque-là, remarqua-t-elle d'une voix étrange.

— C'est ce que je me dis depuis que je ne suis pas mort de la peste.

— Laquelle ?

— Chez nous, c'est la seconde qui a été la plus meurtrière. Dans mon village, on a compté plus de morts que de vivants. Depuis, j'ai toujours l'impression que chaque jour de ma vie sera le dernier.

— Je comprends ça. Je comprends ça…

Elle s'éloigna en serrant ses enfants contre elle.

L'eau montait toujours. Aux deux extrémités du pont, là où l'arche s'abaissait, elle passait déjà pardessus le tablier. Enjambant le petit filet d'eau qui en barrait l'accès, Barthélemy grimpa au sommet, craignant et admirant l'étendue liquide qu'il avait sous lui. Un éclair raya le ciel et l'eau s'abattit en trombes sur sa tête, sur le pont, sur le fleuve en crue, sur les champs moissonnés. Les villageois regagnèrent l'abri de leurs foyers. Ne resta plus que Barthélemy, aussi mouillé que s'il s'était baigné dans le fleuve.

Un instant après, ils étaient deux, et Guithona s'adressait à lui avec un petit sourire :

— Vous aimez les éléments ? La force de la nature ? Gare, elle pourrait vous emporter.

— Je le sais, maîtresse Quintina. Et vous ? Qu'est-ce qui vous amène sur ce pont où vous courez le risque de tomber malade ?

— Je n'aurais pas fait fortune si je n'avais pas su courir ce risque-là. Et bien d'autres. D'ailleurs, je n'ai plus de mari pour se soucier de ma santé.

— À cela, vous pouvez certainement remédier.

— Est-ce une proposition ? En bonne et due forme ?

Barthélemy se tourna vers elle, suffoqué, heureux que l'obscurité l'aide à masquer son ébahissement. Il parvint à répondre d'une voix égale :

— Je n'avais pas mesuré votre témérité, maîtresse Quintina.

La veuve noua et dénoua le lacet de sa robe, un pli méprisant sur les lèvres.

— Vous dites cela parce que je suis une femme. Et que les femmes ne doivent pas prendre ce genre d'initiative.

— Inutile de faire cette moue, vous savez fort bien que ce n'était pas le sens de mes paroles.

— Alors ?

— Alors, je commence à vous connaître. Vos décisions sont toujours longuement mûries, et vous ne faites rien à l'aveugle. Qu'avez-vous appris sur moi qui vous pousse à me proposer une… association ?

Guithona réprima un petit sourire.

— Bien des choses. J'ai eu beaucoup de mal à démêler le vrai du faux. J'ai entendu des histoires à dormir debout et d'autres qui m'ont semblé plus réalistes. Celle que j'ai préférée, c'est celle d'un sergent que le sire de Randon tenait en haute estime. Un jour, ce sergent, pour une raison ou pour une autre, a déplu. En guise de représailles, le seigneur l'a forcé à accepter une déchéance de ses droits. Ce doit être un homme habile, car, au lieu d'accepter le jugement de son seigneur, il s'est enfui et a réussi à se faire nommer bayle par l'épouse du même seigneur. Un beau tour de force.

Barthélemy, tout en observant la surface de l'eau, sentait la présence de la femme à ses côtés, son excitation contenue, la tension de sa volonté.

— Comment avez-vous réussi cela ?

— De la même façon que vous avez réussi à subjuguer le châtelain de Volte et quelques autres.

Guithona sourit franchement. Elle avait bâti sa fortune sur des conversations de ce genre. Elle y était particulièrement habile, et celle-ci se déroulait magnifiquement.

— Nous sommes de la même trempe. Je le savais. Notre association était inévitable.

— Quel gage me demandez-vous ?

— Allons, vous allez vite. Ne pouvez-vous me faire… une belle déclaration ? Il sera bien temps de discuter de questions de contrats, de dot, quand nous serons au sec.

— M'auriez-vous choisi si j'étais homme à faire ce genre de déclaration ?

— Peut-être pas, dit-elle, un peu déçue.

— Alors ?

— Je veux le bois de la Clergeade en pleine propriété.

— Vous avez besoin du seing de la dame, et de celui du châtelain.

— Le châtelain, comme vous le savez, je l'ai circonscrit. Il a tant de dettes envers moi qu'il ne peut plus rien me refuser. La dame… j'ai son sceau, que cette jeune guérisseuse un peu naïve avait apposé sur mon livre de comptes.

— Et si elle conteste ?

— Elle ne peut pas contester. Elle me doit trop d'épices, elle aussi.

— Ainsi que des remèdes ?

Guithona fronça les sourcils. Barthélemy remarqua que l'eau montait à présent à hauteur des genoux, de chaque côté du pont.

— Je ne vends pas de remèdes. Il y a un apothicaire pour ça.

— Que voulez-vous faire de ce bois ?

— Le bois m'est bien égal. C'est ce que le sol renferme qui m'intéresse.

— Le minerai !

— Vous avez deviné ? Bravo. Il faut faire vite, maintenant. Le vicomte sera de retour sous peu, et la révolte ayant magnifiquement échoué grâce à vous…

— Je regrette, je ne savais pas qu'elle entrait dans vos projets.

— Si. J'ai distribué beaucoup d'argent à quelques seigneurs pour qu'ils s'arment.

— Dont le châtelain de Volte ?

— Lui ? Non, même pas. Cet incapable ! Mais le sire de Mercœur. Celui de Recours. Et quelques autres.

— Qui devait prendre la place du sire de Randon ?

— Un Vellave, un vrai, dit-elle avec un sourire sarcastique de ses lèvres fines.

Elle rejeta en arrière une mèche grise échappée de sa guimpe détrempée. La pluie lissait son visage volontaire, mouillait sa robe, révélant un corps vigoureux.

— Au bout du compte, peu m'importe que la révolte réussisse ou échoue. Le plus important est de détourner les yeux des autorités de ce que je fais avant qu'il ne soit trop tard.

— Des mines ?

— Le contrat doit être signé, dressé devant notaire et enregistré avant que le vicomte ne rentre. Il ne pourra plus s'y opposer.

— Pourquoi s'y serait-il opposé ?

— Parce que l'exploitation de mines est une activité qui rapporte à la fois de l'or et du pouvoir, messire Mazeirac. Le sire de Randon n'aurait jamais accepté de voir passer sous son nez, contre une redevance ridicule, une activité aussi lucrative ! Il y a de l'argent dans le sol de votre mandement, maître bayle, de l'argent ! Personne ne le savait avant que je fasse venir un spécialiste rouergat.

— Le précédent occupant de la grange ?

— En personne.

— Vous êtes remarquable, constata Barthélemy, avec une réelle admiration. Comment avez-vous réussi à embobiner Marguerite de Beaulieu ?

— Je ne vous avais pas livré ce nom, je crois ?

— En effet.

— Je vous trouve bien curieux.

— Ce n'est pas à vous que j'apprendrai que l'information est la clé du pouvoir ?

Elle eut un petit rire qui sonnait faux.

— D'accord, je vais vous le dire. Je l'ai approchée par son frère bâtard. Une femme de son tempérament, obligée de broder toute la sainte journée et de vivre sous la dépendance d'autrui, c'était presque trop facile. Grâce à moi, elle s'est retrouvée au centre d'un réseau de comploteurs, persuadée d'être la clé de voûte d'une nouvelle cour…

— Y a-t-elle vraiment cru ?

— Évidemment.

— Je crois que vous lui avez envoyé quelques cadeaux.

— Oui, toujours dans la plus grande discrétion.

— Le thériaque, c'est à elle que vous l'avez donné, n'est-ce pas ?

— De quel thériaque voulez-vous donc parler ? Je vous ai dit que je ne vendais pas de remèdes.

— Le thériaque qui a causé la mort du jeune Armand. L'héritier du vicomte.

La veuve fit une pause.

— Je ne comprends pas ?

— C'est pourtant clair. Rappelez-vous, un remède contenu dans une petite boîte en bois marqué d'une fleur d'iris.

— Le petit Armand est mort d'une de ces maladies enfantines. Je ne sais pas laquelle.

— Non, il est mort d'avoir pris un remède non approprié. Un thériaque frelaté provenant de chez vous.

— Comment le savez-vous ? interrogea Guithona d'une voix dure.

— C'est à votre tour d'être curieuse ? La guérisseuse Aelis l'a découvert. Et me l'a dit.

— Comment l'aurait-elle su et, ensuite, pourquoi vous l'aurait-elle dit, spécialement à vous ?

— Elle l'a su parce qu'elle n'est pas qu'une jeune fille un peu naïve.

La marchande se mordit les lèvres.

— C'est ennuyeux. Légalement, bien sûr, on ne pourra rien me reprocher. N'empêche que…

— Pourquoi avoir envoyé un poison à Marguerite ?

— Ce n'était pas un poison. Je ne suis pas si imprudente. Juste un remède un peu fort… dangereux pour quelqu'un de malade, évidemment. Mais il fallait bien la compromettre. Et lui permettre d'agir. La demoiselle morte, plus personne n'aurait pris de décision dans ce château, et la voie était libre pour tous les complots. Vous ne m'avez toujours pas dit comment vous avez obtenu une telle confidence de la part de la guérisseuse. Avez-vous usé de votre charme sur elle ? À moins que… Pourquoi n'y ai-je pas pensé ? Vous la connaissiez avant. N'est-ce pas ?

— Vous l'ignoriez ?

— Je vous l'ai dit, tant de rumeurs courent sur vous. On parle de veuvage, de femme aimée en secret… mais les amours, cela ne m'intéresse pas. Les sentiments sont faits de la même matière que les nuages.

— Ce soir, la métaphore est mal choisie.

— Cet orage passera comme tout passe. Mais les affaires demeurent. Je suis riche, maître Mazeirac. Et, avec ces mines, je le serai bien plus encore. Je ne vous offre pas une peccadille, quelques clous de girofle ou une bourse pleine de scammonée, comme à cet abruti de châtelain. Je ne vous offre pas un remède frelaté, mais de partager avec moi l'aventure de devenir le couple le plus puissant du val d'Amblavès. Mon commerce et votre office de bayle associés, Barthélemy Mazeirac, vous ne retrouverez jamais une pareille opportunité.

— C'est remarquable, maîtresse Quintina. Pardonnez-moi, je voulais l'entendre de votre bouche, mais même ainsi, j'ai encore du mal à y croire vraiment.

La veuve Quintina se renfrogna légèrement. Quelque chose, dans le ton de la voix de Barthélemy, l'inquiétait. Il ne souriait pas, la regardait gravement. La conversation venait de prendre un nouveau tour, sans qu'elle comprenne ce qui s'était brisé. Elle recula d'un demi-pas.

— J'ai pris toutes mes précautions. Toutes, comprenez-le bien. Vous connaissez mes projets, et vous savez maintenant ce que je suis capable de faire si l'on se met en travers de ma route.

Barthélemy secoua la tête, comme avec regret. L'eau s'égouttait d'une mèche de cheveux noirs devant son visage noyé dans l'ombre.

— Comme d'ignorer la mort d'un enfant ?

Les yeux de Guithona se voilèrent. Elle porta deux doigts à ses lèvres et siffla. Le son se mélangea à celui du tonnerre, mais il avait été entendu. Un instant plus tard, Gonet Bruyeyra fut à ses côtés, armé d'un lourd bâton ferré.

— Je ne vous ai pas laissé connaître mes projets pour que vous les contrecarriez. Vous êtes plus malin que je ne le pensais.

— Ai-je l'air d'un parfait abruti pour qu'on me dise toujours ça ?

— D'un parfait abruti, non. Mais d'un homme entier. Ce qui tombe bien, parce que le choix que vous avez devant vous est extrêmement simple : épousez-moi ou vous finissez dans l'eau.

Elle s'avança vers lui et prit les mains râpeuses de l'homme dans les siennes, certaine qu'il accepterait, certaine de son propre charme et de la sûreté de ses plans.

— Comment avez-vous fait pour Guionet de Beaulieu ?

— J'aimerais mieux que vous me parliez mariage.

— Il faut me convaincre de ce que je dois vraiment vous craindre.

— Oui, craignez-moi.

— Vous êtes donc prête à me tuer ou à m'épouser ? Indifféremment ?

— Oui.

— Je n'aime pas ce genre d'alternative.

En un quart de seconde, il empoigna le bâton ferré que Gonet croyait tenir fermement et le fit tournoyer autour de sa tête.

Avec un cri de rage, Gonet se jeta sur lui. Barthélemy l'esquiva. Le lourd bonhomme perdit l'équilibre et bascula dans le vide.

— Gonet ! hurla Guithona en se précipitant sur le parapet et en fouillant l'eau noirâtre du regard. Gonet !

Elle se retourna, furieuse et alarmée :

— Tu l'as tué !

— Oui, admit Barthélemy, la voix un peu étranglée. Oui, c'est moi qui l'ai tué.

— Et tu me tuerais aussi ?

— Non ! Vous serez jugée.

Elle se rapprocha de lui, chercha son regard des yeux, déployant toute la force de sa volonté.

— Jugée pour quelle faute ?

— Pour le meurtre de Guionet de Beaulieu.

— Prouve-le.

— Je le ferai.

— Je t'ouvre mon lit et toi tu veux me conduire devant le bourreau ? Sais-tu comment on exécute les femmes ?

Barthélemy ne répondit pas. Il ne pouvait détacher son regard de celui de la marchande, qui pouvait lire en lui le choc et le doute.

— Que t'importe que j'aie tué ou non ce prétentieux de Guionet ?

— Cela m'importe.

— Tu t'endurciras. Je l'ai éliminé, oui, je l'avoue, parce qu'il refusait de me vendre ce lopin de terre. Et sais-tu pourquoi il me le refusait ? Parce que je suis une femme ! À un homme, il l'aurait vendu ! Un homme pourvu de mon esprit aurait été bien plus puissant que tous ceux qui prétendent chevaucher en nobles dans ce pays ! Que dis-je, un homme n'aurait jamais eu la moitié de l'intelligence qu'il aurait fallu... mais je suis une femme ! Et une femme n'a pas droit à tout cela. Mais toi, Barthélemy ? Tu n'es pas comme eux ? Toi, tu m'épouseras. N'est-ce pas ?

Barthélemy recula, une expression de profonde répulsion sur le visage. D'un geste extrêmement vif, un petit couteau jaillit de la main de Guithona. Tout aussi rapide, Barthélemy lui saisit la main avant que le couteau ne le transperce, juste au niveau du cœur. Il lui tordit le poignet et le couteau suivit la même trajectoire que Gonet. Tout en se débattant pour échapper à Barthélemy qui la tenait fermement, elle criait, et sa voix dominait le vent, le bruit de la pluie, le tonnerre.

— Barthélemy, tu es comme les autres ! Comme les autres ! Jamais je n'aurais dû te faire confiance ! Aucun homme n'est digne de confiance !

Elle était menue et nerveuse. Sa lourde robe trempée adhérait à son corps tremblant de froid et de fureur, mais son énergie était intacte. D'un geste souple, elle échappa à la poigne de Barthélemy et fila vers la berge.

— Attends ! cria Barthélemy.

L'eau avait tellement monté que, de chaque côté du pont, elle faisait deux rivières brunes, luisant par intermittence au rythme des éclairs. Il courut pour la rattraper, mais elle fut plus rapide. Elle se jeta dans l'eau. Le courant, trop fort, la déséquilibra. Un éclair vint frapper un aulne, qui s'ouvrit en deux, à quelques pas du pont. Barthélemy fut projeté contre le parapet, étourdi, la tête résonnant du bruit du tonnerre. Il se remit péniblement debout, s'accrochant au muret, et chercha la femme des yeux. Rien. Personne. Le flot, torrentueux, noirâtre, véloce, l'avait happée. Il s'accrocha à l'idée folle que le courant la ramènerait à terre avant qu'elle ne se noie, et ses yeux fouillèrent la rive. Ils tombèrent sur une autre robe, une autre femme. Ysabellis. Paralysée, révulsée d'horreur.

— Attention ! lui hurla-t-il, alors qu'un grand tronc passait devant elle, provoquant d'énormes remous à ses pieds.

Mais elle ne bougea pas. Il n'osa pas faire un geste vers elle. L'eau montait à présent à toute vitesse. À chaque instant, Ysabellis risquait de se faire emporter.

— Va-t'en ! Va-t'en ! Fuis ! cria-t-il.

Mais elle ne bougeait toujours pas. Qu'avait-elle vu ? Qu'avait-elle compris ? Lentement, elle se retourna. Il poussa un soupir de soulagement. Elle grimpait l'escarpement. Elle en atteignait le rebord. Elle allait être sauvée. Elle se retourna en posant le pied sur le chemin et Barthélemy vit ses yeux s'écarquiller, ses lèvres s'arrondir. Il se retourna à son tour. Une vague, terriblement haute, déferlait à la rencontre du pont. Il se retourna, dos au parapet, et fit face au mur brunâtre qui venait à sa rencontre. La vague s'écrasa sur le pont, sur lui, en un sauvage déferlement d'écume noire.

— Barthélemy ! hurla Ysabellis en s'accrochant à un arbre. Barthélemy !

Couchés par la puissance de l'eau, les arbres fléchissaient, craquaient ou s'enfonçaient, comme sucés par le flot. Ysabellis scruta la rive. S'accrochant aux ronces, les yeux rivés sur le pont englouti, vers le lieu où elle avait vu Barthélemy pour la dernière fois. Le cadavre d'une vache passa devant elle à une vitesse phénoménale. Le sommet du pont émergea de nouveau de l'eau boueuse, juste une petite bosse au milieu des flots. Et contre le parapet, une forme rouge se relevait. Il toussait et ses doigts se cramponnaient à l'anneau de fer.

— Barthélemy ! cria-t-elle à nouveau.

Il entendit sa voix et tourna la tête vers elle, la cherchant de ses yeux encore aveuglés par l'eau sale. Il essaya de crier, mais seul un croassement sortit de sa gorge. Il la chercha sur la rive, mais ne la vit plus. Il se laissa retomber contre le parapet. La prochaine vague l'emporterait, comme Guithona, comme Gonet, et après tout, il le méritait sans doute. Une série d'éclairs illuminèrent le plafond tourmenté du ciel, le tonnerre assourdit ses sens. Autour de lui, la Loire lumineuse des jours de pêche était un immense lac noirâtre en mouvement, charriant herbes, arbres, branchages dans une course rapide. Il était seul sur l'île formée par le sommet du pont. Il avait froid, ses cheveux dégoulinaient. L'eau montait maintenant jusqu'à son ultime refuge. Un tronc ébranla l'arche, précipitant quelques pierres dans l'eau tumultueuse. La pluie crépitait sur les feuillages, sur la pierre, sur ses larmes.

Un cri d'homme parvint jusqu'à ses oreilles. Il se releva avec difficulté. Entre les arbres, des silhouettes étaient apparues. Entre lui et elles, cinq pas d'eau dangereusement tourbillonnante.

— Ohé, Barthélemy ! Tu m'entends ?

— Ytier ?

— Prends ça !

L'extrémité d'une corde fendit le rideau de pluie. Barthélemy l'attrapa au vol et l'attacha autour de sa taille de ses doigts gourds. L'eau lui montait déjà aux chevilles. Il regarda en amont pour vérifier qu'aucun arbre ne l'embrocherait quand il traverserait et se jeta à l'eau.

Aussitôt, le fleuve le happa, s'empara de lui, le renversa. La corde se tendit. C'était la force de trois hommes contre celle du fleuve. Barthélemy luttait pour se rapprocher du bord, les mains serrées sur le fil de vie. L'eau jouait avec lui, le coulant pour le remettre à flot une seconde après. Mais les hommes de Volte tiraient encore. Il sentit la roche racler sous ses pieds et tâtonna. Un pas. Une main saisit la sienne, une petite main qu'il connaissait bien. À genoux, il s'extirpa de la masse liquide, se remit debout et enlaça Ysabellis, tout trempé qu'il était. Il l'embrassa, ses mains se posèrent sur un sein tiède, sentirent les battements vifs de son cœur. Elle lui rendait ses baisers.

— Il faut s'éloigner de là, cria Ytier. Ce n'est pas sain, par ici. Allez ! Plus vite !

Il entraîna Ysabellis sans lui lâcher la main jusqu'au rebord du chemin. Un craquement les fit se retourner. Un tronc d'arbre s'était empalé dans la voûte du pont, les pierres s'écroulaient les unes après les autres, englouties à l'instant par l'eau. Le feuillage fouettait de part et d'autre les montants encore maçonnés du pont, comme si l'arbre cherchait à se dégager. Un grand pan s'écroula, et l'arbre s'engagea dans la brèche. Les branches attaquèrent l'arche démolie, et plus rien ne resta. Ysabellis se retourna lentement vers Barthélemy, les lèvres serrées, une grande émotion peinte sur le visage. Il la serra dans ses bras. Il tremblait un peu. Ytier, Peire Chayrol et le jeune Bertrand les regardaient, un peu éberlués.

— Alors, c'est elle, ta princesse cachée, celle que tu aimes en secret ? constata Peire.

— Pas en secret ! Aelis est ma femme !

— Ta femme, dit Ytier. Et tu nous caches encore beaucoup de choses de ce genre ? On aurait dû te laisser sur ton pont au lieu de nous esquinter les mains à te tirer de là !

— Il y aurait eu un gredin de plus aux enfers.

Ytier éclata de rire.

Ils coururent jusqu'au village. Peire et le jeune Bertrand rentrèrent chez eux accompagnés de maints remerciements. Ytier invita Barthélemy et Ysabellis à se mettre à l'abri chez lui. Sa grand-mère les attendait, habillée et souriante malgré l'heure tardive. Elle avait même nourri le feu pour qu'ils puissent se sécher.

— Ytier… commença Barthélemy dès qu'ils eurent partagé une miche de pain et un peu de viande salée.

— Ne dites rien, l'interrompit la grand-mère. Ytier a besoin de vous pour l'arrêter avant que ses bêtises ne tournent trop mal. Il aurait eu de graves ennuis si vous aviez appelé les sergents ou les soldats, hier.

— J'avais dit que je ne le ferais pas ! s'indigna Barthélemy. Vous aviez raison, grand-mère, votre petit-fils est un homme bon.

Ytier rougit comme une jeune fille. Il grommela quelques syllabes indistinctes.

— Comment te remercier, Ytier ?

— Tu ne devrais pas me remercier. Saint Pierre t'avait préparé une place plus confortable.

— Une place chez saint Pierre ? Je ne crois pas. Ce soir, à cause de moi, un homme et une femme sont morts. Je ne vaux pas mieux que les criminels que je devais arrêter.

Il baissa les yeux, respirant difficilement. La grand-mère jeta un bref coup d'œil à son petit-fils et murmura :

— Une femme ? Qui ?

Il raconta brièvement. Ytier l'écoutait, les yeux grands ouverts ; ceux de sa grand-mère disparaissaient presque sous ses rides. Ysabellis regardait ses pieds, assise sur le sol de terre battue. Pour finir, Ytier s'exclama :

— C'était elle ! Et cet idiot de Gonet ! Qui l'aurait cru… On s'est tous fait jouer. Pour une femme, elle était plutôt maligne.

— Oui. Pour une femme. De la part d'un homme aussi, ç'aurait été habile, non ?

— Vu comme ça… Que vas-tu faire, maintenant ?

— Rien. L'enquête est finie. Je vais attendre que le vicomte revienne pour lui faire part de tout ce qui s'est passé. Il jugera.

— C'est lui qui t'a envoyé ?

— Oui. Je suis son lige, taillable, justiciable et corvéable. Tu sais tout, maintenant.

— Moi, je voudrais savoir ce que va faire votre jeune femme, intervint la grand-mère d'une voix calme.

Barthélemy se tourna vers Ysabellis, qui dessinait du bout du doigt des figures dans la cendre du sol.

— Ysabellis. Où as-tu passé la nuit dernière ?

— Je me suis cachée. Les soldats de Polignac me recherchent pour me ramener au château.

— As-tu trouvé un refuge ?

— Dans une cabane de berger, au-dessus du village. Au matin, je t'ai cherché. Je ne savais pas ce qu'il en était de la rébellion. J'avais peur…

Elle jeta un bref regard à Ytier, qui s'agita, mal à l'aise.

— Peur qu'ils t'aient tué. J'ai vu les gardes plusieurs fois, et je n'ai pas osé me montrer pour demander des nouvelles. Je ne t'ai trouvé que ce soir, quand j'ai fini par croiser Guillelma et qu'elle m'a dit qu'elle venait de te quitter sur le pont.

— Et maintenant ? interrogea la grand-mère.

Ysabellis observa un temps de silence

— Je sais ce que je ferais si j'étais seule.

— Et ce serait ?

— Partir. Définitivement.

Barthélemy se passa la main sur le visage. Un long silence régna dans la pièce. La pluie tombait moins drue, l'aube était proche.

— Tout cela est de ma faute. C'est à cause de moi que le sire t'a envoyée dans son château, et à cause de moi que tu l'as quitté. C'est donc à moi de te sortir de cette situation. J'irai au château. Mais si tu choisis quand même de partir, je partirai avec toi.

Ysabellis leva les yeux vers lui. C'était le Barthélemy des soirées de Marcouls, les cheveux en bataille et le regard tellement profond.

— Tu abandonnerais ton office de bayle ?

— Sans regret.

Elle lui sourit sans rien ajouter. Pour finir, la grand-mère toussota doucement :

— Il fera bientôt jour. Vous devriez aller dormir un moment.

Comme réveillés d'un charme, Ysabellis et Barthélemy se levèrent et s'excusèrent d'être restés si longtemps. Ytier leur ouvrit la porte. Le toit de chaume fumait, la Loire grondait comme une armée de dragons qu'aucun saint Michel n'arrêterait. Ils coururent en direction de l'hospicio ; Ytier referma la porte derrière eux.

— Un homme juste, commenta la grand-mère.

Ytier approuva de tout cœur.

ÉPILOGUE

Le sire de Randon fit son entrée en grande pompe dans son château de Polignac au début du mois d'octobre. Le seigneur venait en tête, suivi par une dizaine de cavaliers portant la même livrée. Tout au long de son chemin, il fut acclamé par la foule, manants, bourgeois, officiers réunis. Complots, soulèvements, tout cela appartenait au passé, peut-être aussi au futur, mais en aucun cas au présent. Mascaronne attendait à la porte du château, émue aux larmes. Enfin, elle pouvait remettre le poids de la conduite de la seigneurie. Il descendit de cheval, l'embrassa chastement sur le front et pénétra dans l'enceinte.

Un grand pavillon de toile avait été dressé pour abriter les convives du banquet préparé pour le retour de l'otage. Les seigneurs, dames, officiers, affluaient, mélangés aux cuisiniers d'un jour, volaillers, boulangers, charcutiers, pâtissiers. Nul ne voulait faire défaut en cette journée. Le sire de Mercœur fut l'un des premiers à mettre genou en terre, suivi par tout le ban et l'arrière-ban de la vicomté et des seigneuries voisines, alliées, amies ou adversaires. Le vicomte reçut libéralement, distribua et, pour finir, mangea et but tout l'après-midi. Dans la confusion de la réception, Bertilde put s'installer aux côtés du frère d'Aegida, la demoiselle ayant bien trop à faire, trop à regarder, pour l'en empêcher. Randon faisait mentalement l'inventaire des présents, des absents, de ceux qui venaient en grand apparat, ceux qui se contentaient d'une sorte de service minimal. Il paraissait d'heure en heure plus satisfait. Aux entremets, il rayonnait. Tous ceux qui comptaient dans la seigneurie étaient venus s'incliner devant lui, plus aucune surprise ne pouvait arriver. Quand Barthélemy pénétra dans la salle. La stupeur du seigneur fut visible par tous ceux qui étaient assis à ses côtés.

— Barthélemy ! Mais tu étais mort !

— Mort, sire ? répondit-il en ployant le genou.

Randon se tourna vers son épouse :

— Ne m'aviez-vous pas écrit que le bayle du val d'Amblavès avait été assassiné ?

— Si, mon ami. Le bayle précédent.

— Guionet de Beaulieu ! C'est lui le mort ! Je croyais que c'était toi ! Alors je ne comprends pas l'absence d'Ysabellis. Où est la guérisseuse que je vous ai envoyée, ma mie ?

La dame s'éclaircit la gorge :

— La guérisseuse Aelis ?

— Oui ?

Mascaronne prit un air timide pour répondre à ce « oui » orageux. Ses yeux allaient de Barthélemy, qui se tenait parfaitement immobile, à son époux, dont les sourcils s'élevaient dangereusement.

— C'est-à-dire qu'elle a fort manqué de discipline, lors de son séjour au château. Et…

— De discipline ? Mes invités sont-ils tenus de respecter la discipline ?

— Ne vous fâchez pas. Vous connaissez les règles du donjon. La demoiselle lui avait défendu de quitter le château, mais elle a désobéi.

— N'est-elle pas revenue ?

— Si mais…

— Mais quoi ?

La dame jeta un regard affolé vers Barthélemy, qui se décida à lui venir en aide :

— Votre épouse et sa demoiselle ont jugé que la place d'Ysabellis n'était plus au château. Mais, considérant le fait qu'Ysabellis n'avait enfreint les règles que pour m'avertir d'un grave danger, elles ne l'ont pas sanctionnée. Elle vit avec moi dans l'hospicio de Volte depuis deux semaines.

Cette explication passait diplomatiquement sous silence la discussion orageuse qu'il avait eue le lendemain de la mort de la veuve Quintina, négociant pour Ysabellis une sortie du château contre la demoiselle, qui tenait à une comparution devant les autorités ecclésiastiques. Randon ne fut pas dupe :

— Vous l'avez donc chassée ?

— Calmez-vous, mon ami ! Elle avait été avertie, à sa première pénitence, que si elle désobéissait à nouveau, le châtiment…

— Pénitence, châtiment ? Est-ce ainsi que l'on traite les invités au château de Polignac ? Voulez-vous me déshonorer ?

La dame se recroquevilla.

— Demoiselle ! appela le seigneur.

Rougissante, Guigone de Mézères s'approcha et s'inclina.

— Est-ce vous qui avez pris la responsabilité de chasser mon hôte, la guérisseuse de mon épouse, Aelis Pastressa ?

La demoiselle se décomposa.

— Eh bien… oui, sire.

— Allez la faire quérir immédiatement. Avec des égards. Et ne reparaissez plus devant moi. Sotte nuisible !

La demoiselle, mortifiée, tourna les talons. Barthélemy n'avait pas bougé. Le seigneur s'adressa à lui :

— Ne me regarde pas comme ça. Je sais que je suis responsable. Trouve-toi une place et un tranchoir, je te ferai appeler quand j'en aurai fini avec mes vassaux.

Bien plus tard dans l'après-midi, Ysabellis venait s'incliner à son tour devant le sire.

— Mange d'abord. Tu es aussi maigre que le lacet de ta cotte. Je te verrai plus tard.

Elle chercha des yeux entre les tables et repéra Barthélemy, tout seul à une table secondaire. Elle s'assit à ses côtés. Il referma ses bras sur elle, déclenchant, du côté des demoiselles du donjon, un orage de chuchotements envieux.

Le repas ne prit fin qu'à la tombée du soir. Le vicomte assista à la messe de vêpres, puis reçut ses receveurs, bayles, châtelains, dans un pavillon isolé où seules une cathèdre et des lampes à huile avaient été apportées. Tous présentèrent leurs hommages, leurs comptes. Il était très tard quand il fit appeler Ysabellis. La jeune femme approcha, si différente de ce qu'elle avait été quelques mois auparavant. D'aspect fragile, le teint gris, elle le dardait de ses yeux noirs, un peu querelleuse. Elle ne boitait plus. Après un bref salut, elle se tint toute droite devant lui, le regardant bien en face.

— Il suffit que je ne te surveille pas pendant quelques semaines pour que tu réussisses à te faire chasser. Je t'avais envoyée pour soigner ma femme, pas pour attiser la mauvaise humeur de sa demoiselle de compagnie !

— Votre femme était déjà soignée par un médecin compétent, sire.

— Alors comment as-tu employé ton temps, pendant ces longs mois ?

— J'ai beaucoup filé. J'ai brodé. J'ai découvert de quoi votre fils était mort.

Randon eut un sursaut, qui manqua le faire tomber de sa chaise. Il se reprit, se carra profondément sur ses accoudoirs. Ysabellis vit la douleur crisper ses traits burinés et s'assouplit un peu.

— Tu y es donc arrivée.

— Cela n'a pas été facile.

— Je le crois. Raconte.

— Votre fils avait contracté l'une de ces maladies de l'enfance qui sont si souvent fatales. Bien soigné, il était en voie de guérison, quand il a fait une rechute. En l'absence de maître Bourcesel, les femmes du donjon ont sorti tout ce qu'elles avaient dans leurs coffres en matière de remèdes.

— Les folles !

— Votre épouse s'est opposée à ce qu'il prît ces médications. Mais, alors que toutes allaient suivre la messe, l'une d'entre elles a bravé cette interdiction et a fait prendre un thériaque à votre fils.

— Un thériaque ! Qui est cette absurde ?

— La demoiselle.

Randon ouvrit des yeux ronds. Les veines de son cou saillaient et ses cheveux se dressaient raides sous son chapeau de cérémonie.

— Tu me mens. Tu ne l'aimes pas, et tu inventes n'importe quoi pour te venger d'elle.

Ysabellis haussa les épaules :

— Vous savez bien que non. Et je n'ai pas terminé. Sous l'appellation de « thériaque » se cachait un puissant purgatif… autrement dit un poison pour toute personne malade ou trop jeune.

— Pourquoi la demoiselle aurait-elle tué mon fils ? Je ne comprends pas.

— Votre enfant n'était pas le destinataire du poison. C'est la demoiselle qui l'était.

— Alors, qui voulait sa mort ?

— C'est une marchande de Volte qui a introduit le poison au château, sous le nom de « thériaque ».

— La demoiselle l'a-t-elle crue ? Savait-elle ce qu'elle donnait à mon fils ?

La jeune femme regarda le seigneur d'un visage inhabituellement méditatif.

— Je ne le sais pas. Le sait-elle elle-même ?

— Qui est cette marchande, et as-tu des preuves de ce que tu avances ?

— La marchande a avoué avant de mourir. Voilà le remède.

Elle sortit de son aumônière la boîte de bois marquée de la fleur d'iris, emblème de la veuve Quintina, et l'ouvrit. Le seigneur renifla le contenu

— Cela sent le remède, rien d'autre.

— C'est bien cela. « Juste un remède. » Mais ne me croyez pas sur parole. Donnez la quantité d'une noix de ce « remède » à un chien et vous verrez ce qu'il advient. Et interrogez la demoiselle, c'est une femme vertueuse, elle n'osera pas vous mentir, elle.

Le seigneur s'appuya sur son dossier, tapotant nerveusement les bras de sa cathèdre.

— Ce que tu me dis est difficile. Dois-je récompenser la demoiselle d'avoir été si loyale qu'on l'a voulue morte, ou dois-je la châtier d'avoir été l'instrument stupide de la volonté d'une criminelle ?

— Dieu merci, sire, ce n'est pas à moi d'en juger. Mais éloignez-la de votre épouse. Elle étouffe toute joie autour d'elle.

— À te voir, je le comprends.

Ysabellis n'avait jamais vu Randon aussi ému, ni aussi souffrant, même s'il appliquait toutes ses forces à garder son calme. Son visage avait pris une teinte violacée.

— Je penserai à la demoiselle en temps utile. À qui as-tu raconté cela ?

— À vous, sire.

— À moi seulement ?

— Maître Bourcesel s'est douté très vite que vous ne m'aviez pas envoyée au château pour mes talents de brodeuse. Il m'a aidée.

— Que sait-il de cette affaire de thériaque ?

— Rien.

— Bien.

Il garda le silence pendant quelque temps, les yeux regardant vers l'intérieur, comme pour y lire la conduite à tenir.

— Ce qui s'est passé ici est grave. Je te suis reconnaissant, Ysabellis.

— Pourquoi ne pas m'avoir demandé directement d'enquêter sur la mort de votre enfant ?

— Je ne voulais pas te mettre en danger.

— Vous n'êtes pas toujours très clairvoyant. On a cru que j'étais votre maîtresse.

— Allons bon. J'imagine que ces femmes n'ont rien d'autre à faire que de raconter des ragots.

— En effet. Rien d'autre à faire de la journée.

— C'était si dur ?

— Mettez-vous à leur place…

— Jamais. Ysabellis, je suis navré de ce qu'ils t'ont fait. Et du danger que tu as couru. Je ne peux pas effacer les mois que tu viens de vivre, mais je veillerai à te récompenser.

— Je ne veux rien ! répondit Ysabellis vivement.

— Rien qui vienne de moi ? (Il eut un sourire désabusé.) Je le comprends. Mais je ne te laisse pas le choix. Tu vois, moi non plus, je n'aimerais pas avoir de dette envers toi. Tu peux te retirer. Envoie-moi Barthélemy.

Le banquet était officiellement achevé, mais les tables et la plupart des dîneurs étaient toujours là, grignotant en attendant que les services reprennent. Ysabellis trouva Barthélemy près de l'entrée, debout, silencieux et attentif. Elle lui transmit la convocation et se glissa aux côtés de Marguerite :

— Vous feriez bien de quitter le château tout de suite. Le vicomte ne tardera pas à connaître votre rôle dans l'insurrection.

Marguerite blêmit.

— De quoi parlez-vous ?

— Vous le savez très bien, alors ne perdez pas de temps.

— Je n'ai nulle part où aller. J'implorerai son pardon.

— Il vous pardonnera peut-être pour avoir fomenté une révolte, mais pour la mort de son enfant, jamais.

— La mort de… ?

— Le thériaque de maîtresse Quintina.

Elle siffla entre ses dents :

— Elle le lui a donné ? Au petit ? L'idiote !

Ysabellis répondit froidement :

— Pourquoi l'aviez-vous donné vous-même à la demoiselle ?

— C'est vous qui me demandez ça ?

— Détester n'est pas tuer.

— Ce n'était pas vraiment un poison.

— C'est ce que vous dites ! Une seule bouchée a tué Armand.

Marguerite se tenait parfaitement immobile, blanche et désemparée.

— Pourquoi me dites-vous ça ? Et que puis-je faire ?

— Je vous le dis pour ne pas vous voir passer le restant de vos jours enfermée dans un couvent. Partez, partez vite.

— Mais comment ? Je n'ai pas de cheval...

— Vous avez des pieds. Cachez votre identité. Rejoignez une troupe de pèlerins ou de comédiens.

— Mais je ne sais pas faire. Je n'ai jamais...

— Il est temps d'apprendre.

— Mais seule ?

— Verteil vous aidera.

— Verteil est un...

— Un paysan, je sais.

Ysabellis se leva brusquement.

— Je n'ai plus rien à vous dire. Si vous préférez le couvent, grand bien vous fasse.

Marguerite la suivit des yeux jusqu'à la porte de la salle. Puis elle observa tout autour d'elle. Y en avait-il un en qui elle pouvait avoir confiance ? Le sire de Mercœur riait. Il riait ! Voilà l'homme qu'elle avait projeté d'installer à la place du vicomte. Et épouser. Un lâche, un lâche de plus... Elle se leva, rassembla quelques affaires et quitta le château à la lueur des étoiles.

— Barthélemy ! sourit le vicomte. Je suis heureux que tu sois vivant. J'ai cru devoir payer d'au moins vingt ans de purgatoire ta mort à mon service.

— Il s'en est fallu de peu, sire.

— D'après mes bayles, châtelains et officiers, la seigneurie est restée parfaitement calme en mon absence. Sauf le meurtre de mon bayle. Est-il vrai que le responsable est mort ?

— C'est vrai, sire.

— À leur air, j'ai bien compris qu'ils me mentaient. Raconte.

Barthélemy raconta. La levée problématique des redevances de foin, les rumeurs, le mécontentement général.

— La rumeur est une chose difficile à capter, sire. J'ai entendu dire que de la bonne eau de la Loire serait perdue alors que son niveau était déjà trop bas. De fausses informations circulaient. Comme celle, tenace, disant que le nouveau moulin allait capter tout le blé des environs, au détriment des anciens moulins de la Loire et de la Suissesse.

— Un moulin à planches, capter le blé ? Quelle est cette stupidité ?

— La personne qui a lancé cette rumeur en premier escomptait bien gagner à la cause des mécontents le prieur de Volte, principal bénéficiaire des redevances banales sur la mouture.

— Et cela a fonctionné ?

— Parfaitement bien. J'ai entendu le prieur, en chaire, protester contre l'avarice… Une pierre dans votre jardin, sire.

— Il me le paiera, celui-là !

— Toujours est-il que, entre les insinuations et les prêches, les esprits se sont échauffés. Un matin, un petit groupe a pris les armes et, spontanément, est allé détruire l'écluse.

Barthélemy raconta, à un Randon de plus en plus sombre, le premier soulèvement contre l'écluse, la répression qui s'était ensuivie et le rôle qu'il y avait joué. Le seigneur éclata de rire quand Barthélemy parla de son emprisonnement :

— J'aurais aimé te voir à la porte de ce château. Ces soldats sont des teigneux. Un jour ou l'autre, rappelle-moi de te faire donner des leçons par un maître d'armes.

— Des armes n'auraient servi qu'à me faire tuer.

— Peut-être. Tu es surprenant. Continue.

Il raconta donc la longue paix des moissons, brisée dès le lendemain de la fête par le meurtre de Guionet de Beaulieu. Randon lui fit décrire par le menu le conseil au cours duquel il s'était fait reconnaître bayle.

— Je regrette de n'avoir pas été présent. J'ai longuement imaginé, depuis l'Angleterre, la tête du vieux La Tour.

— En réalité, ils ne se sont indignés que pour la forme. Je crois qu'ils n'étaient pas mécontents de se décharger sur un inconnu du poids de cette enquête.

— Dommage…

Barthélemy en arrivait à une part délicate du récit. Comment rendre fidèlement compte de ce qui s'était passé dans le mandement sans déchaîner sur les insurgés une colère à retardement ? Randon s'était penché en avant pour mieux écouter. Il ponctuait son récit de grommellements, d'exclamations et de grands gestes.

— Des réunions secrètes ?

— Oui, sire. J'ai eu bien du mal à démêler ce qui relevait du complot et ce qui relevait du mécontentement. Une de ces réunions s'est justement tenue le soir de la fête des moissons. La maîtresse Quintina comptait là-dessus pour embrouiller les pistes. Ceux qui participaient à ces rassemblements étaient ceux qui avaient le plus de raisons d'en vouloir à Guionet de Beaulieu.

— Comment savait-elle qu'il y aurait une réunion ?

— Elle avait des yeux et des oreilles partout.

— Heureusement pour moi, toi aussi. Achève ton histoire.

Barthélemy parla alors de l'insurrection avortée, de la façon dont la veuve Quintina avait tenté de l'acheter avant de se noyer en tentant de s'enfuir. Quand il eut fini de parler, Randon resta longtemps, les bras croisés, à réfléchir aux conséquences de toutes ces nouvelles. Puis il parla :

— Bien. Et tout ça sans tirer l'épée ou emprisonner quiconque… (Il hocha la tête lentement.) C'est tout de même incroyable. D'où cette femme tenait-elle le pouvoir de corrompre jusqu'à mes châtelains ?

— De l'argent, sire. Son commerce était rentable. Elle ne gaspillait rien en entretien de chiens ou de chevaux, en robes, en épices.

— C'est l'ennemie la plus redoutable que j'aie connue dans toute ma carrière de seigneur. Et une femme, en plus !

— Sire, n'attribuez pas plus d'importance à maîtresse Quintina qu'elle n'en a eu.

— Qu'entends-tu par là ?

— Elle n'a pas acheté chacun des paysans qui se sont rebellés. Elle n'était pas derrière l'émeute de l'écluse. Elle a exploité et amplifié la colère, mais ne l'a pas fait naître.

— Je te vois venir. Tu veux me reparler de ces lettres de doléances. Habituellement, ce sont les bourgeois qui rédigent ce genre de choses. Les manants sont et doivent rester des manants.

— Si vous voulez qu'ils restent des manants sages, sire, prêtez l'oreille à ce qu'ils vous disent.

Randon avança la tête comme une vieille tortue méfiante et Barthélemy recula d'autant.

— Tu me donnes des leçons, maintenant ?

— Je leur ai promis de vous remettre ces lettres en main propre.

— Et tu le feras. Mais moi, je ne promets pas de les lire.

Comme Barthélemy voulait protester, il leva la main pour l'arrêter, réfléchit quelques minutes et reprit la parole :

— Tu dis que mon châtelain de Volte était prêt à livrer le château ?

— Et il perçoit des épices sur chaque vente.

— Il va m'être difficile de le remplacer. Et puis, je préfère garder ce serpent au chaud que le laisser en liberté. Il me suffit de lui faire savoir que tu le surveilleras de près.

— Sire, vous ne comptez pas me laisser bayle du val d'Amblavès longtemps ?

— Pourquoi ? demanda, surpris, le seigneur. Tu es bien, là. Il y fait moins froid qu'en Margeride. Ou est-ce que tes champs te manquent tant ?

— Mes champs se passent de moi comme moi d'eux. Mais je ne suis pas vraiment fait pour un rôle de bayle.

— Tu t'es pourtant bien débrouillé.

— Cette fois, oui. Parce que j'ai eu de la chance. Mais je ne crois pas être capable de maintenir l'ordre au long cours, ici ou ailleurs.

— Dis plutôt que tu t'es pris d'amitié pour ces manants et que tu ne veux pas te retrouver un jour à mettre en cage tel ou tel séditieux…

La voix du seigneur enfla de façon menaçante :

— J'ai bien remarqué que tu évitais soigneusement de prononcer les noms des participants à l'insurrection, sauf celui des morts. Me prendrais-tu pour un imbécile ?

— Non, sire.

— Alors, tu restes en val d'Amblavès. La corvée n'est pas terminée.

— Ça suffit, sire, coupa sèchement Barthélemy. Là, c'est moi que vous prenez pour un imbécile ! Je suis votre lige, pas votre esclave.

Randon se redressa sur son fauteuil, une étincelle dans le regard :

— Tiens, Barthélemy se réveille ?

— Est-ce que je dormais jusque-là ?

— Tu montres les dents ! Irais-tu jusqu'à mordre ? Barthélemy observa une très légère pause.

— Mordre, sire ? Je vous remercie, au contraire. Grâce à vous, j'ai compris que je pouvais vivre n'importe où et de n'importe quoi. Je ne l'oublierai pas.

— Et ?

— S'il s'avérait que le service du sire de Randon devienne trop… pesant, je m'en irais.

— Où ?

— N'importe où. À Salerne, par exemple. Ysabellis y serait heureuse, les guérisseuses de là-bas sont réputées.

— Et tu me le dis sans ambages. Tu n'as pas peur que je te fasse rattraper ? Que j'envoie mes soldats te pourchasser, comme un vulgaire manant en fuite ?

— Vos soldats ? Envoyez-moi Gherard, dans ce cas. Je me ferai un plaisir de lui rendre la monnaie de sa pièce.

— Mais tu es devenu vindicatif !

— Je suis tel que vous m'avez fait.

Randon partit d'un grand rire, ample et généreux :

— J'ai beaucoup attendu ce jour. Je l'ai craint et espéré. Je n'oublierai pas non plus. D'accord, je te libérerai de cette charge dès que tu m'auras remis les lettres de doléances. Mais ne crois pas en avoir fini avec les corvées. Je te tiens, et je n'ai pas envie de te lâcher. Cependant, s'il arrivait qu'un jour je m'oublie à devenir pesant et que tu veuilles me quitter, je te prie de m'en informer avant. Salerne est loin. Ysabellis aura besoin d'un cheval…

GLOSSAIRE

Antimaron, ***quadrum numerum...*** : noms de préparations pharmaceutiques tirées de l'ouvrage majeur d'un médecin du XIVe siècle : Nicolas. Cet ouvrage, dit *Antidotaire Nicolas*, a connu un grand succès au Moyen Âge, malgré l'utilisation de substances rares et chères.

Archibanc : banc-coffre.

Bayle : officier chargé du maintien de l'ordre et de la justice dans une circonscription. Il existe des bayles (ou baillis) seigneuriaux, et des bayles royaux.

Béal : ou bief, c'est-à-dire canal amenant l'eau à la roue du moulin.

Boria : en Velay et dans la région, les fermes médiévales sont souvent constituées d'un ensemble, maison d'habitation, grange ou autres bâtiments d'exploitation, cour fermée, jardins et terres. Cet ensemble est appelé une boria ou un « affayt » selon les documents.

Châtelain : administrateur d'un château et des terres en dépendant.

Juge mage : titre porté par le juge principal.

Homme lige : traditionnellement, l'homme lige d'un seigneur est un vassal privilégié. Chaque seigneur ayant plusieurs vassaux, chaque vassal ayant plusieurs seigneurs, le lien de lige permet de distinguer celui qui, entre les vassaux, sera le plus fidèle d'entre les fidèles.
Un homme lige désigne donc habituellement un chevalier. Dans cette région toutefois, les paysans sont parfois amenés à combattre auprès de leurs seigneurs dans leurs guerres privées, un devoir qui est rappelé lors de leurs prestations de serments. Les paysans attachés aux seigneurs sont donc appelés des « hommes liges », ont des droits et des devoirs vis-à-vis de leurs seigneurs, et prêtent serment dans les formes que j'ai indiquées dans le premier chapitre, à savoir à genoux, mains jointes, déposant un baiser sur les pouces de leur seigneur.

Hospicio : maison de bourg, souvent à étage.

Mandement : circonscription administrative.

Persure : terme médiéval pour « ecchymose ».

Porée : plat médiéval mijoté à base de feuilles… épinard, bardane, persil, chou, blette… La porée peut être verte, blanche (à base de blancs de poireaux et de lard) ou noire (frite au lard).

Scammonée : gomme-résine de la plante nommée scammonée *(convolvulus scammonia L)* qui pousse en Syrie et en Asie Mineure. Purgatif violent bien connu des Grecs et des Arabes, on l'utilise aussi comme vermifuge chez les enfants.

Seigneurie : au XIVe siècle, la seigneurie est une entité bien organisée. Il existe plusieurs types de seigneuries. La plus courante est la seigneurie foncière, qui correspond à un droit sur le sol. Le seigneur ne cultive généralement pas ses terres lui-même, mais les loue à des paysans (le plus souvent, il s'agit de baux perpétuels) contre une redevance équivalente à un quart ou un cinquième de la récolte. Il conserve parfois une part de son domaine qu'il exploite en faire-valoir direct, à savoir en employant des paysans payés à la tâche ou réquisitionnés pour des corvées.
Les seigneurs fonciers importants délèguent la fonction de lever leurs redevances à un ou plusieurs vigiers, qui doivent connaître chaque terre, savoir quelle récolte en est attendue, et emporter la part qui revient à leur seigneur.
La seigneurie banale inclut des droits, comme celui de lever des péages, de faire régner l'ordre grâce à un bayle et à des sergents. Le seigneur banal possède seul le droit de faire construire des fours banaux, des moulins.
Le seigneur justicier, enfin, possède des droits de justice, partagés entre haute justice (crimes), et moyenne et basse justice (tous les petits délits, jusqu'au vol simple).
Les droits de justice, symboles éminents de pouvoir, sont extrêmement disputés par les seigneurs, et on ne compte plus les conflits pour le droit exclusif de rendre la justice, même si les historiens ont montré, çà et là, que la justice n'était pas une affaire lucrative.
Un seigneur justicier, pour marquer son territoire, fait ériger des fourches patibulaires (pour pendre les condamnés), un pilori (pour les exposer).

Bien entendu, un seigneur justicier est souvent un seigneur banal et toujours un seigneur foncier.
Dans ce roman, j'ai respecté, en les simplifiant, les rouages de la seigneurie, mais je n'ai en aucun cas dressé un tableau historique de la seigneurie de l'Emblavez au XIVe siècle. Même si certains personnages empruntent des noms ou des fonctions à des figures ayant existé (tels le sire de Randon ou une certaine Ysabellis Pastressa), il ne s'agit pas d'une reconstitution.

Sétérée : mesure agraire correspondant à la surface qu'on peut ensemencer avec un setier de grains, soit entre 60 et 100 ares, selon les lieux.

Sirventès : poème satirique, politique ou moral.

Suc : nom donné localement aux reliefs laissés par les volcans.

Taille : impôt aléatoire levé par un seigneur sur ses dépendants aussi nommés « taillables ». La taille « à merci » des premiers temps de la féodalité, perçue autant de fois que le seigneur le demande, a été limitée avec le temps. Au XIVe siècle, on rencontre bien souvent une taille limitée à cinq cas : voyage outremer du seigneur, mariage du seigneur ou d'un de ses enfants, guerre, achat d'une terre ou d'une seigneurie, mort d'un seigneur. Les cas peuvent varier selon les accords passés entre seigneurs et taillables.

Thériaque : à l'origine remède contre le venin des serpents, le sens a évolué vers celui de « remède universel », destiné à soigner n'importe quelle affection. Les thériaques sont les plus complexes et les plus chères des préparations pharmaceutiques médiévales.

Viviane Moore

Les enquêtes de Tancrède

Entre la Normandie et la Sicile, sur terre et sur mer, la destinée du mystérieux Tancrède épouse celle du « peuple du vent », ces farouches guerriers normands venus de la lointaine Scandinavie. D'aventure en aventure au cœur de l'Europe du XIIe siècle, le jeune homme va devoir affronter d'innombrables dangers aux côtés d'Hugues de Tarse, son maître et ami. Embarqué dans ce périlleux voyage au bout de lui-même, parviendra-t-il enfin à percer le secret de ses origines ? Une saga pleine de mystères, magnifiquement restituée par Viviane Moore.

n° 3890 – 7,40 €

GRANDS DÉTECTIVES, DES POLARS HORS LA LOI DU GENRE

FSC
www.fsc.org
MIXTE
Papier issu de sources responsables
FSC® C003309

10/18, une marque d'Univers Poche,
est un éditeur qui s'engage pour
la préservation de son environnement
et qui utilise du papier fabriqué à partir
de bois provenant de forêts gérées
de manière responsable.

Composé par Nord Compo
à Villeneuve-d'Ascq (Nord)

Cet ouvrage a été imprimé en France par

CPI
BUSSIÈRE

à Saint-Amand-Montrond (Cher)
en juillet 2012

Dépôt légal : février 2010.
N° d'édition : 4235. — N° d'impression : 122326/4.
Nouveau tirage : juillet 2012.
X04973/02